집 안의 천사 죽이기

집 안의 천사 죽이기

버지니아 울프 산문선 1

버지니아 울프 지음

최애리 옮김

VIRGINIA
WOOLF

SELECTED ESSAYS
by VIRGINIA WOOLF

일러두기

1. 본서에 수록된 울프 에세이들의 번역 저본은 대체로 아래 판본들을 토대로 했으며,
   본문 중엔 *Essays I~Essays VI*라고만 표기했다. 아래 저본의 글이 아닐 경우엔 따로
   판본을 밝혀 두었다.

   The Essays of Virginia Woolf, Vol. 1: 1904-1912, edited by Andrew McNeillie(New
   York: Harcourt Brace Jovanovich, 1989)

   The Essays of Virginia Woolf, Vol. 2: 1912-1918, edited by Andrew McNeillie(New
   York: Harcourt Brace Jovanovich, 1989)

   The Essays of Virginia Woolf, Vol. 3: 1919-1924, edited by Andrew McNeillie(New
   York: Harcourt Brace Jovanovich, 1989)

   The Essays of Virginia Woolf, Vol. 4: 1925-1928, edited by Andrew McNeillie(New
   York: Harcourt, 2008)

   The Essays of Virginia Woolf, Vol. 5: 1929-1932, edited by Stuart N. Clarke(New
   York: Houghton Mifflin Harcourt, 2010)

   The Essays of Virginia Woolf, Vol. 6: 1933-1941, edited by Stuart N. Clarke(London:
   Hogarth Press, 2011)

2. 외래어 표기는 기본적으로 국립국어원의 외래어 표기 원칙을 따르되, 경우에 따라 따
   르지 않은 것들도 있다.

버지니아 울프 산문선을 엮어 내며

버지니아 울프는 그녀를 유명하게 한 9편의 소설과 『자기만의 방*Room of One's Own*』(1929), 『3기니*Three Guineas*』(1938) 같은 긴 에세이 외에도 단편소설, 전기, 회고, 서평, 기타 에세이들을 많이 썼고, 다년간의 일기와 편지를 남겼다. 그녀의 사후에 남편 레너드 울프는 그녀가 평소 원했던 대로 일기 가운데 창작과 관련된 부분을 발췌하여 『어느 작가의 일기*A Writer's Diary*』(1953)로 엮었고, 그 후 수차에 걸쳐 에세이 선집을 펴냈다. 이런 노력은 레너드의 사후 본격화되어, 자전적인 글들을 모은 『존재의 순간들*Moments of Being*』(1976), 『서한집*The Letters of Virginia Woolf*』(전6권, 1975~1984), 『일기*The Diary of Virginia Woolf*』(전5권, 1977~1984), 초년 일기인 『열정적인 도제*Passionate Apprentice*』(1990) 등이 간행되었고, 1986년부터는 『에세이 전집 *The Essays of Virginia Woolf*』이 발간되기 시작해 2011년 전6권으로 완성되었다. 이『에세이 전집』에는 ─『자기만의 방』과『3기니』, 그리고『존재의 순간들』을 제외하고 ─ 여러 지면에 발표했던 글들이 연대순으로 정리되어 있다.

울프는 잡지에 서평을 기고하면서 작가로서 출발했으며, 소설가로 성공한 후에도 〈일로서의 글쓰기와 예술로서의 글쓰기〉를 병행하여 전자의 글쓰기에 〈백만 단어 이상〉을 쏟아부었다. 레너드에 따르면, 울프의 생전에는 소설보다도 에세이가 더 폭넓게 읽혔다고 한다. 하지만 그녀의 사후에는 소설이 부각되고 에세이는 비교적 뒷전으로 밀려나 있었으니,『에세이 전집』이 완간되는 데 사반세기나 걸린 것도 그런 사정과 무관하지 않을 것이다. 그런데 통틀어 〈에세이〉라고는 해도 사실상 다양한 종류의 글이 포함된다.『에세이 전집』에 실린 5백 편가량의 에세이 중에는 울프 생전에『보통 독자 *The Common Reader*』1, 2권(1925, 1932)으로 펴냈던 글들을 위시하여, 이제는 잊힌 신간 도서들에 대한 서평도 있고, 개별 도서에 대한 서평으로 쓰였지만 작가론이나 문학 원론에 좀 더 가까운 글, 문학 외의 예술에 대한 글, 강연이나 대담 원고, 스케치나 리포트, 시사 및 정치 문제에 대한 발언, 여행기나 개인적 에세이, 전기문도 있다. 울프가 문학과 인생과 세계에 대한 시각을 표출하는 언로가 되었던 이런 글들은 그 방대함으로 인해 〈선집〉으로 발간되는 것이 보통이다.

울프의 사후에 레너드는 그 방대한 문건들 가운데서 『보통 독자』에 필적할 만한 글 1백여 편을 골라 『나방의 죽음 외 *The Death of the Moth and Other Essays*』(1942), 『순간 외 *The Moment and Other Essays*』(1947), 『대령의 임종자리 외 *The Captain's Death Bed and Other Essays*』(1950), 『화강암과 무지개 *Granite and Rainbow: Essays*』(1958)라는 4권의 에세이 선집을 펴냈는데, 모두 『보통 독자』의 형식을 그대로 이어받아 울프의 다양한 면모를 보여 줄 수 있도록 여러 갈래의 글을 구색 맞춰 엮은 책들이다. 그 후 『보통 독자』 1, 2권의 글을 보태어 다시 엮은 4권짜리 『에세이 선집 *Collected Essays*』 (1966~1967)에서는 어느 정도 분류를 시도한 듯하나, 아주 말끔히 정리하지는 못한 듯 뒤로 가면서 여러 갈래의 글이 섞여 있는 것을 볼 수 있다.

울프의 에세이들은 좀 더 작은 선집들로 거듭 간행되었는데, 영미권은 물론 기타 언어권에서 발간된 에세이 선집들 역시 다양한 글을 한데 엮는 방식을 택하고 있다. 여러 방면의 글을 한자리에서 읽을 수 있다는 것은 장점이지만, 이런 선집들로는 울프 에세이를 전체적으로 파악하는 데 한계가 있다. 간혹 주제를 정해 엮은 선집들이 있기는 하나 여성, 글쓰기, 여행, 런던 산책 등 특정 주제에 국한한 것들이라 역시 전체적인 시각을 얻기 어렵다.

열린책들에서 내는 이 『버지니아 울프 산문선』에는 『에세이 전집』(1986~2011)으로부터 해외의 여러 선집에 자주 실리는 글을 위주로 총 60편을 골라 싣되, 크게 몇 갈래로 분류해 보았다. 즉, 전4권으로 편성하여, 여성 문학론 내지 페미니즘 관련 글을 제1권, 개인적 수필 내지 자서전적인 글을 제4권으로 하고, 그 중간에 문학에 관한 글을 싣기로 한 것이다. 제2권에는 좀 더 원론에 가까운 글, 제3권에는 개별 작가론 및 작품론으로 나누어 보았는데, 실제로 항상 그렇게 명쾌한 구별이 가능하지는 않아서 제2권에 실은 글에도 개별 작가들에 언급한 대목이 적지 않고 제3권에 실은 글에서도 원론적인 생각들을 찾아볼 수 있다. 그 밖에 문학 외의 예술에 관한 글, 시사적인 글을 한 편씩 제3권과 제4권에 포함시켜 울프 에세이의 대강을 파악할 수 있도록 재구성해 보았다. 각 분류 안에서 울프의 생각이 발전해 가는 것을 보여 줄 수 있는 최소한의 글들을 엮었는데도 적지 않은 분량이 되었다. 이런 여러 면모를 통해 버지니아 울프를 여성으로서, 작가로서, 인간으로서 이해하는 새로운 시야가 열리게 되면 좋겠다.

2022년 5월
최애리

차례

여성의 직업[1]

    여러분 협회의 간사[2]가 이 자리에 나를 초대하면서 제안
했습니다. 여러분이 여성의 고용에 관심을 가지고 있으니,
나 자신의 직업상 경험에 관해 뭔가 말해 달라고요. 내가 여
자인 것도 사실이고 하는 일이 있는 것도 사실이지만, 나는
과연 어떤 직업상의 경험을 해온 것일까요? 선뜻 말하기 어
렵네요. 내 직업은 문학입니다. 이 분야에는 여성의 경험, 다
시 말해, 여성만이 갖는 경험이라 할 만한 것이 별로 없는 편

---

1   1931년 1월 21일 전국 여성 직업 협회 런던 지부London and National
Society for Women's Service에서 한 연설을 바탕으로 한 글. 울프는 1933년
2월의 한 편지에서 〈1~2년 전 직업에 관해 했던 연설을 다시 써야겠다는 생
각을 늘 하고 있다〉고 썼으며, 그 다시 손질한 글은 울프의 사후에 레너드 울
프가 엮은 에세이집 『나방의 죽음The Death of the Moth and Other Essays』에
수록되었다. 번역은 이 개정본을 대본으로 했다("Professions for Women",
Essays VI, pp. 479~484). 원제의 〈직업profession〉이란 굳이 말하자면 〈전문
직〉이겠으나, 이 글의 의도는 전문직, 비전문직을 나누자는 것이 아니므로 그
냥 〈직업〉으로 옮긴다.
2   필리파 스트레이치Philippa Strachey(1872~1968), 일명 〈피파〉를 말
한다. 울프와 절친했던 리턴 스트레이치Lytton Strachey(1880~1932)의 누
나로, 여성 참정권 운동을 비롯해 여성 운동에 헌신했다.

입니다. 아마도 무대 예술을 제외하고는 다른 어떤 분야에서보다 더 그럴 것입니다. 길은 일찍부터 나 있었지요. 패니 버니,[3] 애프라 벤,[4] 해리엇 마티노,[5] 제인 오스틴,[6] 조지 엘리엇[7] 같은 많은 유명한 여성들과 이름 없이 잊혀 간 훨씬 더 많은 여성들이 나보다 오래전에 그 길을 평탄하게 닦아 내 걸음을 순조롭게 해주었습니다. 덕분에 내가 글을 쓰게 되었을 때 내 앞길에 실질적인 장애물은 별로 없었습니다. 글쓰기는 점잖고 무해한 일거리지요. 펜을 긁적인다고 해서 집 안의 평화가 깨지지도 않고, 가계에 부담이 되지도 않으니까요. 10실링 6펜스어치 종이만 사면 셰익스피어의 희곡을 전부 쓰기에 충분합니다. 그럴 마음만 먹는다면 말이지요. 작가에게는 피아노도, 모델도, 파리, 빈, 베를린으로의 유학도, 스승도 필요치 않습니다. 물론 그렇게 종잇값이 싸다는 것이 여성이 다른 어떤 직업에서보다 먼저 작가로서 성공한 이유이기도 합니다.

내 경우를 이야기하자면 아주 간단합니다. 침실에서 펜을 들고 있는 한 소녀를 떠올려 보세요. 10시부터 1시까지, 그

---

3 Fanny Burney(1752~1840). 영국 소설가. 본명은 프랜시스 버니 Frances Burney.

4 Aphra Behn(1640~1689). 영국 소설가, 극작가. 영국 최초의 여성 소설가로 꼽힌다.

5 Harriet Martineau(1802~1876). 영국 작가, 사회 이론가. 최초의 여성 사회학자로 꼽힌다.

6 Jane Austen(1775~1817). 영국 소설가.

7 George Eliot(1819~1880). 영국 소설가.

녀는 그 펜을 왼쪽에서 오른쪽으로 움직여 가기만 하면 되었습니다. 그러다 문득 큰돈 들지 않는 손쉬운 일을 해보자는 생각이 떠올랐습니다. 즉, 그렇게 쓴 종이 몇 장을 봉투에 넣고 그 한구석에 1페니 우표를 붙여, 그 봉투를 길모퉁이에 있는 빨간 우체통에 떨구어 보자고 말입니다. 그렇게 해서 나는 저널리스트가 되었고, 내 수고는 다음 달 초하루에 — 내게는 대단히 영광스러운 날이었지요 — 편집자로부터 온 편지와 함께 들어 있던 1파운드 10실링 6펜스 수표로 보상되었습니다. 하지만 여러분에게 내가 직업여성이라 불릴 자격이 얼마나 적은지, 그런 삶의 투쟁과 난관에 대해 얼마나 아는 것이 없는지를 보여 드리기 위해, 한 가지 인정해야겠습니다. 나는 그 돈을 빵과 버터, 집세와 신발과 양말, 또는 푸줏간 외상값 등에 쓰는 대신, 나가서 고양이를 한 마리 샀습니다. 멋진 페르시아고양이였는데, 얼마 안 가 이 고양이 때문에 이웃들과 심한 말다툼을 하게 되었지요.

잡지에 글을 쓰고 그렇게 번 돈으로 페르시아고양이를 사는 것보다 더 쉬운 일이 있을까요? 하지만, 잠깐만요. 그런 글은 무엇인가에 대한 것이라야 하지요. 그때 내가 쓴 글은 어느 유명한 남성의 소설에 대한 것이었다고 기억합니다. 그런데 그 서평을 쓰던 중에, 나는 만일 계속해서 서평을 쓰고자 한다면 모종의 유령과 싸울 필요가 있다는 사실을 발견했습니다. 그 유령은 여자였고, 그녀를 좀 더 알게 되었을 때 나는 그녀에게 — 유명한 시의 여주인공을 따라 — 〈집 안의 천사〉[8]라는 이름을 붙였습니다. 내가 서평을 쓰고 있었을 때 나와 종이 사이에 끼어들곤 하던 것이 바로 그녀였습니다. 그녀는 나를 귀찮게 하고 내 시간을 허비하고 나를 하도 괴롭혔으므로, 마침내 나는 그녀를 죽여 버렸습니다. 젊고 행복한 세대인 여러분은 아마 그녀에 대해 들어 보지 못했고, 〈집 안의 천사〉라는 말이 무슨 뜻인지도 모를 것입니다. 가능한 한 간략히 그녀를 묘사해 보겠습니다. 그녀는 아주 정이 많습니다. 아주 매력적이고 자기 욕심이라고는 없습니다. 가정생활의 어려운 일들을 척척 해냈지요. 날마다 자신을 희생했습니다. 닭고기를 먹을 때면 다리를 집었고,[9] 외풍이 들면 바람막이가 되었습니다. 한마디로 그녀는 자기 몫의 생각이나 소원이라고는 눈곱만큼도 없이 항상 다른 사람들의 생각과 소원에 공감하는 편을 택했습니다. 그리고 무엇보다도 — 두말할 필요도 없는 일이지만 — 그녀는 정숙했습니다. 정숙함이야말로 그녀의 주된 아름다움으로 여겨졌지요. 부끄러워 낯을 붉히는 모습이 더없이 우아하다고들 했습니다. 그 시절, 그러니까 빅토리아 여왕의 말년에는, 집집마다 그런 천사가 있었습니다. 나는 글을 쓰게 되자 맨 첫마디에서부터 그녀와 마주쳤던 것입니다. 그녀의 날개 그림자가 내 종이 위에 드

---

8 코벤트리 패트모어Coventry Patmore(1823~1896)의 유명한 시 「집 안의 천사The Angel in the House」에서 여성의 가정적 역할을 이상화한 모습.
9 서양에서는 닭의 다리가 덜 좋은 부위로 여겨진다.

리워졌고, 방 안에서는 그녀의 치맛자락 스치는 소리가 들렸습니다. 말하자면 내가 어느 유명한 남자의 소설을 평하려고 손에 펜을 들라치면, 그녀가 내 등 뒤에 살며시 나타나 소곤대는 것이었습니다. 〈이봐요, 당신은 젊은 여성이에요. 그런데 지금 당신은 남자가 쓴 책에 대해 글을 쓰려 하는군요. 다정하고 상냥하게 굴어요. 아첨하고 적당히 비위를 맞추는 거예요. 우리 여성의 모든 술수와 책략을 쓰도록 해요. 당신에게 당신만의 생각이 있다는 것을 아무도 눈치채지 못하게 해요. 무엇보다도, 정숙하세요.〉 그러면서 그녀는 내 펜을 인도할 태세였습니다. 나는 여기서 스스로 공치사를 해도 좋을 만한 행위 하나를 기록해 둡니다(물론 그 공은 내게 얼마간의 돈을 — 연수 5백 파운드라고 해둘까요?[10] — 물려준 몇몇 훌륭한 선조들에게 돌리는 것이 옳겠지만요. 그 돈 덕분에 나는 생계를 위해 매력에만 의존할 필요가 없었으니 말입니다). 나는 몸을 돌려 그녀의 멱살을 잡았습니다. 그리고 최선을 다해 그녀를 죽였습니다. 만일 내가 법정에 서게 된다면, 나는 그것이 정당방위였다고 변명할 것입니다. 만일 내가 그녀를 죽이지 않았다면, 그녀가 나를 죽였을 테니까요. 그녀는 내 글쓰기에서 심장을 움켜 냈을 것입니다. 왜냐하면,

---

10 『자기만의 방』에서도 울프는 〈봄베이에서 낙마하여 죽은 아주머니가 물려준 연수 5백 파운드〉라는 가공의 유산에 대해 말하는데, 실제로 그녀가 작가가 되려 할 때 기반이 되어 준 것은 고모 캐럴라인 스티븐Caroline Stephen(1834~1909)의 유산이었다.

나는 펜을 종이에 대자마자 깨달았기 때문입니다. 소설책 한 권을 평하려 해도, 자기만의 생각을 가져야 하며, 인간관계와 도덕과 성에 대해 자신이 진실이라고 생각하는 바를 표현할 수밖에 없다고 말입니다. 그런데 〈집 안의 천사〉에 따르면, 여성은 이 모든 문제를 자유롭고 공개적으로 다룰 수가 없다는 것입니다. 여성들은 성공하려면 매력적이라야 하고 환심을 사야 한다, 요컨대 거짓말을 해야 한다는 것이지요. 그래서 나는 내 종이 위에 그녀의 날개 그림자나 후광의 광채가 느껴질 때마다 잉크병을 집어 그녀에게 던졌습니다. 그녀는 좀처럼 죽지 않았습니다. 그녀가 허구적인 존재라는 것이 그녀를 도왔지요. 유령을 죽이기란 실재하는 존재를 죽이기보다 훨씬 어려우니까요. 그녀는 내가 쫓아 버렸다고 생각한 순간 다시 기어 나왔습니다. 결국은 그녀를 죽여 버렸다고 스스로 대견해하고 있지만, 그것은 아주 질긴 싸움이었고, 차라리 그리스어 문법을 배우든지 모험을 찾아 온 세상을 떠돌아다니는 데 썼더라면 좋았을 만한 시간이 걸렸습니다. 하지만 그것은 진짜 경험, 그 시절의 모든 여성 작가에게 닥칠 수밖에 없는 경험이었습니다. 〈집 안의 천사〉를 죽이는 것은 여성 작가가 해내야 할 일의 일부였습니다.

하지만 내 이야기를 계속해 보겠습니다. 〈천사〉는 죽었고, 그다음에는 무엇이 남았을까요? 그야 당연히 침실에 있는, 잉크병을 가진 한 젊은 여자가 남지 않았겠느냐고 하시겠지요? 다른 말로 하자면, 이제 그녀는 자신에게서 거짓을 제거해 버렸으니, 그녀 자신이 되기만 하면 되었던 것이지요. 하지만 〈그녀 자신〉이란 무엇일까요? 내 말은, 여성이란 무엇이냐 하는 겁니다. 분명히 말해, 나도 모릅니다. 여러분도 모를 거라고 생각합니다. 그녀가 인간에게 가능한 모든 예술과 직업에서 자신을 표현하기까지는 아무도 알 수 없을 거라고 생각합니다. 그것이 실로 내가 여기 온 이유 중 한 가지이기도 합니다. 여러분은 여성이란 무엇인가를 몸소 실험을 통해 보여 주는 과정, 곧 여러분의 실패와 성공을 통해 우리에게 그 지극히 중요한 정보를 제공하는 과정에 있으니, 그런 여러분에게 경의를 표하는 마음으로 이 자리에 나온 것이지요.

어쨌든 내 직업상의 경험이라는 이야기를 계속해 보겠습니다. 나는 첫 번째 서평으로 1파운드 10실링 6펜스를 벌었고, 그 수입으로 페르시아고양이를 한 마리 샀습니다. 그러고는 야심이 생겼습니다. 〈페르시아고양이도 좋기는 해〉라고 나는 생각했습니다. 〈하지만 페르시아고양이로는 충분치 않아. 나는 자동차가 있어야겠어.〉 그래서 나는 소설가가 되었습니다. 이상한 일이지만, 사람들한테 이야기를 들려주면 그들은 자동차를 주거든요.[11] 그보다 더 이상한 일은, 이야기

11 울프 내외는 『등대로To the Lighthouse』의 성공에 힘입어 첫 자동차를 샀다.

를 하는 것만큼 즐거운 일은 세상에 없다는 것입니다. 이야기하기는 유명한 소설의 서평을 쓰기보다 훨씬 더 즐겁답니다. 그런데, 협회 간사의 요청에 따르자면 나는 여러분에게 내가 소설가로서 겪은 직업상의 경험에 대해 들려 드려야 하니, 내가 소설을 쓰면서 겪었던 한 가지 아주 이상한 경험에 대해 이야기해 보겠습니다. 그것을 이해하려면, 여러분은 먼저 소설가의 정신 상태를 상상해 보아야 합니다. 소설가의 주된 욕망은 — 제가 행여 직업적 비밀을 누설하는 것은 아니기를 바랍니다만 — 가능한 한 무의식적이 되는 것이랍니다. 그는 자신 안에 항시 나른한 상태를 유도해야 합니다. 그는 삶이 더없이 고요하고 규칙적으로 진행되기를 바랍니다. 그리고 글을 쓰는 동안 날마다 같은 얼굴들을 보고 같은 책들을 읽으며 같은 일들을 함으로써, 자신이 머무르고 있는 환상이 그 무엇으로도 깨지지 않기를 바랍니다. 상상력이라는, 그 지극히 수줍고 가뭇없는 정신 작용을 둘러싼 모색과 탐사, 그리고 그 날쌔고 돌연한 발견 같은 것들이 그 무엇으로도 방해받지 않기를 바라는 것이지요. 이런 상태는 남녀 불문하고 같지 않을까 생각합니다만, 하여간 내가 그런 무아경 가운데 소설을 쓰는 모습을 상상해 보시기 바랍니다. 손에 펜을 들고 앉아 있는 한 소녀를 그려 보시기 바랍니다. 그녀는 몇 분이고 몇 시간이고 잉크병에 펜을 적시지도 않습니다. 내가 이 소녀를 생각할 때 떠오르는 이미지는 깊은 호숫가에서 낚싯대를 물속에 드리우고 꿈에 잠겨 누워 있는 어부의 이미지입니다. 그녀는 자신의 상상력이 우리의 무의식적 존재의 깊은 곳에 가라앉아 있는 세계 구석구석을 아무 방해 없이 돌아다니도록 내버려 두고 있었습니다. 이때 그 경험, 내가 남성 작가보다 여성 작가들에게 훨씬 더 흔하리라 생각하는 경험이 찾아왔습니다. 낚싯줄이 소녀의 손가락 사이로 마구 풀려 나갔습니다. 그녀의 상상력이 내달렸던 것입니다. 상상력은 가장 큰 물고기가 잠들어 있는 깊고 어두운 곳까지 나아갔습니다. 그러고는 충돌이, 폭발이 일어났습니다. 거품과 혼란이 일었습니다. 상상력이 뭔가 딱딱한 것에 부딪혔던 것입니다. 소녀는 꿈에서 깨어났습니다. 그녀는 실로 곤혹스러운 궁지에 빠졌습니다. 비유를 쓰지 않고 말하자면, 그녀는 무엇인가 몸에 대한 것을, 여성으로서 말하기에 적합하지 않은 정열에 대한 것을 생각했던 것입니다. 〈남자들이 충격받을 거야〉라고 그녀의 이성이 그녀에게 말했습니다. 자신의 정열에 대해 사실대로 말하는 여성에 대해 남자들이 뭐라고 할지를 의식하자 그녀는 예술가다운 무의식 상태에서 깨어나고 말았습니다. 그녀는 더 이상 글을 쓸 수 없었습니다. 무아경은 지나갔습니다. 그녀의 상상력은 더는 작동할 수 없었습니다. 이것은 여성 작가들에게 아주 흔한 경험이리라고 생각합니다. 여성 작가들은 남성의 극단적인 인습에 방해를 받습니다. 남성들 자신은 그런 방면에서 큰 자유를 누리면서도, 여성들이 그런 자유를 누리는 것을 정죄함에 있어서는 얼마나 준엄한 태도를 취하는지요. 그들이 스스로 그런 태도를 깨닫고 있는지, 혹은 자제할 수 있는지 의심스럽습니다.

이상과 같은 두 가지는 내가 실제로 경험한 것입니다. 내 직업 생활에 있었던 두 가지 모험이지요. 나는 그 첫 번째 — 〈집 안의 천사〉 죽이기 — 는 해결했다고 생각합니다. 그녀는 죽었습니다. 하지만 두 번째 — 육체로서의 나 자신의 경험에 대해 솔직히 말하기 — 는 해결했다고 생각하지 않습니다. 지금껏 어떤 여성도 해결했을 것 같지 않습니다. 그녀를 가로막는 장애물은 여전히 막강하고, 그러면서도 분명히 파악하기가 아주 어렵습니다. 겉보기에는, 책을 쓰는 것만큼 쉬운 일이 어디 있겠습니까? 겉보기에는, 글을 쓰는 데 남성보다 여성에게 더 장애가 될 것이 뭐가 있겠습니까? 하지만 안을 들여다보면 상황은 많이 다릅니다. 그녀는 여전히 많은 유령과 싸워야 하고, 많은 편견을 극복해야 합니다. 여성이 죽여 버려야 할 유령이나 깨뜨려 버려야 할 암초를 만나지 않고 그저 앉아서 글을 쓰기까지는, 정말이지 앞으로도 오랜 시간이 걸리리라고 생각합니다. 그러니 여성에게 가장 개방된 직업인 문학에서 이러하다면, 여러분이 처음으로 진입하려 하는 새로운 직업들에서는 어떻겠습니까?

시간만 있다면, 나도 여러분에게 이런 것들에 대해 묻고 싶습니다. 내가 내 직업상의 경험들을 길게 늘어놓은 것은,

비록 형태는 다를망정 여러분의 경험들도 있으리라고 생각하기 때문입니다. 명목상으로는 진로가 열려 있다 해도, 여성이 의사나 변호사, 공무원이 되는 것을 가로막는 장애물이 없다 해도, 그녀의 앞길에는 수많은 유령과 장애물이 닥칠 것입니다. 그런 장애물들에 대해 토론하고 규명하는 것은 아주 귀하고 중요한 일이 되리라 생각합니다. 그렇게 할 때만이 그 노고를 함께 나누고 어려움을 해결할 수 있을 터이니 말입니다. 하지만 그 밖에도, 우리가 싸우고 있는 목표, 이 막강한 장애물들과 싸움을 벌이는 목적에 대해서도 논의해 볼 필요가 있습니다. 이런 목표를 당연시해서는 안 됩니다. 계속해서 의문을 제기하고 검토해 보아야 합니다. 역사상 처음으로 수많은 직종, 나로서는 다 알 수도 없는 직종에서 일하는 여성들로 둘러싸인 여기 이 자리에서 내가 보듯, 그 전체적인 형세는 대단히 흥미롭고 중요한 것입니다. 여러분은 지금까지 남성들이 전유하던 집에서 자기만의 방을 획득했습니다. 여러분은 엄청난 노력과 수고 끝에 그 집세를 낼 수 있게 되었습니다. 여러분은 자신의 연수 5백 파운드를 벌고 있습니다. 하지만 이 자유는 시작일 뿐입니다. 방은 이제 여러분 자신의 것이 되었지만, 아직은 휑한 방입니다. 가구도 들이고, 장식도 하고, 함께 살 사람도 있어야겠지요. 여러분은 이 방에 어떤 가구를 들이고, 어떻게 장식하렵니까? 이 방을 누구와 함께, 어떤 조건으로 공유하렵니까? 이런 것들은 대단히 중요하고 흥미로운 질문이라고 생각합니다. 역사상 처음으로 여러분은 그 질문을 할 수 있게 되었고, 또한 처음으로 어떤 대답을 할지 스스로 결정할 수 있게 되었습니다. 나는 기꺼이 남아서 그런 질문과 대답 들에 대해 토론하고 싶습니다. 하지만 오늘 밤은 말고요. 주어진 시간이 다 되었으니, 이만 마치겠습니다.

여성의 지적 지위[1]

1920년 가을, 에드워드 시대의 대표적인 소설가 아널드 베넷[2]이 『우리 여성들: 성(性) 불화에 관하여*Our Women: Chapters on the Sex-discord*』라는 에세이집을 펴냈다. 인습적인 여성 비하의 내용을 담고 있는 이 책에 대해, 10월 2일 자 『뉴 스테이츠먼』지에 데즈먼드 매카시[3]가 〈상냥한 매〉라는 필명으로 상당 부분 동조하는 서평을 실었다. 이에 대해 울프는 편집자에게 보내는 편지 형식으로 반론을 폈고, 10월 9일 자 『뉴 스테이츠먼』지에는 울프의 편지와 그에 대한 〈상냥한 매〉의 답변이 나란히 실렸다. 이 지상 논전은 울프의 좀 더 긴 편지로 이어졌다.

---

1 1920년 10월 3~9일에 걸쳐 『뉴 스테이츠먼*New Statesman*』 지면에서 데즈먼드 매카시와 울프 사이에 벌어진 논전. 울프 글의 맥락을 알 수 있도록 매카시의 글을 함께 엮어 〈여성의 지적 지위The Intellectual Status of Women〉라는 제목을 붙인 텍스트다. Virginia Woolf, *Killing the Angel in the House: Seven Essays*, ed. Rachel Bowlby(London: Penguin Books, 1992), pp. 19~33.
2 Arnold Bennett(1867~1931). 영국 소설가.
3 Desmond MacCarthy(1877~1952). 영국 비평가. 케임브리지 사도회 출신으로, 블룸즈버리 그룹의 일원이었다.

1. 10월 2일 자 〈상냥한 매〉의 서평

새뮤얼 버틀러[4]는 여성들에 대해 어떻게 생각하느냐는 질문을 받으면 〈지각 있는 모든 남자가 생각하듯이 생각합니다〉라고 말하곤 했다. 좀 더 다그쳐 물으면 〈지각 있는 남자라면 더 말하지 않지요〉라고 덧붙이곤 했다. 이는 다분히 의중이 담긴, 또한 그의 특징을 잘 나타내는 태도이다. 그에게는 무뚝뚝한 독신남의 강한 면모가 있었다. 아널드 베넷 씨가 여성들에 대한 책을 썼는데, 제목이 〈나의〉 여성들이 아니라는 점이 눈에 띈다. 그 주제로 쓰인 책들에는 대체로 그런 제목이 더 적절할 텐데 말이다. 왜냐하면 그런 책들은 초연한 관찰의 결과요 여성 일반에 대한 것이라고 공언하지만, 실제로는 저자가 익히 아는 특정 유형들에 관한 기록에 그치기 때문이다. 이 주제에 대해서는 일반화하려는 경향을 물리치기 어려운 것 같다. 두세 명의 여성에 대한 관찰을 대번에 모든 여성에 관한 명제로 바꿔 버리기 일쑤인 것이다. 나 자신도 그런 적이 있으며, 당시에는 스스로 제법 명석하고 예리하게 생각되었지만 과학적이지는 않았던 말을 꽤 많이 했다. 그런 경구 중 한 가지가 새삼스럽게 생각나는 것은 그 앞쪽 절반이 베넷 씨의 동의를 얻으리라 생각되기 때문이다. 즉, 그는 레이디 메리 몬터규[5]의 허락을 받아 다음과 같은 그

4 Samuel Butler(1835~1902). 영국 소설가.
5 Lady Mary Wortley Montagu(1689~1762). 영국 작가. 터키 주재 영국 대사의 부인으로, 오스만 제국을 여행하며 쓴 편지들로 유명하다.

녀의 말을 인용하고 있다. 〈나는 다양한 여행길에서 두 종류의 사람들밖에 만나지 못했는데, 그들은 서로 아주 비슷했다. 남자들과 여자들 말이다.〉 그에 비해 나 자신의 경구는 이러하다. 〈남자들과 여자들은 서로가 그러하리라 믿는 것보다 실제로는 더 비슷하다. 하지만 그들은 그것이 사실인 것처럼 서로에게 행동해서는 안 된다.〉

베넷 씨의 책은, 여성들에 대한 대부분의 책과는 달리, 사랑에 관한 에세이가 아니다. 그것은 경제학 책이다. 경제적 요인이 여성적인 특성 및 남녀 간의 관계에 미치는 영향이 그의 주요 주제이다. 상식적인 책이고, 첫눈에 보기에도 상식적이고 직설적이라 생각되는 많은 책이 그렇듯이 피상적이다. 읽을 만하기는 해도 탁월한 데는 없다.

그는 기묘하게도 다분히 신경질적인 태도로 한 가지 비밀을 누설한다. 문제의 비밀은 변명이 필요 없을 정도로 오래전부터 회자되던 것이지만, 베넷 씨는 아마도 페미니스트를 자처하는 터라 그것을 발설하기가 영 내키지 않았던 것 같다. 그는 말하기 난처한 척하면서도 결국 말하고 만다. 즉, 여성은 남성보다 지적 능력 면에서 열등하며, 창조적이라 묘사되는 종류의 능력에서는 특히 그러하다고 말이다. 분명 그 사실은 눈앞에 펼쳐져 있으며, 그래서 그는 〈아무리 교육을 많이 받고 행동의 자유를 누리는 여성이라 해도 그런 사실을 눈에 띄게 바꿀 수는 없다〉고 수긍한다. 〈세계 문학은 어떤 여성 시인보다 위대한 남성 시인을 적어도 50명은 보여 줄 수 있다.〉(그렇다, 새뮤얼 버틀러처럼『오디세이아 *Odysseia*』의 저자가 여성이라고 믿지 않는다면 말이다.)〈아마도 에밀리 브론테[6]만을 제외하고는 어떤 여성 소설가도 아직 남성들의 위대한 소설에 필적할 만한 소설을 쓰지 못했다.〉(대체로 그렇지만, 이 경우에는 동의하기에 좀 더 의구심이 따른다.)〈도대체 어떤 여성도 이류 이상의 회화나 조각, 이류 이상의 음악을 창조하지 못했다.〉(그렇다. 여기서 기준은 세계적인 걸작임을 기억하라.)〈어떤 여성도 비평에서 최고 수준 근처에도 이르지 못했다.〉(그렇다.)〈어느 누가 유명한 여성 철학자를, 또는 일급의 과학적 발견을 한 여성을, 또는 어떤 분야에서든 일급의 일반화를 이룩한 여성을 들 수 있는가?〉(들 수 없다. 다시금 기준을 상기하라.) 나는 어느 누구도 사실들을 공정하게 고찰하여 다른 결론에 이를 수 있다고 생각지 않는다. 극소수의 여성들이 똑똑한 남성들만큼 똑똑하다는 것은 사실이겠지만, 대체로 보아 지성은 남성적인 특성이다. 몇몇 여성은 의심할 바 없이 천재성을 지니고 있겠지만, 셰익스피어, 뉴턴, 미켈란젤로, 베토벤, 톨스토이 등에는 못 미치는 천재성이다. 그리고 여성의 평균적인 지적 능력은 그보다 또 한참 떨어지는 것 같다. 만일 똑똑하지만 대단히 똑똑하지는 못한 남성의 지성을 여성에게 옮겨 준다면, 그녀는

6　Emily Brontë(1818~1848). 영국 소설가.

대번에 대단히 똑똑한 여성으로 여겨질 것이며, 일반적인 조직 능력에서도 마찬가지일 거라고 생각한다. 포드[7] 같은 여성이 나온다면 세계적인 불가사의 중 하나가 될 것이다.

그래서 어떻다는 것인가? 지성은 결국, 그리고 대체로, 지배를 의미한다.

만일 여성들이 하나의 성(性)이 아니라 하나의 국가라면, 그 나라는 세계의 주요한 발견들을 이룩하는 데 별로 기여하지 못했을 것이다. 이것은 여성들에게 울적한 결론일까? 왜 꼭 그래야 하는지 나는 모르겠다. 우리 대부분은 아리스토텔레스나 렘브란트가 되지는 못하리라는 생각에 익숙해져 있으며, 여성들이 경주에서 2등이나 3등은커녕 6등이나 7등만 해도 충분히 만족한다.

105쪽에는 눈길을 끄는 대목이 있다. 베넷 씨는 이렇게 말한다. 〈나는 계속해서 주장하는 바이다. 이 대단히 진보한 시대에도 여성이라는 성은 지배당하기를 좋아하며, 영원까지는 아니라 해도 적어도 향후 몇천 년 동안은 여전히 지배당하기를 좋아하리라고 말이다. 이처럼 지배당하려는 욕망 그 자체가 지적인 열등함의 증거이다. 몇몇 분야에서는 최근의 진보적 사건들이 신비로운 방식으로 여성의 지적인 열등함에 종지부를 찍은 듯한 인상을 주기는 하지만, 그것은 여전히 여성의 명백한 특징으로 남아 있다.〉 하기야 남성들은 열

7 Henry Ford(1863~1947). 미국 기업인. 포드 자동차 회사의 창립자.

등한 지성을 지녔다 해도 지배당하기를 좋아하지는 않으며, 때로는 그것이 아주 불행한 일이 되기도 한다. 그러므로 베넷 씨가 여성의 특징이라고 지적하는 이 욕망은 지적인 열등함과는 무관한 것이다. 그는 그것을 〈본능적〉이라 치부해 버리는데, 이는 그가 주제를 다루는 데 있어 피상적임을 보여 주는 일례이다.

책의 말미에서 그는 〈성의 불화〉, 즉 남자들과 여자들이 서로 오해하는 방식의 예를 들고 있다. 이 경우 다툼은 한 정원사와 국화를 놓고 벌어진다. 잭과 질은 이 사소한 문제를 두고 사이가 틀어지며, 다툼이 계속되는 동안 상대방을 아주 나쁘게 생각한다. 베넷 씨는 요령 좋게 두 사람 각자의 머릿속에 들어가는데, 그가 제시하는 부부 싸움에는 다소 이상스러운 데가 있다. 내 생각에 문제는 (그의 소설 『이 두 사람 *These Twain*』에서도 마찬가지인데) 그가 그려 내는 부부가 정말로 친밀한 것 같지 않다는 데 있다. 결혼한 사람들이 대체로 친밀하지 않다는 것이 사실일지도 모르겠다. 친밀함이란 재능이며 자신의 감정을 표현하고 무엇보다도 친밀함을 소중히 여기는 능력을 뜻한다. 하여간 잭과 질 사이의 친밀함 결여는 그들을 재미없는 인물로 만들며, 베넷 씨의 묘사는 그다지 깊이 들어가지 못한다.

12년쯤 전에 오토 바이닝거[8]의 『성과 성격 *Geschlecht und*

---

8 Otto Weininger(1880~1903). 오스트리아 사상가.

Charakter』이라는 책이 나와 다소 물의를 일으켰다(번역본은 하이네만사에서 출간되었다). 그 책을 쓴 젊은 유대인은 자살했는데, 들리는 말로는 그 책을 읽은 여성 독자들이 너무 낙심하여 적어도 두 명은 그의 본보기를 따랐다고 한다. 그것은 솔직하고 기탄없는 책으로, 독창적이고 의문의 소지가 많은 논리와 통찰, 불공정함으로 가득 차 있다. 그것은 여성, 즉 W에 대한 일반적 특징 묘사로 시작하여, 여성을 크게 두 유형으로 나눈다. 아이들을 중시하는 모성형과 연인을 중시하는 요부형이 그것이다. 그러고는 여성의 비정상적인 유형들 및 〈여성의 타고난 허위성〉으로서의 히스테리의 정의를 논하며 끝맺는다. 모든 인간에게는 두 가지 요소, 즉 M(남성)과 W(여성)라는 두 가지 요소가 섞여 있는데, 이 특성들이 각 성에 생리적으로 나타난다는 것이다. 바이닝거는 모든 훌륭한 도덕적·지적 자질을 M에게, 모든 나쁜 것을 W에게 귀속시켰다. 그 가정에 따르면 여성들은 대다수의 남성보다 자기 안에 W를 더 많이 가지고 있으므로, 나쁘게 나타날 수밖에 없다.

얼마 전에 여성에 관한 또 다른 책이 나왔다. 오를로 윌리엄스 씨[9]가 쓴『좋은 영국 여성*The Good Englishwoman*』이라는 책이다. 이것은 가볍고 깔끔하게 쓰인 에세이 모음으로, 다정하고 위로하는 성격의 글이다. 저자는 대상을 영국 여성으로 한정하며, 그의 책은 성보다는 풍속과 사회적 관습에 관

---

9   Orlo Williams(1883~1967). 영국 저술가.

한 연구이다. 그는 여성에게 듣기 좋은 말을 늘어놓고 있지만, 실은 얕보는 태도가 역력하다. 베넷 씨는 그렇지는 않다.

2. 10월 9일 자 울프의 편지

편집장님, 대부분의 여성들이 그렇겠지만, 나도 아널드 베넷 씨의 비난이나 오를로 윌리엄스 씨의 입에 발린 찬사를 그들의 책에서 직접 읽는다면 그로 인한 울적함과 자신감 상실을 감당하지 못할 것 같습니다. 그래서 나는 그런 책들은 서평을 통해 한 모금씩 맛만 봅니다. 하지만 지난주 귀지(貴誌)의 칼럼에 〈상냥한 매〉가 쓴 서평은 한 숟갈도 삼킬 수가 없습니다. 그는 여성들이 지적 능력에서 남성들보다 열등하다는 사실이 〈눈앞에 펼쳐져 있다〉고 말합니다. 그러고는 〈아무리 교육을 많이 받고 행동의 자유를 누리는 여성이라 해도 그런 사실을 눈에 띄게 바꿀 수는 없다〉는 베넷 씨의 결론에 찬성합니다. 그렇다면 〈상냥한 매〉는 내 〈눈앞에 펼쳐져 있는〉 사실, 즉 16세기보다 17세기가, 17세기보다 18세기가, 그리고 16, 17, 18세기를 모두 합한 것보다 19세기가 뛰어난 여성을 더 많이 배출했다는 사실, 어떤 공정한 관찰자라도 인정할 수밖에 없는 사실을 어떻게 설명하겠는지요? 뉴캐슬 공작 부인[10]과 제인 오스틴을, 독보적인 오린다[11]와

10 영국의 철학자, 과학자, 시인, 소설가였던 마거릿 캐번디시Margaret Lucas Cavendish(1623~1673)를 말한다.
11 영국 시인 캐슬린 필립스Kathleen Philips(1631~1664)를 말한다.

에밀리 브론테를, 헤이우드 부인[12]과 조지 엘리엇을, 애프라 벤과 샬럿 브론테[13]를, 제인 그레이[14]와 제인 해리슨[15]을 비교해 보면, 지적 능력의 진보가 단지 느껴지는 정도가 아니라 실로 엄청나다고 생각됩니다. 남성들과 비교해 보더라도 전혀 자살하고 싶은 충동이 들지 않습니다. 교육과 자유의 효과는 아무리 강조해도 지나치지 않지요. 간단히 말해, 다른 성을 폄하하는 것은 즐겁고 신나는 일이겠지만, 자신들의 논거에 그토록 확신을 가지고 빠져들다니 베넷 씨와 〈상냥한 매〉는 다소 다혈질이 아닌가 싶습니다. 그러니, 여성들로서는 남성의 지성이 갈수록 저하되어 가고 있다고 믿을 만한 모든 이유가 있지만, 대규모 전쟁과 평화가 제공하는 이상의 증거가 나오기까지는 그것을 사실로 공표하지 않는 편이 현명하겠지요. 만일 〈상냥한 매〉가 진심으로 위대한 여성 시인을 발견하고자 한다면, 그는 왜 『오디세이아』의 저자가 여성일지도 모른다는 것을 슬쩍 넘어가고 마는지요? 당연히 나는 베넷 씨나 〈상냥한 매〉가 아는 만큼 그리스어를 안다고 주장할 수는 없지만, 그래도 사포[16]는 여성이었는데 플라톤

---

12 Eliza Heywood(1693~1756). 영국 배우이자 극작가, 소설가.

13 Charlotte Brontë(1816~1855). 영국 소설가.

14 Jane Gray(1537~1554). 헨리 7세의 증손녀이자 9일 만에 폐위된 비운의 여왕. 편지와 기도문을 남겼다.

15 Jane Harrison(1850~1928). 영국의 고전학자. 고전 시대 이전 그리스의 여성 인물 재현에 대한 그녀의 저작은 울프의 감탄을 샀다.

16 Sappho(B.C. 630?~B.C. 570?). 그리스 서정시인.

과 아리스토텔레스가 그녀를 호메로스나 아르킬로코스[17]와 함께 자신들의 가장 위대한 시인들의 반열에 올려놓았다는 말을 종종 들었습니다. 베넷 씨가 사포보다 나은 남성 시인의 이름을 50명이나 들 수 있다는 것은 환영할 만한 놀라운 일입니다. 만일 그가 그 이름들을 지면에 발표한다면, 나는 여성에게 그토록 소중하다는 순종의 실천으로서 그들의 저작을 구매할 뿐 아니라, 내 능력이 허락하는 한 그 이름들을 외울 것을 약속하겠습니다.

3. 〈상냥한 매〉의 답변

사포가 명성의 절정에 있었던 것은 기원전 610년경의 일이다. 그녀는 예레미야[18]와 느부갓네살[19]의 동시대인이었다. 그녀가 시를 쓰던 무렵 부처는 아직 태어나지도 않았다. 그러니까 그것은 아주 오래전 일이다. 혹시 헤르쿨라네움[20]의 보물들이 다 파헤쳐지면 그녀의 작품들이 발견될지도 모르지만, 현재 그녀의 작품이라고는 두 편의 짧은 송가 외에는 인용으로만 남아 있는 단편들 아니면 단편의 단편들, 고대 문법학자들의 딱딱해진 아교풀 속에 갇힌 파리 날개 같은 부

---

17 Archilochos(B.C. 680?~B.C. 645?). 그리스 풍자시인.
18 Jeremiah(B.C. 650?~B.C. 570?). 유대 민족의 예언자.
19 Nebuchadnezzar(B.C. 605~B.C. 562). 성경에 나오는 바빌로니아 제국의 왕.
20 고대 로마의 도시. 서기 79년에 베수비오 화산의 분화로 소실되었다.

스러기들이 전부이다. 그래도 사포는 대단한 이름이다. 그녀가 레우카디아의 곶에서 투신한 이래 2천5백 년 동안의 가장 위대한 시인 50명 속에 들어갈 수 있을지 여부는 이런 상황에서는 결정하기 어렵지만 말이다. 만일 토착어를 쓰는 다른 시인, 가령 번스[21]가 인용으로만 살아남았다면, 그래서 그녀만큼 시적인 상상의 주제가 되었다면 — 그녀는 투신하면서 백조가 되었다고도 한다 — 그의 명성 또한 그녀 못지않게 대단했을지도 모른다. 하지만 2천5백 년은 그 비슷한 주장이나마 해볼 수 있을 만한 제2의 여성 시인을 기다리기에는 긴 시간이다. 설령 베넷 씨가 사포에 관한 주장을 받아들인다 하더라도, 그렇게 긴 시간적 간격은 진정한 의미에서의 창조력이란 소수의 남성에게 속한다는 것 이외의 다른 가설로는 설명되지 않는다. 내가 이해하는 한, 여성들이 항상 악기를 연주하고 노래하고 음악 공부를 해왔으면서도 남성들만큼 많은 음악가를 배출하지 못한 데는 다른 이유가 없다. 그렇지 않다면, 명상적인 종교 생활을 해온 수백만 명 가운데서 분명히 아퀴나스나 토마스 아 켐피스[22]의 업적에 필적할 만한 여성이 한두 명은 나타났을 것이다. 그뿐만 아니라 좀 더 나중에 그림이 여성의 손닿는 범위 안으로 들어오게 되었을 때에도, 어떤 위대한 여성 화가가 나타났던가? 만일

21 Robert Burns(1759~1796). 영국 시인.
22 Thomas Aquinas(1225~1274), Thomas a Kempis(1380~1471). 중세의 대표적인 신학자들.

19세기에 존 스튜어트 밀[23]의 지성을 가진 여성이 존재했다면, 그녀는 해리엇 마티노만큼이나 전면에 모습을 드러내지 않았겠는가? 밀은 테일러 부인이 모든 면에서 자신보다 우월하다고 생각했지만, 어떤 친구도 그의 의견에 찬성하지 않았다. 뉴턴은 소농의 아들이었고, 허셜[24]은 독일 군악대의 일원이었으며, 패러데이[25]는 대장장이의 아들이었고, 라플라스[26]는 가난한 농부의 아들이었다. 만일 그들의 동시대인 가운데 어떤 여성이 그들보다 더 나은 처지에서 그들만큼 지적인 열정과 능력을 타고났다면, 그녀가 그들만큼의 업적을 이루지 못했을 이유를 나로서는 찾을 수 없다. 지성과 완두콩 밭 한 뙈기만 있으면, 수도사가 멘델[27]이 되기도 한다. 나는 베넷 씨의 입장이 타당하다고 생각한다. 울프 부인은 16세기보다 17세기가, 17세기보다 18세기가, 그리고 16, 17, 18세기를 모두 합친 것보다 19세기가 탁월한 여성을 더 많이 배출한 것을 교육이라는 요인 이외에 달리 어떻게 설명하

23 John Stewart Mill(1806~1873). 영국 철학자, 정치 경제학자. 그는 후일 자신의 아내가 된 해리엇 테일러Harriot Taylor(1808~1859)가 자신보다 지적으로 우월하다고 보았다. 그녀는 여권 신장의 강력한 대변인이었고, 그는 그녀의 영향하에 『여성의 예속The Subjection of Women』을 썼다.

24 William Herschel(1738~1822). 미국의 선구적 천문가. 천왕성과 토성의 위성들을 발견했다.

25 Michael Faraday(1791~1867). 영국 화학자, 물리학자. 전기에 관한 중요한 발견들을 했다.

26 Pierre Simon Laplace(1791~1867). 프랑스 천문학자, 수학자. 우주 창조에 관한 이론을 수립했다.

27 Gregor Mendel(1822~1884). 오스트리아 수도사로 유전 법칙을 발견했다.

겠느냐고 묻는다. 여성의 성취가 적었던 것은 대부분의 여성이 교육에서 배제되었기 때문이라는 것이다. 물론 탁월한 여성의 수가 늘어나고 그녀들이 훌륭한 업적을 이룬 것은 교육 덕분이다. 하지만 다음과 같은 사실들은 여전히 남는다. 첫째, 지난날 여성의 처지가 여러 면에서 불리했다 하더라도, 비범한 지적 능력을 가진 많은 남성들이 극복했던 것보다 더 불리했던 것은 아니다. 둘째, 여성의 처지가 덜 불리했던 분야(문학, 시, 음악, 회화)에서도 여성들은 — 아마도 소설만을 제외하고는 — 남성들이 도달한 최고 수준에 거의 이르지 못했다. 셋째, 여성들은 교육을 받는다 해도, 순수한 지성을 요구하는 분야에서는 남성들에 필적하지 못했다. 하지만 그렇다고 해서 소수의 여성들이 여느 똑똑한 남성 못지않게 똑똑하지 않다거나, 못지않게 훌륭한 예술가, 못지않게 훌륭한 창조자가 아니라는 말은 아니며, 단지 그녀들은 최고의 남성들에 비해 처지는 것 같다는 말이다.

4. 10월 16일 자 울프의 답변

편집장님, 우선 사포부터 시작하지요. 우리는 〈상냥한 매〉가 상정한 번스의 예에서처럼 사포를 그녀의 단편들만 가지고 판단하는 것이 아닙니다. 우리의 판단은 그녀의 모든 작품을 알고 있던 사람들의 의견도 참조하고 있습니다. 그녀가 2천5백 년 전에 태어났다는 것은 사실입니다. 〈상냥한 매〉에

따르면, 기원전 600년부터 18세기에 이르기까지 그녀만 한
천재성을 지닌 여성 시인들이 나타나지 않았다는 사실이 그
시기 동안 잠재적 천재성을 지닌 여성 시인도 없었음을 입증
한다고 합니다. 그렇다면 그 시기 동안 평범한 장점을 지닌
여성 시인이 나타나지 않았다는 사실은 평범한 잠재력을 지
닌 여성 시인도 없었다는 말이 되겠지요. 사포는 물론이고,
17~18세기에 이르기까지는 마리 코렐리도 바클리 부인도
없었다는 말입니다.[28]

　좋은 여성 작가뿐 아니라 나쁜 여성 작가도 전혀 없었다
는 사실을 설명하기 위해, 나는 그녀들의 능력에 대한 어떤
외적 제약이 있었다는 것 말고는 다른 이유를 생각할 수 없
습니다. 〈상냥한 매〉도 이류, 삼류의 재능을 지닌 여성들은
항상 있어 왔다고 인정하니 말입니다. 그녀들이 강력히 금지
당하지 않았다면, 왜 글과 음악과 그림에서 그런 재능을 표
현하지 않았겠습니까? 사포의 예는 비록 먼 옛날 일이기는
하지만, 이 문제에 다소간 조명을 비추어 준다고 생각합니
다. J. A. 시먼즈[29]의 말을 인용해 보겠습니다.

　28　Marie Corelli(1855~1914), Florence Louisa Barclay(1862~1921).
두 사람 다 대중적인 로맨스 소설의 작가.
　29　John Addington Symonds(1840~1893). 영국 시인, 문예 비평가, 문
화사가. 울프의 어린 시절 친구 마거릿(매지 본)의 아버지. 인용문은 『그리스
시인 연구*Studies of the Greek Poets*』에서 가져온 것.

여러 가지 상황이 레스보스에서 서정시가 발달하는 것을 도왔다. 아이올리스 사람들은 여성에게 그리스에서 보통 허용되었던 것보다 더 많은 사회적·가정적 자유를 허용했다. 아이올리스 여성들은 이오니아 여성들처럼 하렘에 갇혀 있지도 않았고, 스파르타 여성들처럼 엄격한 훈련에 매여 있지도 않았다. 그녀들은 남성 사회와 자유롭게 교류하면서 높은 수준의 교육을 받았고, 자신들의 감정을 역사상 다른 곳에서는 — 실로 현재에 이르기까지도 — 유례를 찾아볼 수 없을 정도로 표현하는 데 익숙해 있었다.

이제 사포에서 에설 스미스[30]에게로 건너뛰어 봅시다. 〈내가 이해하는 한, 여성들이 항상 악기를 연주하고 노래하고 음악 공부를 해왔으면서도 남성들만큼 많은 음악가를 배출하지 못한 데는 다른 이유가 없다〉고 〈상냥한 매〉는 말합니다. 에설 스미스가 뮌헨에 가는 것을 방해할 이유가 없었다고요? 아버지가 반대하지 않았다고요? 유복한 가정에서 딸들에게 시키는 연주와 노래와 음악 공부가 음악가가 되기에 적합한 것이었던가요? 하지만 에설 스미스는 19세기에 태어났습니다. 〈그림이 여성의 손닿는 범위 안으로 들어오게

---

30 Ethel Smyth(1858~1944). 영국 작곡가이자 여성 운동가. 울프는 1919년에 나온 그녀의 회고록을 읽었고, 1930년에 만나 친구 사이가 되었다.

되었을 때에도 위대한 여성 화가는 나오지 않았다〉고 〈상냥한 매〉는 말합니다. 〈여성의 손닿는 범위 안으로 들어왔다〉는 것은 무슨 뜻인가요? 아들들을 교육시킨 뒤에 딸들에게도 물감과 화실을 마련해 줄 만한 충분한 돈이 있고 딸들이 집에 붙어 있어야 할 특별한 이유가 없음을 뜻한다면, 그럴 수도 있겠지요. 그렇지 못한 경우에는 남자들로서는 상상할 수 있는 이상의 괴로운 고문을 무시하고 목표를 향해 돌진해야만 합니다. 이런 형편은 20세기에도 마찬가지입니다. 하지만 위대한 창조적 정신이라면 그런 장애물쯤은 극복하리라고 〈상냥한 매〉는 주장하지요. 그렇다면 그는 역사상 위대한 천재 중 단 한 사람이라도 교육이 제한되고 예속된 민족 — 아일랜드 민족이나 유대 민족처럼[31] — 가운데서 나온 예를 지적할 수 있는지요? 내가 보기에 셰익스피어가 존재할 수 있게 하는 조건은, 그가 자기 예술 분야에서 선배들을 갖고, 예술을 자유롭게 토론하고 실행하는 그룹의 일원이 되며, 그 자신이 행동과 경험의 자유를 최대한 누리는 것이라는 데 이의의 여지가 없을 것 같습니다. 아마도 레스보스에서는 여성도 이런 조건을 누렸던 것 같지만, 그 이후로는 결코 그런 일이 없었습니다. 〈상냥한 매〉는 가난과 무지를 극복한 몇몇 남성들의 이름을 듭니다. 그의 첫 번째 예는 아이

---

31 울프가 이렇게 말하는 것은 아직 유대인에 대한 차별이 만연하던 시절이라 그들의 성취가 잘 알려져 있지 않았기 때문일 것이다. 아일랜드 민족 역시 마찬가지이다.

작 뉴턴입니다. 뉴턴은 농부의 아들이었지만 문법 학교에 다녔고, 농장에서 일하기를 거부하자 성직자였던 한 숙부가 그에게 농사일을 시키지 말고 대학에 보내도록 권해 준 덕분에 열아홉 살 때 케임브리지의 트리니티 칼리지에 들어갔지요 (『국가 전기 사전*Dictionary of National Biography*』[32] 참조). 말하자면 뉴턴은 1920년대에 뉴넘 칼리지에 가고 싶어 하는 시골 변호사의 딸이 부딪혔을 정도의 반대에 부딪혔던 것입니다. 하지만 그는 베넷 씨, 오를로 윌리엄스 씨, 〈상냥한 매〉 등의 글로 인해 한층 더 좌절할 필요는 없었지요.

그와 별도로 내가 말하고 싶은 것은, 한 사람의 위대한 뉴턴이 나오기 위해서는 상당수의 그보다 못한 뉴턴들이 있었어야 한다는 점입니다. 내가 라플라스, 패러데이, 허셜 등의 경력을 조사하고, 아퀴나스와 테레사 성녀의 생애 및 업적을 비교하고, 존 스튜어트 밀과 그의 친구들 중 어느 쪽이 밀 부인에 대해 잘못 생각했는지 밝히느라 귀지의 지면을 낭비하지 않는다고 해서, 〈상냥한 매〉로부터 비겁하다는 비난을 받지 않기를 바랍니다. 우리 모두 동의하리라 생각되는 사실은, 아주 이른 시대부터 오늘날에 이르기까지 세계 인구 전체를 낳은 것은 여성들이라는 것입니다. 이 일은 많은 시간과 수고를 요구합니다. 또한 이 일이야말로 여성을 남성에게

---

32   울프의 아버지 레슬리 스티븐Leslie Stephen(1834~1904)이 제1대 주간을 맡았던 방대한 전기 사전.

종속시켜 왔고, 그러면서 그녀들 안에 인류의 가장 사랑스럽고 훌륭한 자질을 함양해 왔습니다. 나와 〈상냥한 매〉가 다른 것은 그가 현재 남녀의 지적 평등성을 부정한다는 점이 아닙니다. 그것은 그가 베넷 씨와 더불어 여성의 정신은 교육이나 자유를 누려도 별로 달라지지 않는다고, 여성의 정신은 최고의 성취를 이룩할 수 없다고, 여성의 정신은 지금과 같은 처지에 영원히 머물러야 한다고 주장한다는 점입니다. 여성이 발전해 왔다는 사실은 (〈상냥한 매〉도 이제는 인정하는 것 같습니다만) 그녀들이 앞으로도 계속 발전할 수 있음을 보여 준다는 사실을 나는 거듭 말해야겠습니다. 119년도 아닌 19세기에 왜 여성들의 발전에 한계를 두어야 하는지 모르겠습니다. 하지만 필요한 것은 교육만이 아닙니다. 여성들은 경험의 자유를 누려야 합니다. 여성들은 자신이 남성들과 다를 때(나는 여성과 남성이 사실상 같다는 〈상냥한 매〉의 주장에 찬성하지 않습니다) 두려움 없이 자신의 차이를 공개적으로 표현할 수 있어야 합니다. 정신의 모든 활동이 장려되어, 남성들만큼이나 자유롭게 그리고 조롱당하거나 얕보일 우려 없이 생각하고 발명하고 상상하고 창조하는 여성들의 핵심적인 활동이 항상 존재해야 합니다. 그런데 내가 보기에는 대단히 중요한 이런 조건들이 〈상냥한 매〉나 베넷 씨 같은 이들의 주장으로 인해 저해되고 있습니다. 왜냐하면 여전히 남성은 여성보다 자신의 견해를 알리고 존중받기가 훨씬 더 쉬우니까요. 만일 장래에도 그런 견해가 횡행한다면, 우리는 반쯤 문명화된 야만 가운데 남게 되리라고 나는 믿어 의심치 않습니다. 한편의 영원한 지배와 다른 한편의 영원한 예속을, 적어도 나는 그렇게 정의합니다. 왜냐하면 노예 상태로의 타락과 맞먹는 것은 주인 노릇으로의 타락밖에 없으니까요.

이에 대해 〈상냥한 매〉는 짧게 답했다. 〈만일 내 견해를 표명함으로써 여성의 자유와 교육이 저해된다면, 나는 더 이상 논의하지 않겠다.〉

남과 여[1]

한 권의 작은 책을 통해 어떤 큰 대상을 바라보면 대체로 너무나 막연하고 불확실한 윤곽만이 눈에 들어오므로, 설령 그리스의 보석이라 할지라도 그것이 산으로도 이동 탈의실[2] 같은 것으로도 보일 수 있다. 그러나 빌라르 양[3]의 작은 책은 광범한 주제를 다루지만 워낙 초점이 분명하고 맑아서, 눈에 들어오는 사물의 윤곽이 뚜렷하여 세부적인 데까지 분명히 알아볼 수 있다. 한마디 한마디가 흥미롭게 읽히니, 그녀가

1   1920년 3월 18일 『타임스 리터러리 서플러먼트*Times Literary Supplement*』에 게재. 레오니 빌라르의 『19세기 영국 여성 및 당대 영국 소설을 통해 본 여성의 진화*La Femme anglaise au XIXe siècle et son évolution d'après le roman anglais contemporain*』(1920)에 대한 서평("Men and Women", *Essays III*, pp.192~195).

2   이동 탈의실bathing machine이란 18세기부터 20세기 초까지 해변에서 사람들이 평상복에서 수영복으로 갈아입는 데 사용되던 장치이다. 지붕이 달려 있고 목재나 캔버스 천을 댄 벽판 양쪽에 문이나 커튼을 달아 드나들 수 있게 한 수레로, 그대로 바닷속으로 굴려 갈 수 있었다. 수영복 차림을 이성에게 보이는 것이 점잖지 못하다고 여겨지던 시절, 해수욕 예절의 일부였다.

3   Léonie Villard(1890~1962). 프랑스 여성 최초로 대학의 문학 교수가 되었다. 리옹 대학과 마운트 홀리요크 칼리지에서 가르쳤다.

말하고자 하는 바를 곳곳에서 확인할 수 있기 때문이다. 그녀는 항상 명확하고 구체적인 내용을 다루고 있다. 하지만 어떻게 한 세기 전체, 한 나라 전체, 한 성별 전체를 다루면서 명확하거나 구체적일 수 있을까? 빌라르 양은 소설을 재료로 사용함으로써 그 난점을 해결했다. 그녀는 정부 간행 보고서들과 전기들도 읽었지만, 이 책이 갖는 참신함과 진실성의 상당 부분은 그녀가 소설 읽기를 더 좋아했다는 사실에 기인한다. 소설에는 여성이 가장 주목할 만한 발전을 이룩한 시대와 국가 — 19세기 영국 — 에서 여성들이 품었던 생각과 희망이 다른 어디서보다 내밀하고 충실하게 펼쳐져 있다고 그녀는 말한다. 만일 19세기 소설이 아니었다면, 우리는 인류 역사의 이 부분에 대해 우리 선조들만큼이나 무지했으리라고 말할 수 있다. 여성들이 존재하고 아기를 낳고 수염이 없으며 대머리가 되지 않는다는 사실은 옛적부터 알려져 있었지만, 이런 생물학적 사실들이나 또 여성들이 남성들과 다를 바 없다고 취급되는 영역을 제외하고는, 우리는 여성들에 대해 별로 알지 못하며 우리 결론을 뒷받침할 만한 근거도 별로 없다. 게다가 우리는 감정에 치우치지 않기가 쉽지 않다.

19세기 이전에는 문학이 대화가 아니라 거의 독백의 형태를 띠었다. 흔히 알려진 것과는 달리, 말 많은 성은 여성이 아니라 남성이다. 세상의 모든 도서관에서는 남자들이 자신을 향해, 그리고 대개의 경우 자신에 관해 말하는 것을 들을 수 있다. 여성들이 자주 사변과 재현의 대상이 되는 것은 사실이지만, 레이디 맥베스, 코딜리아, 오필리아, 클래리사, 도라, 다이애나, 헬렌[4] 등등이 결코 그녀들 자신이 원했던 모습이 아님은 나날이 명백해지고 있다. 어떤 여성 인물들은 명백히 변장한 남성들이거나, 남성들이 바라는 바를 재현하거나, 또는 자신이 그렇지 못하다는 것을 의식한다. 또 다른 여성 인물들은 인류의 딱한 처지에 대해 생각할 때 대부분의 사람들을 괴롭히기 마련인 불만과 절망을 상징적으로 구현한다. 우리 자신에게 결여된 것, 우주에서 갈망하고 인류에게서 혐오하는 모든 것을 이성에게 투사하는 것은 남녀 공히 갖고 있는 깊고 보편적인 본능이다. 하지만 그래 봤자 안도감은 생길지 모르지만 더 나은 이해에 이르지는 못한다. 코딜리아가 여성의 진실에 대한 어설픈 모방인 만큼이나 로체스터[5]는 남성의 진실에 대한 어설픈 모방이다. 그리하여 빌라르 양은 19세기 소설의 가장 유명한 여주인공 중 몇몇은 남성들이 여성들에게 욕망하는 바를 나타낸다는 사실에 맞닥뜨린다. 헬렌 펜더니스는 그녀 자신보다는 새커리에 대해 더 많은 것을 말해 준

4   각기 윌리엄 셰익스피어의 『맥베스*Macbeth*』, 『리어 왕*King Lear*』, 『햄릿*Hamlet*』, 새뮤얼 리처드슨Samuel Richardson(1689~1761)의 『클래리사*Clarissa*』, 찰스 디킨스Charles Dickens(1812~1870)의 『데이비드 코퍼필드*David Copperfield*』, 조지 메러디스George Meredith(1828~1909)의 『십자로의 다이애나*Diana of the Crossways*』, 윌리엄 새커리William Thackeray(1811~1863)의 『펜더니스*The History of Pendennis*』의 등장인물.
5   샬럿 브론테의 『제인 에어*Jane Eyre*』의 남주인공.

다. 그녀는 자기 것이라 말할 수 있는 돈은 땡전 한 푼 없었고, 기도서나 요리책을 읽는 것 이상의 교육은 받아 본 적이 없다고 말한다. 그녀를 통해 우리는 어느 한 성이 다른 성에게 의존할 때는 안전을 위해 짐짓 지배적 성이 바람직하게 여기는 바대로 행동하게 된다는 사실을 알게 된다. 새커리의 여성들과 디킨스의 여성들은 어느 정도 주인의 눈을 속이는 데 성공하지만, 이런 여성들이 반감을 사는 것은 그 기만이 전적으로 성공적이지 못하다는 사실에서 기인한다. 그리하여 깊은 불신의 분위기가 자리 잡는다. 헬렌은 주인이 등을 돌리자마자 과부의 상복을 벗어 던지고, 맥주를 단숨에 들이켜고, 짤막한 옹기 파이프를 꺼내 물고 벽난로 선반에 다리를 걸칠 법도 하다. 하여간 새커리는 등을 돌리면서도 의심의 눈길을 거두지 못한다. 그러다 19세기 중간쯤에, 이 노예적인 여성들을 향해 두 명의 아주 비타협적인 인물이 도전장을 던진다. 즉 제인 에어와 이소펠 버너스[6]이다. 둘 중 한 명은 자신이 가난하고 못생겼다고 강조하며, 다른 한 명은 자신이 누군가와 결혼하여 정착하기보다 히스 들판을 쏘다니는 편이 더 좋다고 힘주어 말한다. 빌라르 양은 노예적인 여성과 도전적인 여성, 안주하는 여성과 모험적인 여성의 이 뚜렷한 대조가 기계의 도입에서 생겨났다고 본다. 수천 년 동안 여성이 돌려 온 물

6 조지 보로George Borrow(1803~1881)의 소설 『라벵그로*Lavengro*』와 『로마니 라이*Romany Rye*』의 여주인공.

레바퀴가 구닥다리가 된 지도 1백 년 이상 지났다.

　사실상 여성의 욕망, 자신을 밖으로 드러내려 하고 이제껏 부과되던 행동의 제약들을 극복하려는 욕망은 그녀의 삶이 가사 노동에 덜 매이게 되는 순간 태어났다. 한두 세대 전만 해도 그런 노동이 항시 그녀의 주의를 사로잡고 온 힘을 소모시켰던 것이다. 물레바퀴와 바늘과 방추, 잼과 피클을 만드는 것, 양초와 비누를 만드는 것(……)은 더 이상 여성들을 묶어 두지 못한다. 해묵은 가사 노동이 사라지자, 장차 신여성이 될 여성은 자기 안에서 보고 생각하고 판단할 여유가, 자신과 자신이 살아가는 세계에 대한 의식이 생겨나는 것을 느낀다.[7]

　수 세기 만에 처음으로, 마디 진 손과 탁해진 눈을 한 구부정한 모습의 여성 — 시인들이 뭐라고 미화하든 그것이 여성의 진짜 모습이었다 — 이 빨래 대야에서 몸을 일으켜 문밖으로 나가 산책을 하고 공장으로 들어갔다. 그것이 자유를 향한 고통스러운 첫걸음이었다.

　빌라르 양이 1860년부터 1914년 사이에 영국 여성이 진보해 온 이야기를 들려주는 극히 명석한 이 책을 한두 마디로

　7　주1에서 언급한 빌라르의 책, 제2부 「여성적 에너지의 해방La Libération de l'énergie feminine」.

요약하기란 불가능하다. 더구나 빌라르 양은 어떤 여성도, 영불해협 건너편에서 자기 민족 특유의 명철한 눈으로 바라보는 프랑스 여성조차도, 해방이니 진보니 하는 말이 정확히 무엇을 의미하는지 말할 수 없다는 데 동의한 첫 여성일 것이다. 중류층 여성에게 약간의 여가와 교육의 기회, 자신이 사는 세상을 둘러볼 자유가 생겼다는 사실을 전제하더라도, 여성이 자기 자리를 잡고 자기 힘을 명확히 인식하는 것은 이 세대나 다음 세대에는 이루어지지 않을 것이다. 〈내게는 여자의 느낌들이 있어요. 하지만 남자의 언어밖에 없어요〉라고 『성난 무리를 멀리 떠나』의 밧세바[8]는 말한다. 그 딜레마로부터 무한한 혼돈과 착종이 생겨난다. 에너지는 해방되었지만, 어떤 형식으로 흘러들어 갈 것인가? 기존 형식들을 시도해 보고, 맞지 않는 것은 버리고, 좀 더 잘 맞는 다른 것을 창조하는 것은 자유와 성취의 선결 조건이다. 나아가, 여성이라는 존재가 1860년에 처음으로 창조되지 않았음을 기억하는 것이 좋겠다. 그녀의 에너지의 대부분은 이미 충분히 사용되고 고도로 개발되어 있다. 그런 여분의 에너지를 한 방울도 허투루 흘리지 말고 새로운 형식에 쏟아붓는 것은 남성들의 동시적 발전과 해방으로써만 풀 수 있는 어려운 문제이다.

---

8 토머스 하디Thomas Hardy(1840~1928)의 소설 『성난 무리를 멀리 떠나Far From the Maddening Crowd』의 여주인공.

여성과 소설[1]

이 글의 제목은 두 가지 방식으로 읽힐 수 있다. 즉, 그것은 여성과 여성이 쓰는 소설[2]을 가리킬 수도 있고, 여성과 여성에 대해 쓰인 소설을 가리킬 수도 있다. 이 애매함은 의도적인 것이니, 여성 작가를 다룸에 있어서는 가능한 한 폭넓고 탄력적인 태도가 바람직하기 때문이다. 여성 작가의 작품은 예술과는 무관한 조건들의 영향을 너무나 많이 받아 왔으므로, 작품 이외의 다른 것도 다룰 여지를 남겨 둘 필요가 있는 것이다.

1 1929년 3월 『포럼Forum』지에 게재. 울프는 1928년 10월 20일 거턴 칼리지에서, 그리고 10월 26일 뉴넘에서 〈여성과 소설Women and Fiction〉이라는 제목으로 강연을 했다. 울프의 『자기만의 방』은 일러두기에 따르면 〈그대로 읽기에는 너무 긴 두 편의 글을 바탕으로 하여 수정하고 확대한 것〉이라고 하는데, 그 두 편의 글, 즉 강연 원고는 남아 있지 않다. 이 에세이는 그 강연 원고 중 하나를 손질한 것으로 추정된다("Women and Fiction", *Essays V*, pp. 28~36).
2 울프는 이 글에서 〈픽션fiction〉이라는 말과 〈소설novel〉이라는 말을 별다른 구별 없이 섞어 쓰고 있는데, 둘 다 〈소설〉로 옮긴다.

여성의 글쓰기에 대한 탐구는 아무리 피상적인 데 머문다 할지라도 대번에 무수한 질문을 불러일으킨다. 당장 떠오르는 질문은 왜 18세기 이전에는 여성의 글쓰기가 지속적으로 이루어지지 않았을까 하는 것이다. 그러다가 어떻게 하여 여성들은 남성들만큼이나 습관적으로 글을 쓰게 되었으며, 그런 글쓰기를 통해 영국 소설의 몇몇 고전을 차례로 내놓게 되었을까? 그럴 때 그녀들의 글쓰기는 — 어느 정도는 여전히 그렇지만 — 왜 소설이라는 형태를 취하게 되었을까?

　조금만 생각해 보면 우리는 또 다른 소설로밖에 답할 수 없는 질문들을 묻고 있음을 알게 될 것이다. 오늘날 그 대답은 낡은 일기장에 갇혀 낡은 서랍 속에 쟁여진 채 나이 든 사람들의 기억 속에서 반쯤 망각되고 있을 터이다. 그것은 이름 없는 자들의 삶 속에서, 여러 세대에 걸친 여성들의 모습이 희미하게 드문드문 드러날 뿐인 역사의 침침한 복도에서나 발견될 것이다. 여성들에 대해 알려진 것은 극히 적다. 영국 역사는 남성들로 이어진 역사이지 여성들의 역사가 아니다. 우리는 남성 선조들에 대해서는 항상 이러저러한 사실들, 특별한 점들을 알고 있다. 그들은 군인이었거나 선원이었으며, 공직을 수행했거나 법을 제정했다. 하지만 우리의 어머니, 할머니, 증조할머니 들에 대해서는 무엇이 남아 있는가? 막연히 전해져 오는 이야기뿐이다. 누구는 아름다웠고, 누구는 빨강머리였으며, 누구는 여왕의 키스를 받았다는 등의 이야기 말이다. 우리가 그녀들에 대해 알 수 있는 사실이라고는 이름과 결혼 날짜, 낳은 자식 수가 고작이다.

그러므로 우리가 왜 어느 특정한 시기에 여성들이 이 일 또는 저 일을 했는지, 왜 아무것도 쓰지 않았는지, 그러다 또 어떻게 하여 걸작을 쓰게 되었는지 알고 싶다 해도 좀처럼 알아내기 어렵다. 케케묵은 종잇장을 뒤져 가며 역사의 속내를 뒤집어 셰익스피어나 밀턴,[3] 존슨[4]의 시대에 평범한 여성의 일상생활이 어떠했던가를 충실히 재현해 보려 하는 이는 대단히 흥미로운 책을 쓰게 되는 것은 물론이고 비평가에게 지금은 없는 무기를 제공하게 될 것이다. 비범한 여성은 평범한 여성을 기반으로 한다. 평균적인 여성의 삶의 여건들이 어떠했는지 — 자녀를 몇이나 두었는지, 자기 몫의 돈이 있었는지, 자기만의 방이 있었는지, 가족을 돌보는 데 도와주는 이가 있었는지, 하인들이 있었는지, 가사 노동의 일부를 담당했는지 — 를 알 때, 평범한 여성에게 가능한 생활 방식과 삶의 경험을 측량할 수 있을 때, 비로소 우리는 작가가 된 비범한 여성의 성공과 실패를 가늠할 수 있을 것이다.

이상한 침묵의 공간이 한 시대와 다른 시대를 갈라놓고 있는 듯하다. 기원전 600년경 그리스의 한 섬에는 사포를 위시하여 시를 쓰는 한 무리의 여성들이 있었다. 그러고는 침

---

3 John Milton(1608~1614). 영국 시인.
4 Samuel Johnson(1709~1784). 영국 작가, 사전 편찬자.

묵. 기원후 1000년경 일본에서는 한 궁정 여성, 무라사키 부인[5]이 아주 길고 아름다운 소설을 썼다. 하지만 영국에서는 극작가와 시인 들이 가장 활발하게 활동했던 16세기에도 여성들은 잠잠했다. 엘리자베스 시대 문학은 전적으로 남성들의 문학이었다. 그러다가 18세기 말과 19세기 초에 — 이번에는 영국에서 — 우리는 또다시 아주 빈번히 그리고 성공적으로 글 쓰는 여성들을 만나게 된다.

여성들의 목소리 사이에 이처럼 이상한 침묵이 끼어드는 데는 물론 법과 관습의 책임이 클 것이다. 여성이 — 15세기에 그랬듯이 — 부모가 택한 남자와 결혼하지 않는다고 매 맞고 내동댕이쳐지기 일쑤였던 때에는, 정신적 분위기가 예술 작품의 생산에 적합하지 않았다. 여성이 — 스튜어트 시대[6]에 그랬듯이 — 자기 의사와는 무관하게 〈법과 관습이 정하는바〉 아내의 주인으로 군림하게 될 남자와 결혼해야 했던 때에는, 글쓰기를 위한 격려는커녕 시간조차 없었을 것이다. 오늘날 정신 분석학의 시대에 살고 있는 우리는 환경과 암시가 정신에 미치는 막대한 영향을 깨닫기 시작하고 있다. 또한 우리는 회고록과 편지 들의 도움을 받아, 예술 작품을 만들어 내는 데 얼마나 비상한 노력이 필요한지, 예술가의

---

5 무라사키 시키부紫式部(978?~1031?). 『겐지 이야기(源氏物語)』를 쓴 일본 여성 작가.
6 1603년 스코틀랜드 왕실 스튜어트가 출신인 제임스 6세가 영국 왕 제임스 1세로 즉위한 이래 1714년까지 계속되었다.

정신이 어떤 피난처와 지지를 요구하는지도 이해하기 시작하고 있다. 키츠[7]나 칼라일,[8] 플로베르[9] 같은 남성들의 전기와 편지 들은 이런 사실을 확인시켜 준다.

그러므로 19세기 초 영국에서 비범한 소설들이 쏟아져 나왔다는 것은 법과 관습과 풍속에서 무수한 작은 변화가 일어났음을 말해 준다. 19세기 여성은 약간의 여가와 교육을 누렸다. 중류층과 상류층 여성이 자기 의사로 남편을 택하는 것은 더 이상 예외적인 일이 아니었다. 네 명의 위대한 여성 작가들 — 제인 오스틴, 에밀리 브론테, 샬럿 브론테, 조지 엘리엇 — 중에서 아무도 자식을 낳지 않았고, 두 명은 아예 결혼하지 않았다는 것은 의미심장한 사실이다.

글쓰기에 대한 금지령이 풀렸다는 것은 명백하지만, 여성이 소설을 쓰는 데에는 여전히 상당한 압박이 있었던 것으로 보인다. 위의 네 사람보다 더 재능이나 성격이 서로 다른 여성들을 찾기도 어려울 것이다. 제인 오스틴은 조지 엘리엇과 전혀 공통점이 없었고, 조지 엘리엇은 에밀리 브론테와 정반대였다. 하지만 모두가 같은 일 — 글쓰기 — 에 소질을 계발했고, 그중에서도 소설을 썼다.

소설은 그때나 지금이나 여성이 쓰기에 가장 쉬운 것이다. 그 이유를 찾기도 어렵지 않다. 소설은 집중을 가장 덜 요구

7   John Keats(1795~1821). 영국 시인.
8   Thomas Carlyle(1795~1881). 영국 사상가, 역사가.
9   Gustave Flaubert(1821~1880). 프랑스 소설가.

하는 예술 형식이다. 소설은 희곡이나 시보다 훨씬 쉽게 들었다 놓을 수 있다. 조지 엘리엇은 작품을 쓰다 말고 아버지를 간호했다. 샬럿 브론테는 글 쓰던 펜을 내려놓고 감자 싹을 도려냈다. 여성은 공용의 거실에서 사람들에 둘러싸여 살았던 만큼, 인물을 관찰하고 성격을 분석하는 데 눈이 뜨였다. 그녀가 받은 훈련은 시인이 아니라 소설가가 되기에 적합한 것이었다.

19세기에도 여성은 거의 전적으로 집에서, 자신의 감정 속에서만 살았다. 19세기 소설들은 그 탁월함에도 불구하고 그것을 쓴 여성들이 자신의 성별 때문에 어떤 종류의 경험들에서는 배제되었다는 사실에 깊은 영향을 받았다. 작가의 경험이 소설에 지대한 영향을 미친다는 점은 논란의 여지가 없다. 가령 콘래드[10]의 소설에서 가장 훌륭한 부분은 만일 그가 선원이 될 수 없었다면 나올 수 없었을 것이다. 또는 톨스토이에게서 그가 군인으로서 전쟁에 대해 아는 것, 부유한 청년으로서 교육을 받고 온갖 경험을 할 수 있었던 덕분에 인생과 사회에 대해 아는 것을 제거한다면, 『전쟁과 평화』는 믿을 수 없을 만큼 초라해질 것이다.

반면, 『오만과 편견*Pride and Prejudice*』, 『폭풍의 언덕 *Wuthering Heights*』, 『빌레트*Villette*』, 『미들마치*Middlemarch*』 등은 중산층의 거실에서 겪을 수 있는 것을 제외하고는 모든

10   Joseph Conrad(1857~1924). 폴란드 출신의 영국 소설가.

경험을 유보당한 여성들이 썼다. 전쟁이나 항해나 정치나 사업에 대한 어떤 직접적 경험도 그녀들에게는 허락되지 않았다. 심지어 그녀들의 정서적인 삶조차도 법과 관습으로 엄격히 규제되었다. 조지 엘리엇이 루이스 씨[11]와 정식으로 결혼하지 않은 채 동거하기 시작하자 여론이 들끓었다. 그 압박 때문에 그녀는 교외로 칩거했고, 이 일은 어쩔 수 없이 그녀의 작품에 가장 나쁜 영향을 미쳤다. 그녀는 사람들이 자청해서 만나러 오겠다고 하지 않는 한 자기 쪽에서는 결코 그들을 초대하지 않는다고 썼다. 같은 시기에 유럽의 반대편에서는 톨스토이가 군인으로서 모든 계층의 남녀와 더불어 자유로운 삶을 살았지만 아무도 그를 비난하지 않았고, 그 경험으로부터 그의 소설들은 놀라운 폭과 힘을 끌어냈다.

하지만 여성의 소설은 작가로서의 경험의 폭이 좁을 수밖에 없었다는 사실에만 영향을 받는 것이 아니다. 여성의 소설은, 적어도 19세기에는, 작가의 성별에서 비롯되는 또 다른 특성을 보여 준다. 『미들마치』와 『제인 에어』에서 우리는 찰스 디킨스의 성격을 의식하듯 작가의 성격을 의식할 뿐 아니라, 여성의 존재 — 여성에 대한 처우에 분개하고 여성의 권리를 주장하는 누군가의 존재 — 를 의식하게 된다. 이는 남성의 소설에는 — 그가 노동자라거나 흑인이라거나 또 어

11 George Henry Lewes(1817~1878). 영국 철학자, 비평가. 조지 엘리엇과 사실혼 관계였다.

떤 이유로 장애를 겪고 있지 않는 한—없는 요소이다. 그것은 왜곡을 일으키며 자주 약점의 원인이 된다. 뭔가 개인적인 명분을 주장하려는 욕망, 등장인물을 통해 개인적인 불만이나 고충을 토로하려는 욕망은, 독자의 관심이 모아지는 지점이 갑자기 하나가 아니라 둘이 되게 하면서 작품을 산만하게 만드는 결과를 가져온다.

제인 오스틴과 에밀리 브론테의 천재성은 그런 주장과 호소를 무시하고 냉소나 비판에 동요함 없이 자신의 길을 지켜나간 능력에서 가장 잘 드러난다. 하지만 그렇듯 분노의 유혹에 저항하기 위해서는 대단히 평정하거나 대단히 강인한 정신이 필요했을 터이다. 예술을 하는 여성에게 쏟아지는 온갖 형태의 조롱과 비판, 폄하가 분노라는 반응을 일으키는 것은 충분히 자연스러운 일이다. 우리는 샬럿 브론테의 의분과 조지 엘리엇의 체념에서 그 영향을 본다. 또 이들보다 못한 여성 작가들의 작품에서도, 소재의 선택이라든가 부자연스러운 자기주장, 부자연스러운 고분고분함에서 그런 것을 엿볼 수 있다. 게다가 거의 무의식적으로 불성실함이 스며든다. 그녀들은 권위를 존중하는 시각을 채택한다. 그녀들의 시각은 너무 남성적이든가 아니면 너무 여성적이다. 그래서 온전한 성실성을 잃어버리고, 따라서 예술 작품으로서의 가장 본질적인 특성을 상실하게 되는 것이다.

여성의 글쓰기에 일어난 가장 큰 변화는 태도의 변화인

것 같다. 여성 작가는 더 이상 억울해하지 않는다. 더 이상 분노하지도 않는다. 글을 쓰면서 더 이상 항변하거나 항의하지 않는다. 우리는 여성의 글쓰기가 외적 영향의 방해를 거의 혹은 전혀 받지 않는 시대에 — 아직 이르지 못했다면 — 다가가는 중이다. 여성 작가는 외적 요인으로 인한 분심 없이 자신의 비전에 집중할 수 있게 될 것이다. 한때 천재성과 독창성이 있어야만 도달할 수 있었던 초연함을 이제야 평범한 여성도 누릴 수 있게 되었다. 그러므로 오늘날은 평균적인 여성 작가의 소설도 1백 년 전, 아니 50년 전에 비하더라도 훨씬 더 참신하고 흥미로워졌다.

하지만 여성은 여전히 자신이 쓰고자 하는 바를 그대로 쓸 수 있기까지 많은 어려움에 직면해야 한다. 우선 기술적인 어려움이 있다. 이것은 겉보기에는 극히 단순하지만 실제로는 곤혹스러운 문제이다. 즉, 문장 형태 자체가 여성에게 맞지 않는다는 것이다. 그것은 남성들이 만든 문장이라, 여성이 쓰기에는 너무 헐겁고 너무 무겁고 너무 위세를 부린다. 소설에서는 워낙 넓은 범위가 다루어지는 만큼 독자를 한 끝에서 다른 끝으로 손쉽고 자연스럽게 실어 나를 평범하고 통상적인 유형의 문장을 채택해야 하는데, 이런 문장을 여성은 스스로 만들어 내야만 한다. 현재 쓰이는 문장을 바꾸고 맞춰 가면서, 자기 생각의 자연스러운 형태를 부서뜨리거나 찌그러뜨리지 않고 전달할 수 있는 문장을 찾아내야만

한다.

하지만 그것은 결국 목적을 위한 수단일 뿐이며, 목적에 도달하려면 여성은 반대를 무릅쓸 용기와 자신에게 진실하려는 결의를 지녀야 한다. 왜냐하면 소설이란 수천 가지 다른 것, 인간적, 자연적, 신적인 온갖 것에 대한 진술이며, 그것들을 서로서로 연결시키려는 시도이기 때문이다. 모든 훌륭한 소설에서는 이런 상이한 요소들이 작가의 비전에 힘입어 제자리를 잡고 있다. 하지만 또한 그것들은 또 다른 질서, 즉 인습이 부과하는 질서를 따르고 있다. 그런데 그런 인습의 심판관은 남성들이고, 그들이 인생의 가치 체계를 수립해 왔으니, 소설 또한 크게는 인생에 기초해 있는 만큼 소설에서도 이런 가치들이 만연하게 된다.

그러나 인생에서나 예술에서나 여성들이 지향하는 가치는 남성들의 가치와 다를 수 있다. 그러므로 여성이 소설을 쓰게 되면 기존의 가치관을 바꾸고 싶어 하는 자신을 발견하게 될 것이다. 남성에게는 하찮게 보이는 것을 진지하게 만들고, 그에게 중요한 것을 시시하게 만들고 싶은 것이다. 물론 그 때문에 비판을 받을 터이니, 남성 비평가는 현재의 가치 체계를 바꾸려는 시도에 진심으로 놀라고 의아해하며, 그것이 단순히 다른 시각이 아니라 약하고 사소하고 감상적인 시각이라고 생각할 것이다. 왜냐하면 그 자신의 시각과 다르니까.

하지만 여기서도 여성들은 통념으로부터 점차 독립하고 있다. 그녀들은 자신의 가치 감각을 존중하기 시작하고 있다. 그 때문에 여성 소설은 주제에서 모종의 변화를 보이기 시작한다. 여성들은 자기 자신에 대해서는 관심이 덜해지는 대신, 다른 여성들에게 좀 더 관심을 갖는다. 19세기 초의 여성 소설은 대개 자전적이었다. 여성들로 하여금 글을 쓰게 한 동기 중 하나는 자신의 고통을 드러내고 자기 입장을 항변하려는 것이었다. 이런 욕망이 더 이상 긴박하지 않게 되자, 여성들은 자신들의 성을 탐사하고 전에 묘사된 적이 없는 방식으로 자신들에 대해 쓰기 시작했다. 아주 최근까지만 해도 문학에서 여성들은 남성 작가의 창조물이었으니 말이다.

여기서도 극복해야 할 어려움들이 보인다. 왜냐하면 ― 일반화해도 좋다면 ― 여성들은 남성들보다 손쉽게 관찰되지 않으며, 그녀들의 삶은 평범한 일상 가운데서 훨씬 덜 검토되고 검증되기 때문이다. 여성의 하루에서는 이렇다 하게 남는 것이 없을 때가 많다. 요리한 음식은 먹어 없어졌고, 키워 놓은 자식들은 세상으로 나가 버렸다. 어디에 강조점을 둘 것인가? 소설가가 포착할 만한 두드러진 점은 무엇인가? 말하기 어렵다. 그녀의 삶은 극도로 곤혹스럽고 수수께끼 같은 익명성을 지닌다. 처음으로 이 미답의 영역이 소설에서 탐사되기 시작하고 있으며, 동시에 여성도 직업의 문호 개방에 따라 자신의 정신과 습관에 일어난 변화들을 기록해야만 한다. 여성은 어떻게 자신들의 삶이 더 이상 지하로 숨어들지 않게 되었는지 관찰해야 하며, 자신들이 외부 세계로 노출됨에 따라 어떤 새로운 색깔과 음영들이 보이는지 발견해야 한다.

그러니 만일 오늘날 여성 소설의 특징을 요약해야 한다면, 〈용감하다〉, 〈성실하다〉, 〈여성이 느끼는 바에 밀착되어 있다〉고 말할 것이다. 여성 소설은 더 이상 원한에 차 있지 않으며, 여성성을 강조하지도 않는다. 그러면서도 여성의 책은 남성에 의해 쓰인 책과는 다르다. 이런 특징은 이전보다 훨씬 흔하며, 이류, 삼류의 작품에도 진실함의 가치와 성실함의 흥미를 부여한다.

하지만 이런 좋은 특질들에 더하여 좀 더 논의되어야 할 두 가지 사항이 있다. 영국 여성을 유동적이고 막연한 무형의 영향력으로부터 투표권자로, 임금을 버는 소득자로, 책임 있는 시민으로 바꾸어 놓은 변화는 그녀의 삶과 예술에 비개인적인 경향을 부여했다. 이제 여성들이 갖는 관계는 정서적일 뿐 아니라 지적이며 정치적이다. 여성은 사물을 남편이나 형제의 이해관계를 통해 곁눈질할 수밖에 없던 낡은 체제에서 벗어나, 다른 사람들의 행동에 영향을 미칠 뿐 아니라 자신을 위해 행동해야 하는 사람으로서 직접적이고 실천적인 이해관계를 갖게 된 것이다. 그러면서 여성의 관심은 지난날

온통 그녀를 사로잡던 개인적인 것에서 벗어나 비개인적인 것을 향하게 되었으며, 그녀의 소설은 개인의 삶에 대한 분석으로부터 사회에 대한 비판으로 나아가게 되었다.

우리는 지금까지 남성의 특권이었던 국가에 대한 등에[12] 역할이 여성에 의해서도 수행되기를 기대해도 좋을 것이다. 여성들의 소설은 사회악과 그 해결책을 다룰 것이다. 여성들이 그리는 남자들과 여자들은 정서적인 관계에서 관찰되는 데 그치지 않고, 그들이 집단과 계급과 인종에서 뭉치고 충돌하는 모습으로도 관찰될 것이다. 이것은 중요한 변화이다. 하지만 등에보다 나비를, 다시 말해 개혁자보다 예술가를 선호하는 이들에게 좀 더 흥미로운 또 한 가지 사실이 있다. 여성의 삶에서 비개인적인 것의 증가는 시적 정신을 고무하게 될 것인데, 여성 소설이 여전히 가장 취약한 것은 바로 시(詩)적인 면에서이다. 여성들은 비개인적인 것을 향해 나아갈수록 사실들에 덜 함몰되고, 자신들의 관찰에 들어오는 세세한 사항들을 정확하게 기록하는 데만 만족하지 않게 될 것이다. 여성들은 개인적이고 정치적인 관계를 넘어 시인이 풀고자 하는 좀 더 폭넓은 문제를, 우리의 운명이나 인생의 의미를 바라보게 될 것이다.

시적 태도의 기초도 물론 물질적인 것에 근거해 있다. 그것은 여가와 약간의 돈에, 그리고 돈과 여가 덕분에 비개인

---

12 godfly. 〈잔소리꾼〉이라는 의미로 쓰인다.

적으로 사심 없이 관찰할 수 있는 기회에 달려 있다. 여성도 돈과 여가를 누리게 되면 자연히 지금까지 가능했던 이상으로 글쓰기에 매진하게 될 것이다. 그녀들은 글쓰기라는 도구를 좀 더 충실히 그리고 섬세하게 사용하게 될 것이다. 그녀들의 기술은 좀 더 대담하고 풍부해질 것이다.

과거에는 여성의 글쓰기가 갖는 미덕이 지빠귀 노래의 미덕처럼 그 신성한 자발성에 있었다. 그것은 배움 없이, 그저 마음으로부터 우러나는 것이었다. 하지만 많은 경우 그것은 수다와 재잘거림, 종이 위에 쏟아 놓아 여기저기 얼룩지며 말라 갈 잡담에 지나지 않았다. 장차 여성이 시간과 책과 집안의 작은 공간을 누리게 된다면, 문학은 남성에게 그런 것처럼 여성에게도 갈고닦을 예술이 될 것이다. 여성의 재능은 훈련되고 강화되어야 한다. 소설은 개인적 감정의 토로를 넘어, 지금보다 훨씬 더, 다른 어느 예술 못지않은 예술 작품이 될 것이며, 그 자원과 한계가 탐사될 것이다.

그런 단계에서부터 좀 더 세련된 예술, 지금까지 여성들이 거의 실천하지 못했던 장르인 에세이나 비평, 역사, 전기를 쓰기까지는 얼마 걸리지 않을 것이다. 그리고 소설 그 자체로 보더라도 그것은 이익이 될 터이니, 그런 글쓰기는 소설의 질을 개선할 뿐 아니라, 마음은 달리 놓여 있는데도 그저 접하기 쉽다는 이유로 소설에 모여들던 객들을 제 갈 길로 돌려놓을 수 있을 것이다. 그러면 소설은 우리 시대에 그것을 그토록 볼품없게 만들던 역사와 사실이라는 혹을 떼어 버릴 수 있을 것이다.

예언하건대, 여성은 장차 소설은 덜 쓰되 더 훌륭한 소설을 쓸 것이고, 소설뿐 아니라 시와 비평과 역사를 쓸 것이다. 하지만 물론 이것도, 여성이 자신에게 그토록 오랫동안 거부되었던 것, 즉 여가와 돈과 자기만의 방을 갖게 되는 황금시대, 저 전설적인 시대를 바라보며 하는 말이다.

뉴캐슬 공작 부인[1]

〈내가 원하는 것은 오로지 명성〉이라고 뉴캐슬 공작 부인 마거릿 캐번디시[2]는 썼다. 그리고 그 소원은 그녀가 살아 있는 동안에 이루어졌다. 현란한 옷차림, 유별난 습관, 새침한 행동거지, 거침없는 말씨 등으로 그녀는 생전에 위대한 사람들의 조롱과 유식한 사람들의 갈채를 받는 데 성공했던 것이다. 하지만 그 요란한 소리의 마지막 메아리도 이제 다 사라졌고, 그녀는 찰스 램[3]이 그녀의 무덤 위에 흩뿌려 놓은 몇

---

1 『보통 독자』(1925)를 위해 쓴 글("Duchess of Newcastile", *Essays IV*, pp. 81~91). 울프는 1911년 2월 2일 『타임스 리터러리 서플러먼트』에 토머스 롱그빌Thomas Longueville(1844~1922)의 『뉴캐슬어펀타인 제1세 백작과 백작 부인*The First Duke and Duchess of Newcastle-upon-Tyne*』에 관한 서평을 실었고, 1915년 일기에는 뉴캐슬 백작 부인을 〈괴짜들〉 중 한 사람으로 물망에 올려놓은 적이 있다.

2 Margaret Lucas Cavendish, Duchess of Newcastle-upon-Tyne(1623~1673). 영국 귀족 부인으로, 철학, 과학, 문학 등 다방면에 관심을 가졌고 책을 썼다. 울프의 이 글 첫 문장의 인용을 비롯하여, 이어지는 생애의 사실들은 그녀의 자서전인 『내 출생과 양육과 삶에 대한 참된 진술*The True Relation of My Birth, Breeding, and Life*』에 근거한다.

3 Charles Lamb(1775~1834). 영국 수필가. 『엘리아 수필*Essays of Elia*』

마디 화려한 어구로만 살아 있을 뿐이다. 그녀의 시, 그녀의 희곡, 그녀의 철학, 그녀의 웅변, 그녀의 담론 ─ 그녀가 자신의 실제 삶이 담겨 있다고 주장했던 그 모든 2절판과 4절판 책들 ─ 은 공공 도서관의 그늘에서 서서히 썩어 가거나 아니면 조그만 골무에 담겨 그 풍부함이 고작 몇 방울씩 전해지거나 한다. 램의 말에 호기심이 생긴 학도라 하더라도 그녀의 광대한 영묘 앞에서는 겁을 먹고 조금 들여다보다가 주위를 둘러보고는 서둘러 문을 닫고 나오기 마련이다.

하지만 그 성급한 눈길로도 그는 그 기억할 만한 여성의 윤곽은 알아보았을 터이다. 1624년에[4] 태어난 (것으로 추정되는) 마거릿은 토머스 루커스의 막내딸로, 유아기에 아버지를 여의고 어머니 슬하에서 자랐다. 그녀의 어머니는 출중한 성품의 소유자로, 〈세월의 파괴를 초월하는〉 위엄 있는 풍모와 아름다움을 지녔으며, 〈임대차, 토지 및 하인 관리, 집사 통솔 등등의 일에 대단히 유능했다〉고 한다. 그렇게 해서 늘어난 재산을 그녀는 자식들의 결혼 지참금이 아니라 〈만일 우리를 궁핍하게 키우면 우리 안에 게걸스러운 성질이 생길지도 모른다는 생각에서〉 즐거운 일에 마음껏 소비했다. 그녀의 여덟 명이나 되는 아들딸은 매 한 번 맞은 적 없이 말로 알아듣게 훈육되었으며, 화려하고 고운 옷을 입었

에서 마거릿 캐번디시에 대해 몇 차례 언급했다.
 4 오늘날에는 1623년이라고 알려져 있지만 원문대로 옮긴다.

다. 하인들과의 대화는 금지되었는데, 그것은 그들이 하인이라서가 아니라 〈대체로 천하게 태어나 본데없이 자라기 때문〉이었다. 딸들은 통상적인 여러 가지 기예를 배웠지만, 그것은 〈그 자체로서 유익해서라기보다 격식을 차리기 위해서〉였다. 여자에게는 악기를 다루고 노래를 하고 〈여러 언어를 재잘거리는 것〉보다 인품과 행복과 정직성이 더 가치 있는 일이라는 것이 어머니의 생각이었다.

마거릿은 일찍부터 그런 관용에 기대어 몇 가지 취향을 만족시키는 데 열심이었다. 그녀는 일찍부터 바느질보다는 독서를 좋아했고, 독서보다는 옷 입기와 〈패션 발명하기〉를 더 좋아했으며, 무엇보다도 글쓰기를 가장 좋아했다. 생각의 성급함이 항상 손가락 놀림을 앞지른 덕분에 날아갈 듯 휘갈겨 쓴 글씨로 채워진 열여섯 권의 제목 없는 공책들이, 그녀가 어머니의 관대함을 십분 활용했음을 보여 준다. 행복한 가정생활은 또 다른 결과를 가져왔으니, 그들은 서로에게 아주 헌신적인 가족이었다. 균형 잡힌 몸매에 깨끗한 피부, 갈색 머리, 튼튼한 치아, 〈음악적인 목소리〉, 그리고 소박한 말투를 지닌 이 남녀 형제들은 결혼한 뒤에도 오랫동안 〈함께 무리 짓기〉를 계속했다. 외부인들이 있을 때는 잠잠했지만, 자기들끼리 있게 되면 스프링 가든이나 하이드 파크를 거닐 때나, 음악을 할 때나, 뱃놀이를 할 때나, 혀가 풀린 듯 재잘거리며 〈내키는 대로 판단하고 비판하고 찬성하고 칭찬하면서 아주 즐겁게 지냈다〉고 한다.

이런 행복한 생활은 마거릿의 성품에 영향을 미쳤다. 어린 시절부터 그녀는 몇 시간씩 혼자 산책하며 생각에 잠겼고 〈자신의 감각에 들어오는 모든 것〉에 대해 심사숙고하곤 했다. 그녀는 어떤 종류의 활동에서도 별 즐거움을 얻지 못했다. 장난감도 재미없었고, 외국어도 배우지 못했으며, 다른 사람들처럼 옷을 입지도 못했다. 그녀의 큰 즐거움은 아무도 흉내 내지 못할 자기만의 옷차림을 생각해 내는 것이었다. 〈왜냐하면 나는 독특함을 즐겼고, 옷차림에서도 그랬기 때문이다.〉

그렇듯 세상과 동떨어진 자유로운 양육 방식은 자기만의 세계에 갇혀 있기 좋아하는 학식 많은 노처녀를, 그리고 어쩌면 우리 여성 선조들의 교양의 증거로 이야기되곤 하는 여러 권의 서한집을 남기거나 고전 작품을 번역하는 작가를 키워 내기에 알맞았을 것이다. 하지만 마거릿에게는 엉뚱한 기질이 있었으니, 화려한 옷차림과 사치와 명성에 대한 사랑이 자연의 질서 정연한 배열을 노상 뒤엎었다. 내전[5]이 일어난

5 잉글랜드 내전(1642~1651)은 의회파와 왕당파 사이에 벌어진 일련의 무력 충돌을 가리킨다. 제1차(1642~1646)와 2차(1648~1649) 내전은 찰스 1세와 의회파의 대결이었고, 3차(1649~1651) 내전은 찰스 2세와 의회파의 대결이었다. 1649년 찰스 1세를 처형한 의회파는 잉글랜드 연방(잉글랜드 공화국)을 구성했고, 1653년에 올리버 크롬웰Oliver Cromwell(1599~1658)을 호국경으로 선출했으나, 크롬웰은 의회와 마찰을 빚어 의회를 해산하기에 이르렀다. 1658년 크롬웰이 죽자 공화정은 붕괴되고, 프랑스로 망명해 있던 찰스 2세가 돌아와 왕정복고가 이루어졌다. 마거릿 루카스는 1643년 찰스 1세

후 왕비의 시녀 수가 평소보다 줄었다는 소식을 듣자, 그녀는 시녀가 되고 싶다는 〈크나큰 욕망〉에 사로잡혔다. 어머니는 다른 가족들의 반대에 맞서 그녀를 보내 주었지만, 다른 가족들은 그녀가 집을 떠나 본 적이 없고 형제들과 헤어져 본 적조차 별로 없으므로 궁정에서 제대로 처신하지 못하리라고 예견하고 있었다. 〈실제로 그랬다〉고 마거릿은 고백했다. 〈나는 어머니와 오빠들, 언니들이 보이지 않게 되자 너무나 수줍어서 고개도 들지 못하고 말도 못 하고 도무지 사람들과 어울리지 못해서 타고난 바보 취급을 당했다.〉 궁정 사람들은 그녀를 비웃었고, 그녀는 눈에 띄는 방식으로 응수했다. 사람들은 비판적이었으니, 남자들은 여자가 똑똑한 것을 시기했고, 여자들은 다른 여자가 지성을 가졌을까 봐 경계했다. 〈도대체 다른 어떤 여자가 산책을 하면서 사물의 본질에 대해 생각하고 달팽이에게도 이빨이 있을지 궁금해하겠는가?〉라고 그녀도 자신의 특이한 면을 수긍했다. 그래도 비웃음을 당하는 데 분개하여 그녀는 어머니에게 집에 돌아가게 해달라고 간청했다. 하지만 이 요청은 받아들여지지 않았고, 사실상 잘된 일이었다. 그녀는 2년간(1643~1645) 더 머물다가 마침내 왕비와 함께 파리로 가게 되었는데, 거기서 왕

의 왕비 앙리에타 마리아의 시녀가 되었으며, 1645년 왕비를 따라 프랑스 망명길에 오른 지 얼마 안 되어 거기서 뉴캐슬 후작 윌리엄 캐번디시William Cavandish(1592~1676)를 만나 결혼했다. 캐번디시 부부는 1660년 왕정복고 후에 귀국했으니, 약 15년간의 망명 생활을 함께한 셈이다.

실에 경의를 표하러 온 망명객들 중에 뉴캐슬 후작을 만났던 것이다. 불굴의 용기를 지녔지만 군대를 지휘하는 재주는 없어서 왕의 군대를 참패로 이끌었던 이 기품 있는 귀족이 수줍고 말없는, 기묘한 옷차림을 한 시녀와 사랑에 빠지자 모든 사람이 놀랐다. 마거릿에 따르면 그것은 〈육욕적인 사랑이 아니라, 떳떳하고 명예로운 사랑〉이었다. 그녀는 별로 화려한 결혼 상대는 아니었으니, 새침데기에 괴짜라는 평판이나 있었기 때문이다. 그렇게 대단한 귀족이 그녀의 발밑에 무릎 꿇은 이유가 무엇이었을까? 구경꾼들은 조롱과 험담과 비방을 퍼부었다. 마거릿은 후작에게 보내는 편지들에 이렇게 썼다. 〈우리는 그렇게 생각하지 않는데, 다른 사람들은 우리가 불행하리라 예견하는 것 같습니다. 그렇지 않다면 우리가 애정으로 맺어지는 것을 방해하려고 그렇게들 애쓰지 않을 텐데요.〉 〈생제르맹[6]은 비방이 많은 곳이고, 사람들은 제가 당신에게 너무 자주 편지를 보낸다고들 생각합니다.〉 〈부디 유념해 주세요, 제게는 적들이 있다는 것을.〉 하지만 두 사람은 완벽한 한 쌍이었다. 공작은 시와 음악, 희곡 쓰기를 사랑하고, 철학에 관심이 많으며, 〈모든 일의 원인은 아무도 알지 못하며 알 수도 없을 것〉이라고 믿는, 낭만적이고 관대한 기질의 인물이었다. 마거릿처럼 시를 쓰는 데다 그 자신과 비슷한 사고방식을 지닌 철학자인 여성, 그에게 동료 예

6 당시 프랑스 왕궁이 있던 파리 근교 생제르맹앙레.

술가로서의 감탄뿐 아니라 그의 남다른 관대함에 도움을 받은 데 대한 감사를 아낌없이 바치는 여성에게 끌리는 것이 당연했다. 〈그는 많은 사람들이 비난하는 내 숫기 없음을 받아들여 주었다. 나는 결혼을 두려워하고 남자들 곁에 있는 것을 되도록 피했지만, 그래도 그를 거부할 힘은 없었다.〉 그녀는 긴 망명 시절 동안 그의 곁에 있었고, 그가 훈련시키는 말[馬]들의 행동과 기술에 대해 다 이해하지는 못하더라도 관심을 갖고 함께하기 시작했다. 그 말들은 어찌나 완벽하게 훈련이 되었던지, 스페인 사람들은 그 말들이 코르벳,[7] 볼토,[8] 피루엣[9] 등을 해내는 것을 보고는 〈기적이다!〉라고 외치곤 했다. 그녀는 그가 마구간에 들어서면 말들이 기뻐서 〈발을 구른다〉고까지 믿었으며, 호국경 시절에는 잉글랜드에 가서 그의 이익을 대변하기도 했다.[10] 마침내 왕정복고가 되어 귀국할 수 있게 되자 그들은 외딴 시골구석에서 살며 완벽한 행복을 누렸다. 희곡과 시, 철학책을 썼고, 서로의 작품을 읽고 기뻐했으며, 우연히 만나는 자연계의 경이에 대해 담소를 나누었을 것이다. 그들은 동시대인들에게 조롱당했고, 호러스 월폴[11]은 그들을 비웃었다. 하지만 그들이 완벽한

---

7 말이 앞발을 나란히 들고 뒤이어 뒷발을 같은 박자에 착지시키는 도약.

8 말의 뒷발을 축으로 360도 선회하는 것.

9 말의 뒷발을 축으로 180도 선회하는 것.

10 남편의 동생과 함께 잉글랜드로 돌아가 망명 기간 동안 압류되어 있던 영지를 처분할 때 남편의 몫을 확보하려 애쓴 일을 말한다.

11 Horace Walpole(1717~1797). 영국 정치인이자 문인.

행복을 누렸다는 것은 의심할 여지가 없다.

왜냐하면 이제 마거릿은 자신의 글쓰기에 중단 없이 매진할 수 있었기 때문이다. 그녀는 자신과 하인들을 위한 패션을 만들어 낼 수 있었고, 점점 더 맹렬한 속도로 글을 썼기 때문에 점점 더 알아볼 수 없는 글씨가 되어 갔다. 그녀의 희곡은 런던에서 상연되었고, 그녀의 철학책은 학자들에게 읽히는 기적적인 성과까지 거두었다. 오늘날 대영 박물관에 나란히 꽂혀 있는 그 책들은 산만하고 어수선하고 일그러진 활기로 가득 차 있다. 그녀는 어떤 주장을 질서와 일관성과 논리에 맞게 전개하는 법을 전혀 몰랐기 때문이다. 어떤 두려움도 그녀를 가로막지 못했으니, 그녀에게는 어린아이 같은 무책임함과 공작 부인다운 오만함이 있었다. 그녀는 더없이 기발한 생각들을 했고, 그런 생각들에 올라탄 채 달려가 버리기도 했다. 생각들이 마구 끓어오를 때, 그녀가 옆방에서 글을 쓰고 있는 남편 존에게 빨리 와보라고 부르는 소리가 들려오는 것만 같다. 〈존, 존, 생각났어요!〉[12] 그런 식으로 주제가 무엇이든 간에 그녀는 되는 소리, 안 되는 소리를 다 써 내려갔다. 여성 교육에 대한 생각 — 〈여자들은 박쥐나 부엉이처럼 살며, 야수처럼 일하고, 벌레처럼 죽는다. 가장 잘 자

12 John, John, I conceive! 이 말의 출처는 확실치 않다. conceive에는 〈생각해 내다〉라는 뜻 외에 〈임신하다〉라는 뜻도 있으니, 자식이 없던 마거릿에게는 그렇게 생각해 내는 일이 아이를 갖는 일이나 마찬가지였다는 암시가 담겨 있다고 볼 수 있다.

란 여자들은 정신이 깨인 여자들이다〉 — 도 있었고, 그날 오후 혼자 산책하다가 떠오른 생각 —〈왜 돼지들도 홍역을 앓는지〉,〈왜 개들은 기뻐하면 꼬리를 흔드는지〉,〈별들은 무엇으로 이루어져 있는지〉,〈하녀가 가져다준, 방 한구석에 따뜻하게 보관해 둔 이 번데기는 대체 무엇인지〉 — 도 있었다. 그런 식으로 이런저런 문제들에 대해 계속 써나갔지만 결코 수정하기 위해 멈추는 법이 없었으니,〈고치기보다는 만드는 것이 훨씬 더 재미있기 때문〉이었다. 그녀는 머릿속을 채우며 끝없이 뻗어 나가는 그 모든 문제들 — 전쟁, 기숙학교, 벌목, 문법 및 도덕, 괴물과 영국인들, 소량의 아편이 광인들에게 도움이 되는지, 음악가들은 왜 미쳤는지 등등 — 에 대해 소리 내어 독백하곤 했다. 하늘을 올려다볼 때면 달의 본질에 대해, 별들이 불타는 젤리인지에 대해 항상 더 야심 찬 생각을 펼쳤고, 아래를 내려다볼 때면 물고기도 바다가 소금인 줄 아는지를 궁금해했으며, 우리 머리에는 요정들이 가득 차 있어서〈우리 그대로가 하느님에게 소중하다〉는 의견을 피력하는가 하면, 우리 세계 외의 다른 세계들이 존재하는지에 대해 심사숙고하며, 다음 배는 우리에게 새로운 세계의 소식을 가지고 올지도 모른다고 생각하곤 했다. 요는〈우리는 전적인 무지 속에 있다〉는 것이었다. 그러니 생각한다는 것은 얼마나 황홀한 일인가!

웰벡에서의 당당한 은거 생활로부터 방대한 책들이 나타

나자, 의례적인 비판자들이 통상적인 반대를 하고 나섰다. 그런 비판에 대해 그녀는 매번 저작의 서문에서 기분에 따라 답변하거나 경멸하거나 논쟁을 벌이거나 했다. 그들은 무엇보다도 그녀가 직접 그 책들을 쓴 것이 아니라고 말했다. 유식한 용어들을 사용했고 〈그녀의 이해력 밖에 있는 많은 일들에 대해〉 썼다는 것이 그 이유였다. 그녀는 남편에게 도움을 청했고, 그는 공작 부인이 〈그녀의 오라버니나 나 자신 외에는 어떤 전문적인 학자와도 학문에 대해 논한 적이 없다〉고 특유의 태도로 답했다. 공작 자신의 학문으로 말할 것 같으면, 아주 독특한 분야의 것이었다. 〈나는 오랫동안 넓은 세상에서 살았고, 학식을 통해 내게 들어온 것보다는 감각이 내게 가져다주는 것에 대해 생각해 왔다. 나는 권위에 의해서나 옛 저자들에 의해서나 멋대로 휘둘리는 것을 좋아하지 않기 때문이다. 독단적인 주장은 내게는 도움이 되지 않을 것이다.〉 그러면 뒤이어 그녀가 펜을 들고 어린아이의 끈덕짐과 무분별함을 가지고서 세상을 향해 자신의 무지는 상상할 수 있는 최고의 것임을 납득시키기에 나선다. 그녀는 데카르트[13]와 홉스[14]를 만나기는 했지만 그들에게 질문해 본 적은 없으며, 홉스 씨를 만찬에 초대하기는 했지만 그는 올 수 없었다고 말이다. 그녀는 이따금 다른 사람의 말을 제대

13   Rene Descartes(1596~1650). 프랑스 철학자, 수학자.
14   Thomas Hobbes(1588~1679). 영국 철학자.

로 듣지 않으며, 외지에서 5년이나 살았지만 프랑스어라고는 모르고, 옛 철학자들에 대해서는 스탠리 씨의 해설을 통해 읽었을 뿐이다. 데카르트는 조금 읽었지만 정념에 관한 저작을 반쯤 읽었을 뿐이며, 홉스의 저작은 〈『시민론*On the Citizen*』이라는 작은 책〉밖에 읽지 않았다. 이 모든 것은 그녀의 총기가 천부적인 것임을 입증한다. 그녀는 워낙 총명하여 외부의 도움을 괴로워했으며, 워낙 정직하여 타인의 도움을 받아들이려 하지 않았다. 그녀가 다른 모든 사람을 따돌릴 만한 철학 체계를 세우기로 한 것은, 완전한 무지의 들판, 그녀 자신의 의식이라는 경작되지 않은 땅으로부터였다는 것이다. 그 결과가 전적으로 만족스럽지만은 않았다. 워낙 광대한 체계를 세우려다 보니, 첫 책에서 매브 여왕과 요정 나라에 대해 매혹적인 글을 쓰게 했던 그녀의 타고난 재능, 신선하고 섬세한 상상력은 얼마 못 가 거덜이 나 버렸다.

여왕이 사는 궁전

그 구조물은 모두 달팽이 껍질로 지었고

처음 들어갈 때는 무지개 벽걸이가

놀랍도록 곱다.

호박으로 지은 방들은 깨끗하고

불이 가까이 있으면 감미로운 냄새가 난다.

대합조개 침상은 온통 조각이 새겨져 있고

나비 날개가 사방에 드리워져 있다.
침대 시트는 비둘기 눈꺼풀로 만들어졌고
거기 제비꽃 봉오리 위에 베개가 놓여 있다.

젊었을 때는 이렇게 쓸 수 있었다. 하지만 그녀의 요정들
은 — 설령 살아남았다 해도 — 하마가 되어 버렸다. 그녀의
이런 기도가 너무 관대하게 받아들여진 것이다.

내게 자유롭고 고상한 문체를 주소서,
거칠기는 해도 억제되지 않은 듯이 보이는.

그녀는 복잡한 구문과 언어 곡예와 기발한 비유를 구사할
줄 알았다. 다음과 같은 것은 그 가장 짧은 예인데, 가장 잘
된 것은 아니다.

사람의 머리는 도시에 비유할 수 있을 것이다.
입이 가득 차면 장날이 시작되고
입이 비면 장날이 끝난다.
물 흐르는 도시의 수도는
배수구가 둘이니, 코와 콧구멍.

그녀는 어울리지 않는 비유를 힘도 좋게 끝없이 펼쳐 나갔

다. 바다는 목장이 되고, 선원들은 목동이, 돛대는 5월제 기둥이 되었다. 파리는 여름의 새요, 나무들은 원로원 의원들이되고, 집들은 배들이 되며, 그녀가 공작을 제외하곤 세상 어떤 것보다 더 사랑했던 요정들조차도 무딘 원자들과 예리한원자들로 변해, 그녀가 즐겨 하는 저 무시무시한 우주 정렬작업에 참여한다. 진실로, 〈나의 레이디 상파레유에게는 기묘하게 퍼져 나가는 위트가 있다〉[15]고 할 만하다. 한층 더 나쁜 것은, 극적인 재능이라고는 티끌만큼도 없이 희곡을 쓰기시작했다는 것이다. 그 과정은 아주 단순했다. 그녀 안에서구르고 넘어지던 통제하기 힘든 생각들이 골든 리치 경, 몰민브레드, 퍼피 도그맨 경 등으로 명명되어, 영혼은 어떤 부분들로 이루어져 있는가, 미덕이 부보다 나은가 등에 대해 지루한 토론을 벌이게끔 되었다. 그리고 그 가운데 한 지혜롭고박학한 여성이 그들의 질문에 대답하고 그들의 오류를 고쳐주는데, 그 꽤 긴 논변은 어디선가 우리가 들어 본 적 있는 어조가 아닌가.

때로 공작 부인은 외출하기도 했다. 그녀는 무수한 보석과 옷단 장식으로 치장하고 몸소 행차하여 인근 신사 계층의저택들을 방문하곤 했다. 그러고는 그런 방문들을 즉각 기록했으니, 레이디 C. R.은 〈사람들이 있는 앞에서 남편을 때렸

---

15 뉴캐슬 공작 부인의 희곡 중에 나오는 대사이다. 〈레이디 상파레유 Lady Sanspareille〉란 〈비할 데 없는 여인〉이란 뜻이다.

다〉거나, F. O. 경은 〈자기 집안과 재산에도 불구하고 자신을 너무나 하찮게 생각한 나머지 자기 집 부엌 하녀와 결혼했다니 유감〉이라거나, P. I. 양은 〈성화된 영혼이요 영적인 자매가 되어 머리칼을 지지는 것도 그만두었고, 검은 점[16]들은 역겨운 것이 되었으며, 레이스 달린 구두나 덧신 장화는 교만으로 가는 층층대가 되었다. 그녀는 내게 기도할 때 어떤 자세가 가장 좋다고 생각하는지 물었다〉고 적었다. 그녀의 대답은 아마도 받아들일 수 없는 것이었을 터이다. 〈나는 다시는 함부로 그곳에 가지 않겠다〉고 그녀는 그런 〈가십 만들기〉 중 하나에 대해 말한다. 그녀는 환영받는 손님도, 모든 손님을 환대하는 안주인도 아니었으리라 추측할 수 있다. 그녀에겐 〈잘난 척하는〉 버릇이 있어서 경악한 손님들이 떠나가곤 했지만, 그들이 떠나도 그녀는 전혀 섭섭해하지 않았다. 실로 웰벡은 그녀에게 가장 알맞은 곳이었고, 자기 자신과 함께 있는 것이 가장 그녀의 마음에 맞았다. 거기에 다정한 공작이 자신의 희곡이나 사변을 가지고 들락날락했으며, 그녀의 어떤 질문에든 대답하고 험담에 반박할 태세가 되어 있었다. 아마도 그녀가 정숙한 성격에도 불구하고 에저턴 브리지스 경을 당황하게 할 정도의 입담을 갖게 된 것은 이런 고독 때문일 것이다. 그는 그녀가 〈궁정에서 자란 지체 높은 여성에게는 어울리지 않는 극도로 상스러운 표현들〉을 쓴다

---

16 화장술의 일환으로 사용되던 검은 점.

고 비난했다. 그는 이 특이한 여성이 이미 오래전에 궁정 출입을 그만두었다는 것을 잊어버린 모양이다. 그녀는 주로 요정들과 어울렸으며, 그녀의 친구들은 고인들 중에 있었다. 그러니 그녀의 언어가 상스러운 것도 무리가 아니다. 하지만 비록 그녀의 철학이 부질없는 것이요 그녀의 희곡들이 참을 수 없는 것이요 그녀의 시가 지루하기 짝이 없다 하더라도, 공작 부인의 방대한 저작에는 진짜 불길 같은 열정의 맥이 흐른다. 페이지마다 그 뜨거운 맥이 굽이치며 번득이는 것을 보면, 그녀의 변덕스럽고도 사랑스러운 성품의 매력에 끌리지 않을 수 없다. 그녀에게는 말도 안 되는, 정신없이 설쳐대는 면과 동시에 어딘가 고결하고 돈키호테처럼 진취적인 면모가 있다. 그녀의 단순성은 그토록 개방적이고, 그녀의 지성은 그토록 활발하며, 요정과 동물 들에 대한 그녀의 공감은 그토록 진실하고 다정하다. 그녀는 꼬마 요정의 변덕스러움과 무엇인가 인간 아닌 존재의 무책임함, 그 무정함과 매력을 지니고 있다. 그리고 비록 〈그들〉 ― 그녀가 수줍은 소녀 시절 궁정에서 자신을 괴롭히는 자들을 정면으로 마주보지도 못했던 때 이래로 내내 그녀를 조롱하고 비웃었던 그 끔찍한 비판자들 ― 이 여전히 야유한다 하더라도, 그녀의 비판자 중에서 그녀처럼 우주의 본질에 대해 고민하거나 사냥당하는 산토끼의 고통에 대해 눈곱만큼이라도 신경 쓰거나 〈셰익스피어의 바보들〉 중 하나에게 말해 보고 싶다는 동경을 품을 만한 총기를 지닌 이는 거의 없었다. 하여간 이제 조롱은 그들 편에만 있지 않다.

하지만 그 시절 그들은 조롱했다. 미친 공작 부인이 궁정에 문안을 드리러 웰벡에서 올라온다는 소문이 퍼지자 사람들은 그녀를 보러 길거리에 모여들었고, 피프스 씨[17]도 호기심이 인 나머지 두 번씩이나 공원에 나가 그녀가 지나가는 것을 보려고 기다렸다. 하지만 그녀의 마차 주위에 어찌나 빽빽한 군중이 모여들었던지, 그는 그녀의 은빛 마차와 온통 벨벳을 휘감은 마부들, 그리고 그녀가 쓴 벨벳 모자와 귀 주위의 머리칼만을 흘긋 보았을 뿐이었다. 그리고 단 한순간 흰 커튼 사이로 〈대단히 고운 여성〉의 얼굴이 보이는가 싶더니, 마차는 내처 달려가 버렸다. 마차가 뚫고 지나가는 런던 내기들의 무리는 그저 단 한 번이라도 보고 싶었던 것이었다. 그 낭만적인 귀부인을 — 웰벡에 있는 초상화 속에서, 크고 우수 어린 눈과 무엇인가 까다롭고도 기상천외한 것을 지닌 자세로, 길고 뾰족한 손가락 끝을 탁자에 댄 채, 불멸의 명성을 조용히 확신하며 서 있는 그녀를.

17 Samuel Pepys(1633~1703). 영국의 행정관이며 정치인이었지만, 그런 공적 경력보다는 1660~1669년에 걸쳐 쓴 일기로 유명하다.

도러시 오즈번의 『서한집』[1]

영문학 작품을 읽는 여느 독자라도 때때로 그런 느낌이 들 것이다. 영문학에도 마치 우리 전원의 이른 봄과 같이 살풍경한 시절이 있구나 하고 말이다. 나무들은 벗은 가지들을 드러내고 언덕은 아직 녹색으로 덮이지 않았으니, 그 무엇도 땅이나 나뭇가지의 윤곽을 감싸 주지 않는다. 그러나 우리는 6월의 설렘과 웅성임을 떠올려 본다. 그때는 아주 작은 풀숲도 움직임으로 가득하고, 가만히 서 있노라면 덤불 속에서 분주히 돌아다니는 날쌔고 호기심 많은 동물들의 속삭임과 재잘거림이 들려오기 마련이다. 그렇듯 영문학에서도 헐벗은 풍경이 소란과 떨림으로 가득 차려면, 그래서 위대한 책

---

1 1928년 10월 24일 『뉴 리퍼블릭 *The New Republic*』 및 10월 25일 『타임스 리터러리 서플러먼트』에 게재. 『도러시 오즈번이 윌리엄 템플에게 보낸 편지들 *Letters from Dorothy Osborne to Sir William Temple*』(1928)에 대한 서평이다. 다소 손질한 글이 1932년 3월 『보통 독자』 제2권에 실렸다. 『보통 독자』 제2권에 실린 글을 옮겼다("Dorothy Osborne's Letters", *Essays V*, pp. 382~390).

들 사이의 공간들이 사람들의 말소리로 채워지려면, 16세기가 지나가고 17세기도 한참 지나야 한다.

물론 인간들이 호기심을 가지고 서로를 지켜보거나 제각기 생각하는 것을 서로 나누려면 심리 면에서 큰 변화가 일어나야 하고, 물질적 안락함 — 가령 팔걸이의자라든가 양탄자, 잘 닦인 도로 같은 것 — 도 크게 달라져야 한다. 우리 초창기 문학의 위대함은 글쓰기가 아직 흔한 기술이 아니었다는 사실, 재능 있는 사람들이 돈이 아니라 명성을 위해 글을 썼다는 사실에도 기인할 것이다. 어쩌면 우리는 전기, 저널리즘, 편지나 회고록 쓰기 등에 재능을 낭비하느라 어느 한 방향에 쏟았어야 할 힘을 약화시켰는지도 모른다. 그렇다 하더라도, 편지나 전기를 쓰는 사람이 없는 시대에는 황량함이 있다. 사람들의 삶이나 성격이 거친 윤곽으로 드러난다. 에드먼드 고스 경은 말하기를 존 던[2]은 속을 알 수 없다고 하는데,[3] 그건 던이 레이디 베드퍼드[4]에 대해 어떻게 생각했는지는 알지만 레이디 베드퍼드가 던을 어떻게 생각했는지는 전혀 알 수 없기 때문이다. 그녀는 그 이상한 방문객이 남긴

---

2 John Donne(1572~1631). 영국 시인, 성직자.

3 에드먼드 고스Edmund Gosse(1849~1928)는 『존 던의 생애와 편지들 *Life and Letters of John Donne*』에서 속을 알 수 없는 것이 존 던의 성격적 특징 중 하나라고 했다.

4 Lucy Russell, Countess of Bedford(1580~1627). 베드퍼드 공작 부인. 엘리자베스 시대와 제임스 시대의 주요한 문예 후원자로, 존 던도 그녀가 후원한 시인 중 한 사람이었다.

인상에 대해 써 보낼 친구가 없었다. 만일 속내를 터놓을 상대가 있었더라면, 그녀는 던이 이상해 보이는 이유를 설명할 수 있었을 것이다.

16세기에 보즈웰[5]이나 호러스 월폴 같은 문필가가 나올 수 없었던 여건은 분명 여성들에게 더 불리하게 작용했을 것이다. 물질적 어려움 — 미첨[6]에 있던 존 던의 작은 집의 벽이 얇았다거나 거기 우는 아이들이 있었다거나 하는 것이 엘리자베스 시대 사람들이 겪었던 불편의 전형적인 예인데 — 에 더하여, 여성들은 글쓰기가 자신들에게 어울리지 않는다는 믿음에도 발목을 잡혔다. 이따금 지체 높은 귀부인들은 지위 덕에 글을 써도 받아들여졌으며 비굴한 무리의 아첨을 받아 자기가 쓴 글을 펴내기도 했지만, 그만 못한 계층의 여성들이 그런 일을 하면 좋지 않게 보였을 것이다. 뉴캐슬 공작 부인이 책을 펴내자 도러시 오즈번[7]은 〈분명 그 불쌍한 여자는 정신이 좀 이상해졌나 봐요. 책을, 그것도 운문으로 쓰겠다고 나서다니, 그보다 더 우스꽝스러운 일은 할 수 없

---

5 James Boswell(1740~1795). 영국 전기 작가.

6 존 던은 20대 중반에 국새상서 토머스 에저턴Thomas Egerton (1540~1617)의 수석 비서가 되어 전도유망한 출발을 했으나, 에저턴 경의 반대를 무릅쓰고 그의 조카딸과 결혼하는 바람에 옥고를 치렀을 뿐 아니라 석방된 후에도 시골로 내려가 법률가로 일하며 근근이 살아야 했다. 그 후 런던으로 이사한 곳이 미첨이다.

7 Dorothy Osborne(1627~1695). 영국의 귀부인로 베드퍼드셔의 군소 귀족 집안에서 열두 남매 중 막내로 태어났고, 윌리엄 템플William Temple(1628~1699)과 19세쯤에 만나 약 7년간의 은밀한 서신 교제 끝에 결혼했다.

을 거예요〉라고 탄식하며, 〈나라면 설령 보름을 못 잤다 해
도 절대로 그런 짓은 하지 않을 것〉이라고 덧붙였다. 이런 말
은 자신도 탁월한 문학적 재능을 지닌 여성이 한 것이라는
점에서 한층 시사적이다. 도러시 오즈번은 만일 1827년에
태어났다면 소설을 썼을 테고 1527년에 태어났다면 아무것
도 쓰지 않았을 테지만, 하필 1627년에 태어났으니 여성이
책을 쓰는 것이 우스꽝스러운 일이었던 그 시절에도 편지를
쓰는 것은 전혀 꼴사나운 일이 아니었다. 그리하여 조금씩
침묵이 깨뜨려진다. 덤불 속에서 스치는 소리가 들리기 시작
하고, 우리는 영문학에서 처음으로 남자와 여자가 난롯가에
서 나누는 이야기를 듣게 된다.

하지만 초창기의 편지 쓰기는 훗날 수많은 흥미로운 서한
집들을 가득 채우게 될 그런 기술이 아니었다. 남성들과 여
성들은 서로 예를 갖추어 서Sir나 매덤Madam으로 부르는
것이 고작이었고, 언어는 너무나 과장되고 뻣뻣하여 페이지
절반도 마음 편히 휘갈겨 쓰지 못했다. 편지 쓰기는 종종 에
세이 쓰기의 연장이었다. 하지만 그런 가운데서도, 그것은
여성이 자신의 성별을 거스르지 않고 구사할 수 있는 기술이
었다. 아버지의 병상 곁에서라든가 줄곧 다른 일로 훼방당하
는 가운데서도, 별다른 흥미진진한 내용 없이도, 말하자면
익명으로, 때로는 유용한 목적을 빙자해 가며 쓸 수 있는 것
이 편지였다. 하지만 이제는 대부분 소실된 이 무수한 편지

들에 부어진 관찰력과 위트는 훗날 『이블리나*Evelina*』[8]나 『오만과 편견』 같은 작품에서 다소 다른 형태로 꽃피게 된다. 한갓 편지라 해도, 편지를 쓴다는 데 일말의 자부심은 있었다. 도러시는 내놓고 인정하지는 않았을망정 편지를 쓰는 데 많은 노력을 기울였고, 편지라는 것의 본질에 대해 나름대로의 주관도 있었다. 〈위대한 학자들은 (책은 잘 쓸지 모르지만) 편지를 그리 잘 쓰지는 않아요. 내 생각에 모든 편지는 말하는 것처럼 편안하고 자연스러워야 할 것 같아요.〉 그녀는 간단히 〈쓰다〉라고 하는 대신 〈지면(紙面)에 촉(鏃)을 댑니다〉 따위의 표현을 쓰는 비서의 머리에 잉크병을 던져 버린 한 노숙부와 같은 생각이었다. 하지만 편안하고 자연스러운 데도 한계는 있었으니, 〈자질구레한 온갖 것이 뒤섞인 이야기〉는 편지로 전하기보다 말로 하는 편이 낫다. 그리하여 우리는 독자적인 문학 형식 — 그렇게 부르는 것을 도러시 오즈번이 허락한다면 — 을 만나게 되며, 오늘날 그것이 영영 사라져 버린 것을 아쉬워할 수밖에 없다.

도러시 오즈번은 아버지의 병상 곁에서나 벽난로 구석에서 신중하면서도 장난스럽고, 정중하면서도 친근하게, 소설가도 역사가도 할 수 없는 방식으로 단 한 사람의 독자, 하지만 까다로운 독자를 위해 편지 가득히 인생사를 기록했다. 연인에게 자기 집에서 일어나는 일에 대해 적어 보내는 것이

---

8 패니 버니의 소설.

주된 목표였으므로, 그녀는 자기와 결혼하고 싶어 하는, 노샘프턴셔에 크고 음침한 집을 가진 딸 넷 달린 거만한 홀아비 저스티니언 아이셤 경 — 그녀가 솔로몬 저스티니언 경이라 부르는 — 에 대해서도 대강 이야기하지 않을 수 없었다. 〈그가 쓴 라틴어 편지를 당신에게 보여 줄 수 있으면 얼마나 좋을까요〉라고 그녀는 말한다. 그 편지에서 그는 한 옥스퍼드 친구에게 그녀를 묘사하며 특히 그녀가 〈자신의 동반자요 대화 상대가 될 능력이 있음〉을 칭찬한다는 것이었다. 그녀는 또 병약한 사촌 몰이 어느 날 아침 일어나 자신이 수종증일까 봐 염려하며 급히 케임브리지의 의사를 찾아갔던 일도 전해야 했고, 밤에 함께 정원을 거닐며 〈재스민〉 향기를 맡았다는 이야기도 써야 했다. 〈하지만 기쁘지 않았어요.〉 왜냐하면 템플이 함께 있지 않았기 때문이다. 그녀에게 전해진 모든 가십이 연인을 즐겁게 하려는 편지로 옮겨졌다. 예컨대 레이디 선덜랜드는 평민인 스미스 씨와 결혼하는 후의를 베풀었으며 그는 그녀를 공주처럼 모시는데, 저스티니언 경은 이를 아내의 나쁜 선례로 여긴다든가 하는 얘기였다. 레이디 선덜랜드는 자기가 동정심에서 결혼했노라고 누구에게나 말하는데, 〈그건 내가 들어 본 가장 동정할 만한 얘기였다〉라고 그녀는 썼다. 우리는 얼마 안 가서 그녀의 모든 친구들에 대해 듣게 되며, 우리 마음속에 그려지는 모습을 보완할 세부들을 금방 포착하게 된다.

정말이지 17세기 베드퍼드셔의 사교계는 우리 눈에 조금씩 들어올 뿐이라 더욱 호기심을 자극한다. 저스티니언 경과 레이디 다이애나, 스미스 씨와 그의 아내인 백작 부인 등은 나타났다가 사라지며, 우리는 다시 그들의 소식을 들을 수 있을지 어떨지 알 수 없다. 이 모든 들쭉날쭉함에도 불구하고, 도러시의 『서한집』은 모든 타고난 서한가들의 편지가 그렇듯 고유한 연속성을 갖는다. 그 편지들은 우리가 마치 도러시의 머릿속 깊이 들어앉아 있는 듯한, 한 통 한 통 읽어 나가는 동안 펼쳐지는 축제 행렬의 한복판에 있는 듯한 느낌을 준다. 그녀는 분명 편지 쓰기에 있어서는 위트나 총기, 저명인사들과의 교유 같은 것보다 더 중요한 재능을 갖고 있는 것이다. 별다른 노력이나 강조 없이도, 그녀는 그저 자기 자신이라는 것만으로 그 모든 잡다한 이야기를 자신의 개성으로 감싼다. 그것은 매력적이면서도 금방 드러나지 않는 성격이다. 한 문장 한 문장을 통해 우리는 그 개성에 좀 더 가까이 다가가게 된다. 그녀에게서는 자기 나이에 걸맞은 여성다운 미덕이라고는 전혀 보이지 않는다. 바느질이니 빵 굽기에 대한 말은 한마디도 없다. 그녀는 천성적으로 좀 무심한 듯하다. 방대한 프랑스 로맨스들을 읽어 치우기도 한다. 마을의 공유지를 쏘다니며 소젖 짜는 아가씨들의 노랫소리를 듣기도 하고, 작은 강이 흐르는 정원을 거닐며 〈그곳에 앉아서 당신과 함께 있었으면〉 하는 생각을 하기도 한다. 다른 사람들과 함께 있을 때는 입을 다물어 버리기 일쑤이며, 난롯가에서 멍하니 생각에 잠겨 있다가, 하늘을 난다거나 하는 얘기가 들려오면 불쑥 지금 하늘 나는 얘기를 하고 있느냐고 되물어 오라비를 웃기기도 했다. 만일 자기도 하늘을 날 수 있다면 템플에게 갈 수 있을 텐데 하는 생각이 들어서였다. 진중함과 우수는 천성이었다. 친구들이 다 죽어 버리기나 한 것 같은 얼굴을 하고 있다고 어머니의 핀잔을 듣기도 했다. 그녀는 제멋대로인 운명, 사물의 헛됨, 노력의 부질없음 같은 것에 눌려 있었다. 하기야 어머니와 언니도 진중한 여성들이었다. 편지를 잘 쓰기로 유명했던 언니는 사람들과 어울리기보다 책을 더 좋아했으며, 어머니는 〈영국에서 누구 못지않게 현명한 여성〉이었지만 냉소적이었다. 〈내가 살아 보니 사람들을 실제보다 더 나쁘게 생각하기란 거의 불가능하더라. 너도 알게 되겠지만〉이라던 어머니의 말을 도러시는 기억했다. 우울한 기분을 달래기 위해 그녀는 엡섬의 우물을 찾아가 광천수를 마시기도 했다.

그런 기질이다 보니 그녀의 유머는 자연히 위트라기보다 아이러니의 형태를 띠었다. 그녀는 연인을 놀려 대고 인생사의 허례허식에 조롱을 퍼부었다. 타고난 신분에 대한 자부심에도 코웃음 쳤다. 거들먹거리는 노인은 그녀에게 좋은 풍자 대상이 되었다. 진부한 설교에는 웃음을 터뜨렸다. 그녀는 파티를, 예식을, 세속적인 것과 체면치레를 꿰뚫어 보았다.

하지만 이런 명민함으로도 그녀가 꿰뚫어 보지 못하는 것이 있었다. 그녀는 세상 사람들의 비웃음을 과도할 만큼 두려워했다. 집안 아주머니들과 남자 형제들의 참견에 짜증을 냈다. 〈난 그들을 피해 속 빈 나무 등걸 속에 살고 싶어요〉라고 그녀는 썼다. 다들 보는 앞에서 남편이 아내에게 키스하는 것은 〈별로 보고 싶지 않은 광경〉이었다. 사람들이 그녀의 미모나 재치를 칭찬하든 〈이름을 엘리즈나 도라라고 부르든〉 상관하지 않았지만, 그녀의 행동에 관한 사소한 소문에도 치를 떨었다. 그래서 자신이 가난한 남자를 사랑하며 그와 결혼할 의사가 있다는 사실을 세상 사람들의 눈앞에 입증해야 할 때가 되자, 그녀는 그러지 못했다. 〈고백하지만 나는 사람들의 비웃음을 사는 것을 참지 못하는 기질이 있어요〉라고 그녀는 썼다. 〈나와 같은 계층의 어떤 사람보다도 더 옹색한 환경에 만족할 수 있지만〉 비웃음만은 참을 수 없는 것이었다. 그래서 그녀는 세상의 비난을 자초할 만한 어떤 지나친 행동에도 몸을 사렸다. 그것은 템플이 때로 책망했던 그녀의 단점이었다.

편지를 계속 읽어 나가노라면 템플이라는 인물의 성격도 차츰 분명해지며, 그것은 도러시의 서한가로서의 재능을 보여 주는 또 다른 증거이다. 훌륭한 서한가는 그렇듯 편지를 받아 보는 사람의 성격까지 그려 내므로, 한쪽의 편지만 읽고도 다른 쪽을 상상할 수 있는 것이다. 그녀가 자신의 생각을 펼쳐 나가는 동안 우리는 도러시 자신의 목소리만큼이나 분명하게 템플의 목소리도 듣게 된다. 그는 여러 가지 면에서 그녀와 정반대였다. 그는 그녀의 우울한 생각들을 일축해 날려 버리며, 결혼이 싫다는 그녀에게 반대하여 한층 더 혐오감을 부추기기도 했다. 두 사람 중에서 템플이 단연 더 건전하고 긍정적이었다. 하지만 그녀의 오빠가 그를 맘에 들어 하지 않은 것을 보면, 그에게는 다소 고집이나 거만함이 있었던 듯하다. 오빠는 템플을 가리켜 〈일찍이 본 적 없는 가장 거만하고 잘난 척하는 무례하고 못된 놈〉이라 일갈했다. 하지만 도러시가 보기에 템플은 다른 어떤 구애자도 지니지 못한 자질들을 지니고 있었다. 그는 그저 시골 신사나 젠체하는 치안 판사가 아니었고, 만나는 모든 여자에게 희번덕거리는 도시의 바람둥이나 세상 구경깨나 했다는 한량도 아니었다. 만일 그가 그중 어느 하나에라도 해당되었다면, 그런 웃음거리에 촉이 빠른 도러시가 그를 용납하지 않았을 것이었다. 그녀가 보기에 그는 다른 사람들에게는 없는 어떤 매력이 있었고, 다른 사람들과는 달리 마음이 통하는 데가 있었다. 그에게는 머릿속에 떠오르는 무엇이든 써 보낼 수 있었다. 그와 있으면 자신의 가장 좋은 면들이 나타났다. 그녀는 그를 사랑하고 존경했다. 하지만 그러다 불쑥 그와 결혼하지 않겠다고 선언했다. 그녀는 실로 결혼을 완강히 거부했고, 결혼이 실패한 예를 끝없이 들었다. 만일 결혼 전에 서로를 알아 버리면 끝장이라고 그녀는 생각했다. 정열은 인간의 감각 중에서 가장 야만적이고 폭군적인 것이었다. 정열 때문에 레이디 앤 블라운트는 〈시정잡배들의 말거리〉가 되었다. 정열 때문에 아름다운 레이디 이저벨라는 파멸했으니, 〈그 막대한 영지를 가진 짐승〉과 결혼한 다음에야 그 미모가 무슨 소용이겠는가? 오빠의 역정과 템플의 질투에 더하여 사람들에게 비웃음을 당할 것에 대한 자신의 두려움 때문에, 그녀는 〈어서 조용히 죽기만을〉 바랄 뿐이었다. 템플이 그녀의 주저와 오빠의 반대를 이겨 냈다는 것은 그의 성품을 말해 주는 대목이다. 하지만 그것은 우리로서는 애석하기 짝이 없는 일이기도 하다. 왜냐하면 템플과 결혼한 후 그녀는 더 이상 그에게 편지를 쓰지 않았으니 말이다. 편지는 곧바로 그쳤다. 도러시가 존재하게 했던 세계 전체가 꺼져 버렸다. 그제야 우리는 그 세계가 얼마나 풍성하고 사람들로 북적이며 활기찼던가를 깨닫게 된다. 템플에 대한 애정 덕분에 그녀의 펜에서는 딱딱함이 사라진 터였다. 아버지 곁에서 반쯤 졸면서, 묵은 편지 뒷면에서 찾아낸 백지 위에 그녀는 레이디 다이애나에 대해, 아이섬가 사람들에 대해, 집안 아주머니와 아저씨들에 대해, 그들이 어떻게 왔다가 어떻게 갔는지, 무슨 말을 했는지, 그들이 지루했는지 웃겼는지 매력적이었는지 아니면 그저 평소대로였는지에 대해, 항상 그 시대 특유의 위엄을 가지고서도 편안한 말투로 써나갔다. 그렇게 템플에게 마음을 열어 보이노라면,

자신에게 갈등이나 위안을 주는 더 깊은 인간관계나 더 내밀한 기분들, 가령 오빠의 횡포라든가, 자신의 변덕이나 울적함, 밤에 정원을 거닐 때나 또는 강가에서 생각에 잠길 때, 편지를 기다릴 때와 기다리던 편지를 받을 때의 행복감 등등에 관해 더 많은 것을 이야기하게 되었다. 이 모든 것이 우리 주위에 있다. 우리가 이 세계 속에 깊이 들어와 그것이 암시하고 제시하는 것들을 돌아보던 도중에 갑자기 장면이 지워져 버린다. 그녀는 결혼했고, 그녀의 남편은 외교관으로 활약했다. 그녀는 그의 운명을 따라 브뤼셀로, 헤이그로, 그가 불려 가는 곳이면 어디든 따라가야 했다. 아홉 자녀가 태어났고, 그중 일곱이 〈거의 모두 요람에서〉 죽었다. 무수한 의무와 책임이 한때 허례허식에 코웃음 치던 소녀의 몫으로 떨어졌다. 프라이버시를 즐기고 세상을 벗어나 호젓하게 살며 〈우리의 작은 시골집에서 함께 늙기를〉 바랐던 소녀가, 이제 헤이그에서 화려한 접시들로 가득 찬 찬장이 있는 저택의 안주인이 되었다. 남편이 직업상 힘든 일을 겪을 때마다 의논 상대가 되어 주었다. 그의 임금 체불에 대한 협상을 위해 런던에 남기도 했다. 그녀가 탄 배에 불이 났을 때는, 왕이 인정했듯이, 선장보다도 더 용감하게 행동했다. 그녀는 대사 부인으로서나 또 공직에서 은퇴한 사람의 반려자로서나 갖추어야 할 모든 것을 갖추었다. 그리고 불행이 닥쳤다. 딸 하나가 죽었고, 아들 하나는 어머니의 우울한 기질을 물려받았던지 장화에 돌멩이를 가득 담고 템스강에 뛰어들었다.[9] 그렇게 세월이 흘렀다. 아주 충만하고 활동적이고 어려움도 많은 세월이었다. 하지만 도러시는 침묵을 지켰다.

그러나 마침내, 한 낯선 청년이 무어 파크에 들어왔다. 남편의 비서로 들어온 이 청년은 까다롭고 무례하며 툭하면 화를 냈다. 하지만 우리가 만년의 도러시를 보게 되는 것은 이 청년, 스위프트[10]의 눈을 통해서이다. 〈온화한 도러시아, 평화롭고 현명하고 너그럽다〉라고 그는 묘사했다. 하지만 그 빛에 드러나는 것은 우리가 아는 도러시가 아니다. 이 말없는 노부인을 우리는 알지 못한다. 우리는 그 모든 세월을 겪은 이 노부인과 편지로 연인에게 마음을 터놓던 소녀를 연결시킬 수가 없다. 〈평화롭고 현명하고 너그럽다〉니, 우리가 마지막으로 만난 그녀는 전혀 그렇지 않았다. 우리는 남편의 경력이 자기 것인 양 함께해 온 감탄할 만한 대사 부인에게 존경을 바치는 바이지만, 그러면서도 삼자 동맹의 모든 유익과 네이메헌 조약의 모든 영광을[11] 도러시가 쓰지 않은 편지들과 기꺼이 바꾸고 싶어지는 순간들이 있다.

9   아홉 자녀 중 살아남은 딸 하나는 열네 살 때 수두로 죽었고, 아들은 20대에 자살했다.
10   Jonathan Swift(1667~1745). 아일랜드 작가. 『걸리버 여행기 *Gulliver's Travels*』의 저자.
11   템플은 1668년 영국, 스웨덴 및 네덜란드 연합 공화국 사이의 삼자 동맹을 주선했고, 1678년 네이메헌 조약 체결 시에는 영국 측 전권 대사 중 하나였다.

메리 울스턴크래프트[1]

큰 전쟁들은 이상하게도 들쭉날쭉한 여파를 미친다. 프랑스 혁명은 어떤 사람들은 산산조각을 냈지만, 또 어떤 사람들은 머리털 하나 건드리지 않고 지나가 버렸다. 제인 오스틴은 프랑스 혁명에 대해 언급하지 않았고, 찰스 램도 그것을 무시했으며, 보 브러멜[2]은 그 일에 대해 생각조차 하지 않았다고 한다. 하지만 워즈워스[3]와 고드윈[4]에게 그것은 여명이었으니, 그들은 틀림없이 보았다.

1 1929년 10월 20일 『뉴욕 헤럴드 트리뷴 *New York Herald Tribune*』에 게 재. 함께 연재했던 다른 글들과 함께 『보통 독자』 제2권에 〈네 사람의 인물 Four Figures〉이라는 제목으로 실렸으며, 그중 세 번째 글이 「메리 울스턴크 래프트」이다("Mary Wollstonecraft", *Essays V,* pp. 471~477).
2 Beau Brummell(1778~1840). 영국 섭정 시대(1811~1820)를 풍미했던 남성 패션의 선도자. 한때 친하게 지내던 섭정공 조지(후일의 조지 4세)와 다툰 후 낭비와 도박으로 큰 빚을 지고 프랑스로 망명, 비참한 말년을 보내다 죽었다. 울프의 「네 사람의 인물」 중 두 번째 글의 주인공.
3 William Wordsworth(1756~1836). 영국 낭만주의 시인.
4 William Godwin(1756~1836). 영국 평론가, 소설가.

프랑스가 황금 같은 시간들의 꼭대기에 서 있는 것을,

　　인간 본성이 다시 태어나는 듯한 것을.[5]

　그러므로 효과를 노리는 역사가라면 더없이 대조적인 장면들을 나란히 놓을 수 있었을 것이다. 여기 체스터필드가에서는 보 브러멜이 턱 밑에 넥타이를 조심히 매면서 천박하게 들리지 않게끔 의도된 말투로 코트 깃의 적절한 재단에 대해 논하고, 저기 소머스 타운에서는 허름한 행색의 흥분한 청년들이(그중 한 사람은 몸에 비해 머리가 너무 크고, 얼굴에 비해 코가 너무 길었다) 날이면 날마다 찻잔을 앞에 놓고 인간이 완벽해질 가능성이니 이상적 통일성이니 인권이니 하는 것에 대해 의견을 개진하는 것을 말이다. 그 자리에는 아주 총명한 눈빛을 하고 아주 열띤 어조로 말하는 여성도 한 명 있었는데, 발로,[6] 홀크로프트,[7] 고드윈[8] 등의 중산층 이름을 가진 청년들은 그녀를 그저 〈울스턴크래프트〉[9]라고 불렀다. 마치 그녀가 결혼했는지 미혼인지는 중요하지 않다는 듯이,

　5　워즈워스의 『서곡*The Prelude*』 제7권.
　6　Joel Barlow(1754~1812). 미국 시인, 외교관. 1788년 파리에 정착했다가 1790년 런던으로 피신했다.
　7　Thomas Holcroft(1745~1809). 영국 극작가, 소설가.
　8　앞에 등장했던 〈머리가 크고 코가 긴 인물〉이 바로 고드윈으로, 후일 울스턴크래프트와 결혼한다.
　9　Mary Wollstonecraft(1759~1797). 영국 작가, 여권 운동가. 페미니즘의 선구자이며, 혁명을 옹호하는 급진주의 정치 사상가이기도 했다. 여성의 인권과 평등을 주장하는 『여성의 권리 옹호*A Vindication of the Rights of Woman*』 등의 걸작을 남겼다.

마치 그녀도 자신들 같은 청년이기나 한 듯이.

지적인 사람들 사이의 그처럼 현격한 부조화는 — 찰스 램과 고드윈, 제인 오스틴과 메리 울스턴크래프트는 모두 대단히 지적인 사람들이었다 — 상황이 관점에 얼마나 큰 영향을 미치는가를 보여 준다. 만일 고드윈이 템플 구역에서 자라 자선 기숙 학교에서 골동품과 고문(古文)에 몰두했더라면,[10] 그도 인간의 장래나 인권 일반에 대해 추호도 생각하지 않았을지도 모른다. 만일 제인 오스틴이 어린 시절에 아버지가 어머니를 패지 못하도록 충계참에 누워 보았더라면,[11] 그녀의 영혼도 폭정에 대한 반항심으로 불타올라 그녀가 쓰는 모든 소설은 정의를 부르짖는 외마디 외침으로 소진되었을지도 모른다.

메리 울스턴크래프트가 처음으로 목격한 결혼 생활의 기쁨이란 그런 것이었다. 그러고는 여동생 에버리나 역시 비참한 결혼을 하고는 마차에서 결혼반지를 깨물어 조각내 버렸다.[12] 남자 형제들[13]도 그녀에게는 짐이었다. 아버지의 농장은 실패했으며, 뻘건 얼굴에 불같은 성미, 더러운 머리칼을

---

10 찰스 램의 성장 과정에 빗댄 말.

11 10대의 울스턴크래프트는 아버지의 폭력으로부터 어머니를 지키기 위해 종종 어머니의 침실 앞 충계참에서 잤다고 한다.

12 이것은 울스턴크래프트의 다른 여동생인 일라이자(베스)의 이야기이다.

13 『보통 독자』에는 brother, 『뉴욕 헤럴드 트리뷴』에는 brothers로 되어 있다. 울스턴크래프트는 4남 3녀 중 둘째로, 딸들 중 장녀였다.

가진 그 평판 나쁜 남자가 새 출발을 할 수 있도록 그녀는 가정 교사가 되어 귀족 사회에 예속되었다. 한마디로 그녀는 행복이 무엇인지 알아 본 적이 없었으며, 더럽고 비참한 인생에 알맞은 신조를 만들어 가진 터였다. 그녀의 가장 중요한 신조는 독립 말고는 아무것도 중요치 않다는 것이었다. 〈우리가 동료 인간들로부터 받는 모든 은혜는 새로운 족쇄이며, 우리의 타고난 자유를 빼앗고 정신의 존엄성을 해친다.〉 독립이야말로 여성에게 가장 필요한 것이었다. 우아함이나 매력이 아니라 힘과 용기, 그리고 자신의 의지를 관철하는 능력이 여성에게 필요한 자질들이었다. 그녀의 가장 큰 자랑은 〈나는 내가 기꺼이 지지하지 않는 한 아무리 중요한 일이라도 하려 해본 적이 없다〉고 말할 수 있다는 것이었다. 분명 메리는 진실성을 가지고 그렇게 말할 수 있었을 것이다. 서른 살이 조금 넘었을 때 이미 그녀는 강한 반대를 무릅쓰고 해치운 일련의 행동들을 회고할 수 있었다. 그녀는 엄청난 노력 끝에 친구 패니를 위한 집을 마련했지만, 패니의 마음이 달라져 도대체 집 같은 것은 원치 않는다는 것을 알게 되었다. 그녀는 학교를 열었고, 패니를 설득하여 스케이스 씨와 결혼하게 했다. 그러고는 학교를 때려치우고, 죽어가는 패니를 간호하러 단신으로 리스본에 갔다. 돌아오는 뱃길에 그녀는 선장에게 프랑스 난파선을 구조하게끔 종용했다. 그러지 않으면 그 사실을 폭로하겠노라고 선장을 위협했던 것이다. 그 후 푸젤리[14]에 대한 열정에 사로잡혀 그와 함께 살겠다고 선언했다가 그의 아내에게 깨끗이 거절당하자, 그녀는 결행이라는 자신의 원칙을 즉각 실천에 옮겨 문필로 생계를 꾸릴 결심을 하고 파리로 건너갔다.

그러니까 프랑스 혁명은 그녀의 외부에서 일어난 일개 사건이 아니라 그녀 자신의 핏속에 있는 활성제였다. 그녀는 평생 항거했다 — 폭정에 대해, 법에 대해, 인습에 대해. 그녀의 내부에는 개혁가다운 인류애가 끓어올랐으며, 그것은 사랑만큼이나 증오를 포함하는 것이었다. 프랑스 혁명의 발발은 그녀의 가장 깊은 내면에 있는 이론과 신념이 일부 표출된 것이었으니, 그녀는 그 특별한 순간의 열기 속에서 두 권의 웅변적이고 과감한 책 『버크에 대한 답변』[15]과 『여성의 권리 옹호』를 내놓았다. 이 책들은 너무나 지당한 내용이라 지금 보면 전혀 새로울 것이 없어 보일 정도로, 그 독창성은 우리의 상식이 되었다. 하지만 그녀가 파리에서 혼자 커다란 집을 빌려 살면서, 자신이 경멸하던 왕이 국민위병들에게 호송되어 지나가는 것을 직접 목도했을 때는, 그가 의외로 위엄을 잃지 않는 모습에 그녀도 〈이유를 알 수 없이〉 눈물이 난다면서 〈이제 자러 갑니다. 평생 처음으로 촛불을 끌 수가

---

14 Henry Fuseli(1741~1825). 스위스 출신의 영국 화가, 작가.
15 울스턴크래프트의 저서 『인간의 권리 옹호: 버크에 대한 답변A Vindication of the Rights of Men, in a Letter to the Right Honourable Edmund Burke』을 말한다.

없습니다〉라는 말로 편지를 맺고 있다. 세상일이 그리 간단치는 않았으니, 그녀는 자신의 감정조차 이해할 수 없었던 것이다. 자신이 가장 소중히 하던 신념들이 실행에 옮겨지는 것을 보면서도 눈물이 났다니 말이다. 그녀는 명성과 독립과 자신의 삶을 살 권리를 얻었지만, 뭔가 다른 것을 원하고 있었다. 〈나는 여신처럼 사랑받기를 원치 않으며, 다만 당신에게 필요한 사람이 되고 싶습니다〉라고 그녀는 편지에 썼다. 그 편지의 수신인이었던 매력적인 미국인 임레이[16]가 그녀에게 아주 다정히 대해 준 때문이었다. 정말이지 그녀는 그를 열렬히 사랑했다. 하지만 사랑은 자유로워야 한다는 것이 그녀의 원칙 중 하나였다. 〈상호간의 애정이 결혼이며, 만일 사랑이 죽는다면, 사랑이 죽은 후까지 결혼이라는 유대가 구속이 되어서는 안 된다.〉 그렇지만 그녀는 자유를 원하는 동시에 확실성을 원했다. 그녀는 이런 말도 썼다. 〈나는 애정이라는 말을 좋아해요. 그것은 무엇인가 습관적인 것을 뜻하니까요.〉

그녀의 얼굴에는 이 모든 모순들로 인한 갈등이 드러난다. 그녀의 얼굴은 확고한 결의에 차 있으면서도 몽상적이고, 육감적이고, 그러면서 또 너무나 지적이다. 게다가 그 풍성하게 물결치는 머리칼과 크고 밝은 눈 — 사우디[17]는 그녀의 눈

16 Gilbert Imlay(1754~1828). 미국 사업가. 후에 프랑스 주재 미국 대사관에서도 일했고, 두 권의 책을 썼다.
17 Robert Southey(1774~1843). 영국 낭만주의 시인.

이야말로 자신이 본 가장 표정이 풍부한 눈이라고 했다 ─
은 아름답기까지 하다. 그런 여성의 삶은 험난하기 마련이
다. 그녀는 날마다 인생을 어떻게 살아야 하는가에 대한 원
칙들을 만들었고, 날마다 다른 사람들의 편견이라는 암초에
부딪혔다. 그리고 또 날마다 ─ 그녀는 현학자도 냉정한 이
론가도 아니었으므로 ─ 그녀 안에서는 자신의 원칙들을 밀
어내고 그것들을 새롭게 만들지 않을 수 없게 하는 무엇인가
가 태어났다. 그녀는 자신이 임레이에 대해 아무런 법적 권
리도 갖지 않는다는 원칙에 따라 행동하여 그와 결혼하기를
거절했지만, 그가 몇 주씩이나 그녀를 그들 사이에서 태어난
아이와 단둘이 내버려 두자 견딜 수 없는 고뇌에 빠졌다.

  그녀는 그렇듯 헷갈리고 스스로도 이해할 수 없을 지경이
었으니, 구변 좋고 불성실한 임레이가 그녀의 급변하는 사고
와 이성 비이성을 오가는 기분을 다 맞춰 주지 못했다고 해
서 비난할 수만은 없다. 그녀를 아끼는 친구들조차도 공정하
게는 그녀의 앞뒤 맞지 않는 행동에 곤혹스러워했다. 메리는
열정적이고 열광적으로 자연을 사랑했지만, 어느 날 밤하늘
의 빛깔이 너무나 절묘하게 아름다워서 마들렌 슈바이처가
〈이리 와봐, 메리. 이 놀라운 광경을 좀 봐. 하늘 빛깔이 계속
해서 바뀌는 걸 봐〉 하고 불렀을 때는, 볼조장 남작에게서 눈
길을 떼지 않았다.[18] 마담 슈바이처는 〈그 에로틱한 몰입이

18 울스턴크래프트는 파리에서 스위스 여성 마들렌 슈바이처의 집에 종

내게 어찌나 불쾌한 인상을 주었던지, 나는 즐거운 기분이 다 사라져 버렸다〉고 썼다. 하지만 그 감상적인 스위스 여성이 메리의 육감적인 면에 당혹했다면, 빈틈없는 사업가였던 임레이는 그녀의 지성에 역정이 났다. 그는 그녀를 만날 때마다 그녀의 매력에 굴복했지만, 이내 그녀의 기민함과 통찰력과 타협할 줄 모르는 이상주의가 그를 괴롭혔다. 그녀는 그의 변명들을 꿰뚫어 보았고, 그의 모든 구실들을 무력화시켰으며, 심지어 그의 사업까지 관리할 수 있었다. 그녀와는 도무지 평화를 누릴 수 없었고, 그는 또다시 떠날 수밖에 없었다. 그러면 그녀의 편지가 그를 뒤따라와 그 성실성과 통찰력으로 그를 괴롭혔다. 그녀의 편지들은 너무나 솔직하고 너무나 열정적으로 진실을 말해 달라고 간청하고 있었으며, 비누와 명반(明礬),[19] 부와 안락에 대한 경멸을 보이면서 너무나 진실하게 그가 단 한마디만 해줄 것을 애원하고 〈그러면 다시는 연락하지 않겠다〉고 거듭하여 말하고 있었으므로, 그는 더 이상 참을 수가 없었다. 그저 잡어나 잡으려다가 돌고래가 걸렸는데, 그 돌고래가 그를 물속으로 끌고 들어가니 어지럽고 달아나고 싶을 뿐이었다. 요컨대, 비록 그도 원칙을 세우는 데 동조하기는 했지만, 그는 사업가였고 비누와 명반에 의존하고 있었다. 〈인생의 부차적인 쾌락들은 내 안

종 초대되었으며, 거기서 볼조장 남작을 만났던 것 같지만 이 인물의 신원은 알 수 없다.
   19 임레이가 취급하던 상품들.

락에 대단히 필요하다〉고 그는 인정해야만 했다. 그 부차적인 쾌락 중에 메리의 질투심 어린 눈길을 계속해서 피해 다니는 한 가지가 있었다. 그를 자꾸만 그녀에게서 떼어 놓는 것은 사업일까, 정치일까, 아니면 여자일까? 그는 오락가락했다. 그녀와 만나면 아주 다정했지만, 그러다 또 떠나 버렸다. 마침내 그녀도 성이 나서, 의심으로 반쯤 제정신이 아닌 채 요리사에게 진실을 추궁했다. 그리하여 순회 극단의 어린 여배우가 그의 정부임을 알아냈다. 다시금 결행이라는 원칙에 충실하게, 그녀는 즉시 스커트를 물로 적시고 — 확실히 가라앉게끔 — 퍼트니 다리에서 몸을 던졌다. 하지만 그녀는 구조되었고, 말로 다 할 수 없는 고통 끝에 회복되었다. 그러고는 특유의 〈정복되지 않는 위대한 정신〉과 독립이라는 소녀 시절부터의 신조가 다시금 나타나, 그녀는 행복에 재도전하기로, 임레이에게서 자신이나 아이를 위해 한 푼도 받지 않고 스스로 생계를 꾸려 나가기로 결심했다.

이런 위기 속에서 그녀는 고드윈을 다시 만났다. 일찍이 소머스 타운의 모임에서 만났던, 프랑스 혁명과 더불어 새로운 세계가 태어나고 있다고 생각하던 청년들 중 한 사람, 곧 작은 체구에 머리만 큰 그 남자였다. 〈그녀가 그를 만났다〉는 것은 완곡어법일 터이니, 실제로는 메리 울스턴크래프트가 집으로 그를 찾아갔기 때문이다. 그녀가 외투를 걸쳐 입고 소머스 타운으로 고드윈을 찾아갔는지, 아니면 저드 스트리트 웨스트에서 고드윈이 찾아오기를 기다렸는지가 그리 중요한 일이 아니었던 것은 프랑스 혁명의 여파였는지? 길바닥에 흩뿌려진 피를 보았고, 성난 군중의 함성이 여전히 그녀의 귓전에 쟁쟁했기 때문인지? 그 기묘한 남자, 비열함과 관대함, 냉정함과 깊은 감정 — 마음으로부터의 깊은 감정이 있지 않고서는 아내에 대한 회고록을 쓸 수 없었을 테니까 — 이 너무나 이상하게 뒤섞여 있었던 그 남자가 그녀의 행동이 옳았다고 생각했고, 여성의 삶을 옭아매는 어리석은 인습을 짓밟았다는 이유로 메리를 존경했던 것은 또 얼마나 기이한 인간사의 전복 때문이었는지? 그는 많은 주제에 대해 아주 특이한 견해를 가지고 있었으며, 특히 남녀 관계에 대해 그랬다. 그는 남녀 관계에는 무엇인가 영적인 것이 있다고 생각했다. 그는 〈결혼이란 법이요, 모든 법 중에 최악이다. 결혼이란 소유권, 모든 소유권 중에 최악의 소유권에 관한 문제다〉라고 썼다. 만일 남녀 두 사람이 서로 좋아한다면 아무 예식 없이 함께 살거나, 아니면 동거란 사랑을 무디게 만들기 마련이므로 같은 동네에서 스무 집 정도 떨어져 살아야 한다고 주장했다. 한술 더 떠 그는 다른 남자가 내 여자를 좋아한다면 〈아무 문제가 되지 않을 것이다. 우리는 둘다 그녀와 대화를 즐길 수 있을 것이며, 우리 모두 현명한 터라 육체적 결합은 아주 사소한 일이라고 생각할 것이다〉라고 말했다. 사실 그가 그런 말을 썼을 때는 아직 사랑에 빠져

본 적이 없을 때였다. 그런데 이제 처음으로 그런 감정을 체험하게 될 터였다. 사랑은 아주 자연스럽게 서서히 찾아왔다. 소머스 타운에서 나누었던 대화로부터, 부적절하게도 그의 방에서 단둘이 해 아래 모든 것에 대해 나누었던 토론에서부터, 사랑은 〈서로의 마음속에서 나란히〉 자라났던 것이다. 〈우정이 사랑으로 녹아들었다〉고 그는 썼다. 〈사태가 자연스럽게 발전하는 가운데 사실이 드러났을 때, 어느 쪽에서든 상대방에게 새삼스럽게 드러낼 것이라고는 아무것도 없었다.〉 분명 그들은 가장 근본적인 점들에 대해 의견이 일치했으니, 가령 두 사람 다 결혼이 불필요하다는 데 동의하고 있었다. 그들은 계속 따로 살 작정이었다. 자연이 다시 개입하여 임신하게 되었을 때에야 그녀는 자문했다. 원칙을 지키기 위해 소중한 친구들을 잃을 만한 가치가 있을지?[20] 그녀는 그렇지 않다고 생각했고, 그들은 결혼했다. 그렇다면 남편과 아내가 서로 떨어져 살아야 한다는 또 다른 원칙도 그녀에게 새로이 생겨난 다른 감정들과 그렇게까지 양립 불가능한 것은 아니었는지? 〈남편은 집 안의 가구 중 편리한 일부〉라고 그녀는 썼다. 실로 그녀는 자신이 무척 가정적이라는 사실을 발견했다. 그렇다면 그 원칙도 고쳐서 한집에 살면 안 될 게 뭐란 말인가? 고드윈은 몇 집 건너에 작업실을

20 결혼하지 않고 아이를 낳음으로써 인습을 중시하는 〈소중한 친구들〉과 멀어질 수도 있으리라는 뜻이다.

얻으면 될 테고, 기분이 내키면 따로 식사할 수도 있을 터였다. 일과 친구들은 각기 갖기로 하고. 그리하여 그들은 그렇게 자리 잡았고, 계획은 멋지게 이루어져 나갔다. 그런 해결책은 〈서로 방문하는 신선함과 생생한 감흥에 가정생활의 감미로움과 마음에서 우러나는 즐거움을 결합시켰다〉. 메리는 자신이 행복하다고 수긍했고, 고드윈은 자신의 모든 철학에도 불구하고 〈내 행복에 관심을 가져주는 누군가〉가 있다는 것은 〈더없이 만족스럽다〉고 고백했다. 메리의 새로운 만족은 그녀 안에 있던 온갖 종류의 힘과 감정들을 풀어놓았다. 사소한 일들이 그녀에게 즐거움을 주었다 — 고드윈이 임레이의 자식과 함께 노는 광경, 그들 자신의 아이[21]가 태어나리라는 전망, 당일치기로 근교에 놀러 가는 일 등이 모두 새로운 기쁨이었다. 어느 날 뉴로드에서 임레이와 마주쳤을 때, 그녀는 아무 쓰라림 없이 인사를 건넬 수 있었다. 하지만 〈우리의 행복은 게으른 행복, 이기적이고 덧없는 쾌락들로 이루어진 낙원은 아니었다〉고 고드윈은 썼다. 아니, 메리의 삶이 시작에서부터 실험이었듯이 그 또한 실험이었고, 인간의 관습들이 인간의 필요에 좀 더 긴밀히 일치하게 하려는 시도였다. 그들의 결혼은 시작에 불과했고, 장차 온갖 종류의 일들이 펼쳐질 것이었다. 메리는 아이를 낳을 예정이었

21 이 딸이 소설가 메리 울스턴크래프트 셸리Mary Wollstonecraft Shelley(1797~1851)이다. 그녀는 『프랑켄슈타인*Frankenstein*』의 저자로 유명하며, 시인 퍼시 비시 셸리Percy Bysshe Shelley(1792~1822)와 결혼했다.

고, 『여성의 고난』[22]이라는 책도 쓸 예정이었다. 그녀는 교육을 개혁할 예정이었다. 아이가 태어나는 날도 그녀는 저녁 식사를 하러 내려올 예정이었다. 그녀는 해산 때 의사가 아니라 산파를 고용할 예정이었다. 하지만 그것이 그녀의 마지막 실험이었다. 그녀는 분만 중에 죽었다. 자신의 삶에 대해 그토록 강렬한 감각을 지니고 있었던, 더없이 비참한 가운데서도 〈나는 더 이상 존재하지 않는 것, 나 자신을 잃는다는 것을 생각조차 할 수 없다. 아니, 내가 존재하기를 그친다는 것은 불가능해 보인다〉고 외쳤던 그녀가 36세의 나이에 죽었다. 하지만 그녀는 원을 풀었다. 그녀가 땅에 묻힌 후 130년 동안 수백만의 사람들이 죽었고 잊혀 갔지만, 우리는 여전히 그녀의 편지들을 읽으며 그녀의 주장에 귀 기울인다. 우리가 그녀의 실험을, 무엇보다도 가장 큰 결실을 맺은 실험, 즉 고드윈과의 관계에 대해 생각할 때, 그리고 그녀가 인생의 핵심을 파고들어 간 도도하고 열정적인 태도를 실감할 때, 분명 그녀는 일종의 불멸성을 획득했다고 할 수 있다. 그녀는 여전히 살아 숨 쉬며, 주장하고, 실험한다. 우리는 그녀의 음성을 듣고, 지금도 산 자들 가운데 미치는 그녀의 영향을 뒤쫓는다.

22 『여성의 권리 옹호』의 속편으로 구상된 이 미완성 소설은 그녀가 죽은 후 이듬해에 고드윈에 의해 『마리아, 또는 여성의 고난 Maria, or the Wrongs of Women』이라는 제목으로 출간되었다.

세라 콜리지[1]

콜리지[2]도 육신의 자녀들을 낳았다. 그중 하나인 딸 세라[3]
는 그의 연장이라 할 수 있으니, 그의 용모는 아니라 해도 ──
그녀는 작고 가녀렸으니까 ── 그의 정신, 그의 기질은 확실
히 물려받았다. 그녀는 48년 생애 전체를 그의 저무는 빛 가
운데서 살았으니, 다른 위대한 인물들의 자녀와 마찬가지로
그녀도 사라진 광휘와 일상의 빛 사이를 넘나드는 어룽진 모
습으로 떠오른다. 그리고 아버지의 수많은 저작과 마찬가지
로 세라 콜리지도 미완성으로 남아 있다. 그리그스 씨는 그

1 1940년 10월 26일 『뉴 스테이츠먼 앤드 네이션New Statesman and
Nation』에 게재. 얼 레슬리 그리그스Earl Leslie Griggs(1899~1975)의 『콜리
지의 딸: 세라 콜리지의 전기Coleridge Fille: A Biography of Sara Coleridge』
(1940)에 대한 서평("Sara Coleridge", Essays VI, pp. 249~255).
2 Samuel Taylor Coleridge(1772~1834). 영국 시인, 평론가. 낭만주의
를 대표하는 시인으로 손꼽힌다.
3 Sara Coleridge(1802~1852). 시인 콜리지의 3남1녀 중 셋째로, 호수
지방의 케즈윅에 있는 집 그레타 홀에서 태어났다. 이 집에는 콜리지 부부 외
에 콜리지와 동서 간인 시인 로버트 사우디 내외, 또 다른 시인의 미망인 등
여러 가족이 모여 살았다.

녀의 생애를 철저히 연구하여 공감 어린 전기를 썼지만 미진한 감이 드는 것을 어쩔 수 없다. 그녀의 자서전이라는 극히 흥미로운 글은 스물여섯 페이지를 지나면 석 줄의 말없음표로 끝나 버린다.[4] 그녀는 각 대목을 교훈이나 성찰로 맺으려 했다고 말한다. 그래서 〈내 유년 시절 초기를 돌아볼 때 드는 주된 생각은……〉이라고 말을 꺼내 놓고는 맺지 못한다. 하지만 그래도 그녀는 그 스물여섯 페이지에서 아주 많은 것을 이야기하고 있으며 그리그스 씨가 덧붙인 내용들도 있으므로, 우리는 그 말없음표를 채워 보고 싶어진다. 그녀 자신이 우리에게 말했을 것과는 사뭇 다르겠지만.

〈내게 그 귀여운 아기의 감촉을 보내 주오. 그 표정과 그 입의 움직임을 ─ 오, 그 애를 생각하면 미칠 것만 같소.〉 그녀가 아기였을 때 콜리지가 쓴 편지이다. 그녀는 사랑스러운 아이였다. 섬세하고, 커다란 눈을 가졌으며, 생각에 잠긴 듯 골똘하면서도 활동적이라, 조용하지만 항상 움직이는 것이 마치 아버지의 시와도 같았다. 그녀는 어렸을 때 아버지가 자기를 앨런 뱅크[5]의 워즈워스 집에 데리고 가서 묵었던 일을 기억했다. 그 소란한 농장 생활은 마음에 들지 않았고, 창

---

4 세라 콜리지는 자서전을 완성하지 못했으나, 그녀의 사후에 딸이 몇 통의 편지와 함께 『세라 콜리지의 회고록과 편지들 *Memoir and Letters of Sara Coleridge*』을 펴냈다.

5 호수 지방 중심부에서 약간 서쪽의 언덕 위에 있던 집. 윌리엄 워즈워스를 비롯해 낭만주의 시인들이 살았던 곳이다.

피하게도 남자들이 드나드는 욕실에서 몸을 씻기는 것이었다. 아버지 취향대로 레이스와 모슬린으로 섬세하게 차려입은 그녀는, 역시 자기 아버지의 취향대로 감청색이나 보라색 옷을 입고 금발을 휘날리는 생생한 눈매의 도라 워즈워스[6]와 좋은 대조를 이루었다. 그 방문은 그런 대조와 갈등의 연속이었다. 아버지는 그녀를 귀여워했다. 〈나는 아버지와 함께 잤는데, 아버지는 밤 12시에든 새벽 1시에든 침대에 오면 동화를 들려주곤 했다…….〉 그러다 어머니 콜리지 부인[7]이 나타났고, 세라는 그 정직하고 순박하고 푸근한 여인에게 달려가 안겨 〈떨어지려 하지 않았다〉. 그러자 — 여전히 쓰라린 추억이지만 — 〈아버지는 언짢은 기색으로 내가 아버지를 좋아하지 않는다고 투덜거렸다. 왜 그러는지 이해할 수 없었다……. 이제 와 생각하면 아버지는 내 애정을 자신에게 묶어 두려 했던 것 같다……. 나는 살그머니 빠져나가 집 뒤의 숲속에 숨었다〉.

하지만 그녀가 꿈속에서 눈이 불처럼 이글대는 말을 보고 겁에 질려 누워 있을 때 촛불을 들고 다가와 준 것은 아버지였다. 그 역시 어렸을 때는 어둠을 두려워했던 것이다. 아버

6 Dora Wordsworth(1804~1847). 윌리엄 워즈워스의 딸.
7 Sarah Coleridge, née Fricker(1770~1845). 1795년 동생의 약혼자 로버트 사우디의 친구인 새뮤얼 콜리지와 결혼했으나, 오래가지 못했다. 1808년 콜리지가 런던으로 가버린 후 동생 가족에 얹혀살다가, 1820년 딸 세라가 첫 아이를 낳은 후 딸과 함께 살았다.

지의 촛불이 옆에 놓이자 그녀는 두려움을 잊고서 강물이 흐
르는 소리, 대장간의 망치 소리, 들판을 헤매는 짐승들의 소
리를 들으며 누워 있었다. 그녀는 평생 그 소리를 기억했다.
어떤 지방, 어떤 정원, 어떤 집도 그 폭포와 편자 모양 풀밭
과 호수 건너 산까지 내다보이는 창문 셋이 나 있던 방과는
비교가 되지 않았다. 그녀는 아버지와 워즈워스와 드 퀸시[8]
가 이야기를 나누며 오가는 동안 그곳에 앉아 있었다. 그들
이 하는 말을 이해할 수는 없었지만, 〈주머니 밖으로 삐져나
와 있던 손수건이 눈에 띄어 잡아 빼고 싶었던 것〉은 기억했
다. 그녀가 조금 컸을 때 손수건은 사라졌고, 아버지도 함께
사라졌다.[9] 그 뒤로는 〈다시는 아버지와 기껏해야 두어 주
이상 함께 살아 보지 못했다〉라고 그녀는 썼다. 그레타 홀에
는 항상 그를 위한 방이 준비되어 있었지만, 그는 결코 돌아
오지 않았다. 그러고는 오빠들인 하틀리와 더원트도 사라졌
다. 콜리지 부인과 세라는 사우디 이모부에게 얹혀사는 달갑
잖은 처지가 되었다. 〈그레타 홀은 그녀에게 감옥 같은 곳〉
이라고 하틀리는 동생 더원트에게 보내는 편지에 썼다. 하지
만 그곳에는 사우디의 서재가 있었고, 친절하고 박학하고 지
칠 줄 모르는 이모부 덕분에 세라는 6개 국어에 통달하게 되
었다. 그녀는 도브리츠호퍼의 라틴어 책을 번역했는데,[10] 하

8   Thomas De Quincey(1785~1859). 영국 소설가, 수필가.
9   콜리지는 아편 중독이 심해져서 1808년 가족을 떠났다.
10   도브리츠호퍼Martin Dobrizhoffer(1717~1791)는 오스트리아 예수

틀리의 학비에 보태는 한편 최악의 경우 자신의 생계 대책도 마련하려는 것이었다. 워즈워스는 〈필요한 경우 그녀는 귀족이나 신사의 집안에 가정 교사로 들어갈 수도 있을 것이다. (……) 그녀는 아주 총명하다〉라고 썼다.

하지만 그녀가 스무 살이 되어 마침내 하이게이트[11]로 아버지를 찾아갔을 때, 그를 놀라게 한 것은 그녀의 아름다움이었다. 그녀가 공부를 많이 했다는 것은 익히 듣던 바였고 자랑스럽게 생각했으나, 〈12월의 어느 추운 날 문간에 들어선 눈부시게 아름다운 모습〉은 전혀 기대하지 않았던 것이었다고 그리그스 씨는 말한다. 그녀가 들어서자 모여 있던 사람들이 자리에서 일어났다. 찰스 램은 〈콜리지 양을 보았는데, 나도 꼭 그런 딸이 있었으면 싶다〉라고 썼다. 콜리지도 그런 딸을 계속 곁에 두고 싶었던 것일까? 세라가 하이게이트에서 사촌 헨리[12]를 만났을 때, 그리고 거의 대번에, 하지만 남몰래 그의 머리칼이 든 반지와 자신의 산호 목걸이를

회 소속 선교사로, 파라과이에서 18년간 사역했다. 세라가 번역한 책은 그의 선교 기록인 『파라과이 기마 민족인 아비포네스족에 관한 이야기An Account of the Abipones, an Equestrian People of Paraguay』라는 세 권짜리 대작이었다. 그녀는 이 책에 이어 중세 프랑스 소설을 번역하기도 했다.

11   콜리지는 아편 중독이 계속 악화되고 우울증이 깊어져 1816년부터는 런던 북부 하이게이트에 있는 의사 제임스 길먼의 집에서 살게 되었다. 이후로 그가 그곳에서 여생을 보내는 동안 하이게이트에는 수많은 문인들이 모여들었다.

12   Henry Nelson Coleridge(1798~1843). 시인 콜리지의 형의 아들. 케임브리지를 졸업하고 그곳 연구 교수가 되었다. 1825년 5촌 당숙인 윌리엄 콜리지 주교를 따라 서인도 제도에 반년가량 체류했던 일을 책으로 써내 노예제 폐지를 설파하기도 했다.

교환했을 때, 그 감수성만 예민하고 의지력이라고는 없는 아버지의 마음에 일어난 것은 질투심이었을까? 딸을 위한 방 하나 내줄 수 없는 아버지에게 그 약혼 사실을 들을 권리가, 하물며 반대할 무슨 권리가 있었겠는가? 그는 무수히 엇갈리는 감정들로 부들부들 떨 뿐이었다. 조카 — 서인도에 관한 그의 책도 썩 탐탁지 않던 터에 — 한테 딸을 빼앗기다니. 그의 걸작인, 하지만 『크리스타벨Christabel』[13]처럼 아직 미완성인 딸을. 그가 할 수 있는 것이라고는 마법의 주문을 거는 것뿐이었다. 그는 말문을 열었다. 세라는 어른이 된 후 처음으로 그가 이야기하는 것을 들었으나, 나중에는 한마디도 기억할 수 없었다. 유감스럽게도 그 이유는 다음과 같은 사실에도 있었다.

아버지는 대체로 너무나 광범한 주제에 대해 이야기했다. (……) 헨리가 이따금 좀 더 구체적인 화제로 돌리기는 했지만, 아버지는 나와 단둘이 있게 되면 거의 언제나 별빛 찬란한 길을 걸으며 별나라 전체를 끌어들였다.

그녀 역시 별나라 체질이었지만, 그래도 그때는 〈오빠들과 그들의 앞날과 헨리의 건강과 내 약혼 등의 문제가 더 큰 문제였다〉. 아버지는 그런 것들에는 눈길도 주지 않았다. 세

13 콜리지의 장시 중 하나.

라에게 아버지의 이야기가 귀에 들어오지 않았던 것도 무리가 아니다.

그래도 젊은 커플은 그 순간의 부주의에 대해 넘치는 보상을 한 셈이 되었다. 남은 평생 아버지의 목소리를 들어야 했으니 말이다. 그들의 첫아이 세례식에서 콜리지는 무려 여섯 시간 동안 쉬지 않고 이야기했다. 헨리는 근면하면서도 섬세하고 사교적이고 즐겁게 지내는 성격이었는데, 샘 숙부의 주문에 걸려 평생 아내의 일을 도왔다. 주석을 달고 편집을 하고 그 경이로운 음성이 하던 말을 기억할 수 있는 한 기록했다. 그렇지만 아버지의 원고를 편집하는 일은 기본적으로 세라의 몫이었다. 그녀는 자신의 말대로 그 어질러진 궁전의 집사였다. 아버지가 읽은 것을 읽고, 그의 인용을 재확인하고, 그의 성품을 옹호하고, 무수한 행간에 적힌 말들을 해독했으며, 원고 꾸러미들을 공략하여 시작만 해놓은 글머리들을 한데 모으고 결말은 아니라 해도 그 계속되는 부분들을 찾아냈다. 하루 온종일 바친 일이 물거품이 되기도 했다.[14] 신문사에 보내는 택시 요금이 늘어났고, 비서를 둘 여유가 없이 일하다 보면 눈이 피곤해지기 일쑤였다. 하지만 애매한 구석이 남아 있는 한, 불분명한 날짜나 검증되지 않는 출전, 반증되지 않은 비방이 있는 한, 〈불쌍하게도 지칠

14 이런 작업은 울프의 소설 『밤과 낮 *Night and Day*』에서 시인 앨러다이스의 딸인 힐버리 부인이 선친의 원고를 정리하느라 끝나지 않는 일에 매진하는 대목을 생각나게 한다.

줄 모르는 세라〉 — 라는 것이 워즈워스 부인의 말이었다 —
는 줄기차게 일했다. 그녀가 한 작업의 상당 부분은 더 이상
토를 달 수 없게 완벽하며, 편집자들은 여전히 그녀가 놓은
기초 위에 서 있다.

그 일은 자기희생이라기보다는 자기실현이었다. 그녀는
그 뒤죽박죽의 원고 더미에서 육신의 아버지에게서는 알지
못했던 아버지를 발견했고, 그 아버지가 곧 자기 자신이라고
느꼈다. 그녀는 단순히 그의 원고를 정서할 뿐 아니라 그의
주장에 함께하며 그가 되었다. 종종 그녀는 그의 생각이 마
치 자신의 생각이기라도 한 것처럼 그다음을 이어 가기도 했
다. 그녀는 걸을 때도 아버지와 꼭 마찬가지로 좌우로 조금
비칠거리지 않았던가? 하지만 자기 시간의 절반은 그 사라
진 광휘를 되비추는 데 쓴다 하더라도, 나머지 절반은 일상
의 빛 가운데서, 리젠트 파크의 체스터 플레이스에서 보내야
했다. 아이들이 태어났고 그중 몇은 죽었다.[15] 건강이 악화되
어 아버지처럼 신경 쇠약에 걸렸고, 아버지처럼 아편을 써야
했다. 단 〈3년만이라도〉 출산에서 해방될 수 있기를 바랐다
니 안쓰러운 일이다. 그러다 헨리가, 특유의 명랑함으로 그
녀를 어두운 심연으로부터 끌어내 주던 남편이 세상을 떠났
다. 주석들을 쓰다 만 채, 두 자녀와 얼마 안 되는 돈과 미처
다 쓸어 주지 못한 샘 숙부의 고대광실을 남긴 채로 말이다.

15 그녀는 자녀 넷을 낳았고 그중 둘이 살아남았다.

그녀는 일을 계속했다. 비탄 가운데서 그것이 그녀의 위안이요 아편이기도 했을 것이다. 〈정신과 지성의 일은 내게 크나큰 즐거움을 준다. 그 자체로 기쁨과 재미를 준다. (……) 때로 나는 만족한 마음으로 그 결과가 너무나 크고 수확이 너무나 풍성하다고 생각한다. 이것은 위험하다.〉 생각들이 끝없이 뻗어 나갔다. 아버지와 마찬가지로 그녀 역시 머릿속에 피파개구리[16]라도 들어 있는 듯, 연신 다른 개구리들이 생겨났다. 다만 그의 생각들은 찬란한 반면 그녀의 생각들은 수수할 따름이었다. 그녀는 산만하고 장황하여 결론을 내지 못했고, 아버지처럼 마법으로 결론을 대신할 줄도 몰랐다. 만일 결론을 낼 수만 있다면 형이상학이나 신학에 대한 책, 비평서도 쓰고 싶었고, 정치에도 터너[17]의 그림에도 지대한 관심이 있었다. 하지만 〈나는 어떤 주제로 글을 시작하든 온갖 방향으로 뻗어 나가는 생각들을 그 끝까지 따라가지 않고는 못 견뎠다. (……) 아버지가 그때그때 떠오르는 생각을 단편적으로 적어 두었던 것도 그 때문이었다. 그는 불완전하게 완성하는 것을 참을 수 없었던 것이다〉. 그래서 책을 손에 들고, 펜은 정지한 채, 꿈꾸는 듯 몽롱한 눈으로, 그녀는 생각에 잠겨 〈꽃

---

16 Surinam-toad. 남미산 개구리로, 알을 등에 지니고 다니며, 알은 등의 우묵한 데서 자라서 변태하여 개구리가 된다. 새뮤얼 콜리지는 이렇게 말한 적이 있었다. 〈나는 사우디가 한 번에 한 가지를 간결하고 완결된 문장으로 말하는 능력이 부럽다. 내 생각들은 피파개구리처럼 북적거리며, 등에서, 옆구리에서, 배에서, 작은 개구리들이 기어 나온다.〉

17 Joseph Mallord William Turner(1775~1851). 영국 낭만주의 화가.

을 꺾고, 새 둥지를 찾아내고, 어느 특별한 구석을 탐험하곤
했다. 마치 어렸을 때 사우디 이모부와 산책하면서 그랬던 것
처럼〉.

그러다 보면 아이들이 끼어들었다. 총명한 아들 허버트[18]
에게는 곧장 고전들을 읽어 주었다. 콜리지 판사[19]는 아리스
토파네스[20]에는 건너뛰어야 할 대목들이 있지 않으냐고 반대
했지만 말이다. 글쎄…… 어쩌면 그럴지도 모르지만…… 하
여간 허버트는 모든 상을 휩쓸었고, 장학금을 탔으며, 나팔
을 불어 그녀의 주의를 흩뜨려 놓았고, 자기 아버지처럼 파
티를 좋아했다. 세라는 무도회에 가서 그가 모든 왈츠를 연
이어 추는 것을 지켜보았다. 전에 헨리가 사준 오래된 예쁜
옷들은 고쳐 만들어서 딸 이디스에게 입혔다. 하지만 무도회
는 너무 지루해서 저녁을 두 번 먹기도 했다. 그녀는 디너파
티가 더 좋았다. 그런 자리에서는 너무나 아버지와 비슷하게
생긴 매콜리[21]나 그녀가 〈소중한 원조 사기꾼〉이라 부르던
칼라일과 맞장을 뜰 수도 있었다. 오브리 드 비어[22] 같은 젊

---

18 Herbert Coleridge(1830~1861). 옥스퍼드에서 고전학과 수학으로 양
차 최우수double first상을 받았으며, 졸업 후 법정 변호사로 일하다가 언어학
연구에 전념했다. 문헌학 협회 회원으로 『옥스퍼드 영어 사전Oxford English
Dictionary』의 초석을 놓는 작업에 참여했으나 결핵으로 요절했다.

19 아이들의 큰아버지, 즉 헨리의 형이었던 존 콜리지John Taylor
Coleridge(1790~1876)를 가리킨다.

20 Aristophanes(B.C. 5~B.C. 4). 그리스 희극 시인.

21 Thomas Babington Macaulay(1800~1859). 매콜리 1세 남작으로,
영국 정치인이자 역사가였다.

22 Aubrey Thomas de Vere(1814~1902). 아일랜드 시인, 평론가.

은 시인들이 그녀를 찾곤 했다. 그의 말에 따르면 그녀는
〈말을 하는 동안 생각이 뻗어 나가는〉 사람 중 하나였다. 그
가 돌아간 후에도 그녀의 생각은 세례와 갱생, 형이상학, 신
학, 시, 과거, 현재, 장래의 일들을 두서없이 적어 나간 편지
들로 그를 뒤쫓았다. 평론가로서 그녀는 결코 아버지처럼 빛
나는 새 길을 내지 못했다. 그녀는 창조자가 아니라 창조자
의 밑거름이요, 굴을 파서 두더지 집을 파헤치는 독자였으
니, 단테, 베르길리우스,[23] 아리스토파네스, 크래쇼,[24] 제인
오스틴, 크래브[25] 등을 읽어 나가다 돌연 키츠와 셸리[26] 앞에
서 두려움 없이 고개를 들기도 했다. 〈내 눈은 기꺼이 과거에
서 미래를 읽어 내리라〉라고 그녀는 썼다.

　과거, 현재, 미래가 그녀를 기이한 빛으로 어룽지게 한다.
그녀 안에는 두 갈래 마음이 얽혀 있고, 집 뒤 숲에서처럼 여
전히 두 방향의 애정, 침대에서 동화를 들려주던 아버지에
대한 애정과 너무나도 푸근하던, 그녀가 〈프레티킨스〉라는
별칭으로 부르던 어머니에 대한 애정이 나뉘어 있다. 〈다정
한 어머니, 그분은 얼마나 정직하고 단순하고 활기 있는 정
신을 지닌 다정한 여성이었는지! 체면치레나 가식 같은 것
은 전혀 없었다.〉 심지어 그녀의 가발조차도 — 그녀는 소녀

23　Publius Vergilius Maro(B.C. 70~B.C. 19). 로마 시인.
24　Richard Crashaw(1613~1648). 영국 시인.
25　George Crabbe(1754~1832). 영국의 시인, 성직자.
26　Percy Bysshe Shelley(1792~1822). 영국 시인.

시절부터 머리칼을 짧게 자른 터였다 — 〈건조하고 거칠고 윤기 없는 것이, 짧고 뭉툭한 것이 짚북데기 같았다〉. 어머니의 거친 가발과 아버지의 고매한 이마를 그녀는 모두 이해했다. 그녀가 교훈을 건너뛸 수만 있었다면 그 이상한 결혼에 대해 얼마나 많은 이야기를 들려줄 수 있었을 것인가. 그녀는 자신의 지나온 삶에 대해 쓰려 했지만, 중단되고 말았다. 유방에 멍울이 생겼던 것이다. 그녀를 진찰한 닥터 길먼은 암 진단을 내렸다. 그녀는 죽고 싶지 않았다. 아직 아버지의 저작을 정리하는 일도 마치지 못했고, 자기 작품은 쓰지도 못한 터였다. 그녀 역시 〈불완전하게 완성하는 것〉을 참을 수 없어 했기 때문이다. 그녀는 마흔여덟 살의 나이로 세상을 떠나면서, 아버지처럼, 말없음표로 가득 찬 빈 종이를, 그리고 이 두 줄의 시를 남겼다.

아버지, 어떤 아마란스 꽃도 제 이마를 장식하지 못할 거예요.

지금 아버지 무덤가에 피어 있는 것으로 족하니까요.

제인 오스틴[1]

만일 커샌드라 오스틴 양[2]이 자기 뜻대로 해버렸다면, 우
리에게는 제인 오스틴의 소설들 외에 다른 글이 전혀 남아
있지 않았을 것이다. 제인은 언니에게만 터놓고 편지를 썼으
며, 언니에게만 자신의 희망과 — 그리고 소문이 사실이라
면 — 한 가지 크나큰 실망을 털어놓았다. 하지만 커샌드라
오스틴은 나이가 들면서 동생의 명성이 높아지자 낯선 이들
이 그녀의 사생활을 캐고 학자들이 멋대로 추측할 때가 올
것을 우려하여, 그들의 호기심을 만족시킬 만한 편지들을 자
신으로서도 적잖은 손실을 감수하며 태워 버렸고, 하찮은 내

---

1 『보통 독자』 제1권(1925)에 실은 글("Jane Austen", *Essays IV*, pp.
146~157). 이 에세이는 1923년 12월 15일 『네이션 앤드 애시니엄*Nation and
Athenaeum*』에 발표한 「60세의 제인 오스틴Jane Austen at Sixty」을 바탕으
로 하고 있다.

2 Cassandra Austen(1773~1845). 제인 오스틴의 두 살 위 언니. 1845년
세상을 떠나기 2년 전에 제인의 편지 대부분을 태워 버리고 남은 것은 친척들
에게 기념으로 나눠 주었다고 한다.

용이라 흥미를 유발할 것 같지 않다고 판단되는 것들만 남겨
두었다.

그러므로 우리가 제인 오스틴에 대한 아는 것이라고는 약
간의 소문, 몇 통의 편지, 그리고 그녀의 책들에서 얻어지는
것뿐이다. 소문으로 말하자면, 당대를 지나 살아남은 소문은
결코 업신여길 만한 것이 아니며, 조금만 손질하면 우리의
목적에 훌륭하게 들어맞는다. 예컨대, 제인은 〈전혀 예쁘지
않고 아주 새침하고 열두 살짜리 여자애 같지 않다. 제인은
변덕이 심하고 가식적이다〉라고 어린 필라델피아 오스틴은
자신의 사촌에 대해 말한다.[3] 그리고 소녀 시절의 오스틴 자
매를 알던 밋퍼드 부인[4]은 제인을 〈내가 기억하는 한 가장 예
쁘고, 가장 어리석고, 가장 가식적이고, 가장 부지런히 신랑
감을 물색하는 경박한 아가씨〉로 여겼다. 다음으로, 밋퍼드
양[5]이 이름을 전하지 않는 한 친구는 그녀를 방문한 후 이렇
게 썼다. 〈그녀는 일찍이 존재했던 《독신의 축복》의 가장 뻣
뻣하고, 까다롭고, 과묵한 본보기로 굳어져 버려서, 『오만과

---

3 이 대목엔 약간의 혼선이 있는 듯하다. 필라델피아 오스틴Philadelphia
Austen(1730~1792)은 제인의 사촌이 아니라 고모였고, 이 편지는 제인의 또
다른 고모의 딸이었던 필라델피아 월터Philadelphia Walter(1761~1834)가
자기 형제에게 쓴 것이다. 제인이 열두 살 때였다면 필라델피아 월터는 스물
여섯 살이었을 테니, 〈어린 필라델피아〉라는 말도 어폐가 있다.
4 다음에 나오는 〈밋퍼드 양〉의 어머니. 제인 오스틴에 대한 이 인상은
그녀의 딸이 어머니의 말을 회고한 것이다.
5 Mary Russell Mitford(1787~1855). 어린 시절 가족이 오스틴 가족과
가까이 지냈다. 오스틴보다 열두 살 아래였던 밋퍼드는 오스틴이 다녔던 여학
교에 다녔으며, 자신도 작가가 되었다.

편견』이 그 불굴의 갑(匣) 안에 어떤 보석이 숨겨져 있었는지 보여 주기 전까지는 부지깽이나 난로 앞 철망으로밖에 여겨지지 않았다. 그런 그녀가 이제는 아주 달라져서, 여전히 부지깽이이기는 하지만 모두가 두려워하는 부지깽이가 되었다. 위트 있는 인물 묘사자가 입을 열지 않으면 정말이지 무섭다.〉 물론 그 반대편에는 오스틴 가족이 있었으며, 이들은 자화자찬에는 소질이 없는 일족이었지만, 그래도 그녀의 오빠들은 〈그녀를 대단히 좋아하고 자랑스럽게 여겼다. 그들은 그녀의 재능과 덕성과 붙임성 있는 태도 때문에 그녀를 무척 아꼈으며, 자기 딸이나 조카딸에게서 친애하는 누이 제인과 비슷한 점을 보며 — 물론 그녀와 똑같으리라고는 기대하지 않았지만 — 기뻐했다〉고 한다.[6] 매력적이지만 뻣뻣하고, 집에서는 사랑받지만 낯선 이들에게는 두려움의 대상이 되는, 말은 없지만 마음은 따뜻한 여성. 이런 대조적인 면들은 양립 불가능하지 않으며, 그녀의 소설들로 눈을 돌리면 거기서도 작가 자신의 면모와 똑같은 양면성을 발견하게 될 것이다.

우선, 필라델피아의 눈에 전혀 열두 살짜리 여자애 같지 않게 변덕이 심하고 가식적으로 비쳤던 새침한 어린 소녀는 얼마 지나지 않아 전혀 아이답지 않은 놀라운 이야기 『사랑

---

6 J. E. 오스틴리James Edward Austen-Leigh(1798~1874)의 『제인 오스틴의 회고록A Memoir of Jane Austen』. 저자 오스틴리는 오스틴의 조카로 가족의 결정에 따라 고모의 전기를 썼다.

과 우정*Love and Friendship*』의 저자가 될 터였으니, 이 작품
은 믿기지 않게도 열다섯 살 때 쓴 것이었다. 그것은 분명 교
실[7]을 즐겁게 하려고 쓴 것으로, 같은 공책에 있는 이야기들
중 어떤 것은 짐짓 엄숙한 티를 내며 오빠에게 헌정되었고,
또 다른 것은 글머리마다 언니가 그린 깔끔한 수채화 삽화가
곁들여졌다. 가족의 전유물이었던 듯한 농담들도 있고, 급소
를 찌르는 풍자들도 있다. 오스틴가의 아이들은 〈탄식하며
소파에서 기절하는〉 우아한 귀부인들을 웃음거리로 삼았던
것 같다.

형제자매는 자기들이 모두 혐오해 마지않는 악덕들에 대
해 제인이 최근에 쓴 것을 소리 내어 읽어 주면 다 같이 웃음
을 터뜨렸을 것이다. 〈나는 오거스터스를 잃은 슬픔에 순교
자로 죽는다. 단 한 번 치명적인 기절이 내 목숨을 앗았으니,
기절을 조심하라, 친애하는 로라여. 되도록 자주 미쳐도 좋
지만, 기절은 하지 말라.〉 이런 식으로 그녀는 가능한 한 빨
리, 맞춤법을 챙기기 어려울 정도로 빨리 써나간다. 로라와
소피아에 대해, 필랜더와 구스타버스에 대해, 에든버러와 스
털링 사이를 하루 걸러씩 마차로 달리는 신사에 대해, 테이
블 서랍에 간직해 둔 보물의 도난에 대해, 맥베스를 연기하

---

7 이 교실schoolroom이 무엇을 말하는지는 확실치 않다. 오스틴은 8살
무렵에 잠깐, 그리고 10살 무렵에 2년가량 학교에 다녔을 뿐이고, 15세 때 『사
랑과 우정』을 쓴 것은 가족의 재미를 위해서였다고 하니, 〈교실〉이란 집 안에
서 형제들과 함께 지내던 〈공부방〉 정도를 가리키는 것일 수도 있다.

는 굶주린 모자(母子)들에 대해, 믿기 어려운 모험담을 써나간다. 의심할 바 없이 그 이야기는 교실을 웃음으로 떠나가게 했을 터이다. 하지만 이 열다섯 살짜리 소녀가 거실 한구석에 앉아 글을 쓴 것이 단순히 형제자매로부터 웃음을 끌어내기 위해서나 가내 소비용으로가 아니었다는 것은 명백하다. 그녀는 딱히 누구를 위해서가 아니라 모든 사람을 위해 썼고, 자신의 시대뿐 아니라 우리 시대를 위해서도 썼다. 다시 말해, 그렇게 이른 나이부터 제인 오스틴이 글을 쓰고 있었던 것이다. 문장의 리듬과 균형감과 엄격성에서 그것을 느낄 수 있다. 〈그녀는 성격이 좋고 예의 바르고 친절한 젊은 여성일 뿐이었으며, 그 점에서 우리는 그녀를 싫어할 수 없었다. 그녀는 그저 경멸의 대상일 뿐이었다.〉 이런 문장은 크리스마스 휴가를 지나서도 기억에 남게 된다. 활기차고, 평이하되 흥미롭고, 자유자재로 허튼소리를 넘나드는 정신 ― 『사랑과 우정』에는 이미 그 모든 것이 들어 있다. 하지만 다른 것과 결코 섞이지 않는, 작품 전체에 걸쳐 분명히 들려오는 이 소리는 대체 무엇인가? 그것은 웃음소리이다. 열다섯 살 소녀는, 자신의 구석에서, 세상을 향해 웃고 있는 것이다.

열다섯 살 난 소녀들은 항상 웃고 있기 마련이다. 그녀들은 비니 씨가 설탕 대신 소금을 넣었다고 해서 웃고, 늙은 톰킨스 부인이 고양이를 깔고 앉는다고 해서 우스워 죽는다. 하지만 다음 순간에는 울고 있다. 열다섯 살 소녀들은 아직 인간 본성에 영원히 우스운 무엇이, 남자들에게나 여자들에게나 노상 우리의 풍자를 자극하는 무엇인가가 있다는 것을 알아볼 만한 눈높이를 갖고 있지 않다. 그녀들은 홀대하는 레이디 그레빌이나 홀대당하는 가련한 마리아가 어느 무도회장에나 있기 마련인 인물들임을 알지 못한다. 하지만 제인 오스틴은 나면서부터 줄곧 그것을 알고 있었다. 그녀가 태어나자마자 요람을 굽어보는 요정 중 하나가 그녀를 데리고 날아다니며 온 세상을 구경시켜 주었음에 틀림없다. 요람에 다시 뉘였을 때, 그녀는 이미 세상이 어떻게 생겼는지 알고 있었을 뿐 아니라 자신의 영토를 골라 놓은 터였다. 만일 그 영토를 다스리게 된다면 다른 어떤 영토도 탐내지 않겠다고 동의한 터였다. 그리하여 열다섯 살 때 그녀는 다른 사람들에 대해 거의 환상을 갖지 않았으며, 자신에 대해서는 어떤 환상도 없었다. 그녀가 쓰는 것은 무엇이나 완벽하게 다듬어져 있었고, 아버지의 목사관이 아니라 온 세상에 대한 관계 속에 자리 잡고 있었다. 그녀는 비개인적이며 속을 알 수가 없다. 작가 제인 오스틴이 책에서 더없이 탁월한 스케치로 그려 낸 그레빌 영부인의 대화 내용을 보면, 목사의 딸 제인 오스틴이 한때 홀대받았던 데 대한 분노의 흔적은 전혀 남아 있지 않다. 그녀의 시선은 곧장 표적을 향하며, 우리는 인간 본성의 지도 위에서 그 표적이 정확히 어디 있는지 알고 있다. 우리가 이를 아는 것은 제인 오스틴이 자기 약속을 지켜 자신의 영역

밖을 결코 침범하지 않았기 때문이다. 결코, 심지어 열다섯 살이라는 감정에 휘둘리기 쉬운 나이에도, 그녀는 수치심으로 자신을 비난하거나, 충동적인 연민으로 냉소를 덮어 버리거나, 열광적인 표현 가운데 윤곽을 흐리거나 하지 않았다. 충동적인 감정이나 열광적인 표현은 〈여기까지〉라고 그녀는 지팡이로 가리키며 말하는 것만 같다. 그 경계선은 아주 뚜렷하다. 하지만 그녀는 그 너머에 달과 산과 성 들이 존재한다는 것을 부인하지 않는다. 그녀에게도 자기만의 환상적인 이야기가 있으니, 스코틀랜드 여왕에 대한 것이다. 그녀는 실로 여왕을 경애했다. 〈세상에서 첫째가는 인물 중 하나〉인 〈그 매혹적인 공주의 당시 유일한 친구는 노퍽 공작뿐이었고, 지금은 휘터커 씨, 레프로이 부인, 나이트 부인, 그리고 나 자신〉이라고 쓸 정도였다. 이런 말로 그녀의 정열은 깔끔하게 정돈되고 웃음으로 마무리된다. 그 후 얼마 지나지 않아 젊은 날의 브론테 자매들이 자신들의 북쪽 지방 목사관에서 어떤 말로 웰링턴 공작에 대해 썼는지 생각해 보면 재미있다.[8]

그 새침한 어린 소녀가 자랐다. 그녀는 밋퍼드 부인이 기억하는 〈가장 예쁘고, 가장 어리석고, 가장 가식적이고, 가장

---

8 1815년 워털루 전쟁에서 나폴레옹에게 승리를 거둔 웰링턴 공작 Arthur Wellesley, 1st Duke of Wellington(1769~1852)은 어린 시절 샬럿 브론테의 영웅이었다. 그녀는 동생들과 함께 목각 병정들을 가지고 웰링턴, 나폴레옹 등을 등장시키는 상상적인 놀이를 즐겼고, 그 연장으로 상상한 이야기와 시 들을 썼다.

부지런히 신랑감을 물색하는 경박한 아가씨〉가 되었으며, 우연찮게도 『오만과 편견』이라는 소설의 저자가 되었다. 삐걱거리는 문 뒤에서 몰래 쓴 그 소설은 여러 해 동안이나 출판되지 못한 채로 있었고, 얼마 후 그녀는 『왓슨가 사람들 *The Watsons*』[9]이라는 또 다른 이야기를 시작했지만 무슨 이유로인가 마음에 들지 않아 끝내지 않은 채 버려두었다. 위대한 작가의 이류 작품들은 그의 걸작에 대한 최상의 비평을 제공하기 때문에 읽어 볼 만한 가치가 있다. 여기서는 그녀가 겪은 어려움들이 좀 더 명백히 드러나며, 그녀가 그것들을 극복하기 위해 사용했던 방법들이 덜 효과적으로 감추어진다. 우선, 처음 몇 챕터의 어색함과 허술함은 그녀가 처음에는 사실들만 직설적으로 펼쳐 나간 후 몇 번이고 다시 돌아와 살을 붙이고 분위기를 만들어 가는 유형의 작가임을 보여 준다. 그 일이 어떻게 이루어졌을지, 어떤 생략과 삽입과 교묘한 장치로 행해졌을지는 알 수 없다. 어떻게인가 기적이 일어났을 터이고, 14년간의 지루한 가족사가 그녀 특유의 절묘하고 전혀 힘들이지 않은 듯한 도입부로 바뀌었을 터이다. 이 초기작이 아니었다면 우리는 그녀가 펜의 힘으로 예비 단계의 어떤 고역을 통과했을지 결코 알 수 없었을 것이다. 하지만 이 미완성 작품은 그녀가 결코 마술사가 아니었

9 아마도 1803년경에 오스틴이 쓰기 시작했으나 완성하지 않은 소설. 쓰다 만 이유는 알 수 없다. 미완성 원고는 1871년에 출간되었으나, 그 전후에도 수차 완결 시도가 있었다.

음을 보여 준다. 다른 작가들과 마찬가지로, 그녀도 자신의 고유한 천재성이 열매 맺을 수 있는 분위기를 창조해야만 했다. 여기서는 더듬거리고, 저기서는 마냥 늘어지기도 한다. 그러다 어느새 상황이 정리되고, 이제 만사가 그녀가 원하는 방식으로 일어날 수 있게 된다. 에드워드 일가는 무도회에 가고 있다. 톰린슨 일가의 마차가 지나간다. 그녀는 우리에게 〈찰스가 장갑을 받아 들고 그걸 끼라는 말을 듣고 있다〉고 말해 준다. 톰 머스그레이브는 굴 한 통과 함께 구석 자리로 물러나 아늑함을 즐기는 것으로 유명하다. 바야흐로 고삐 풀린 그녀의 천재성이 마음껏 발휘된다. 대번에 우리의 감각이 살아나고 그녀만이 줄 수 있는 독특한 강렬함에 사로잡힌다. 하지만 그 모든 것은 무엇으로 이루어지는가? 시골 읍내의 무도회, 회관에서 만나 악수를 하는 몇몇 커플, 약간의 식사와 음주, 그리고 이렇다 할 파국이라고는 한 청년이 젊은 아가씨에게 거절당한 후 또 다른 여성에게 상냥한 대접을 받는 것뿐이다. 비극도 영웅심도 없다. 하지만 무엇 때문인지 그 사소한 장면은 상궤를 크게 벗어나 엄숙해 보이기 시작한다. 우리는 만일 에마[10]가 무도회장에서 그렇게 행동한다면, 이제 우리가 그녀를 지켜보는 동안 어쩔 수 없이 우리 눈앞에 펼쳐질 더 중대한 삶의 위기들 가운데서 어떤 성실한 감

10 이 에마는 오스틴의 나중 작품 『에마*Emma*』의 주인공이 아니라, 미완성 습작 『왓슨가 사람들』의 주인공으로, 이웃에 사는 귀족 가문의 아들 오스본 경의 구애를 받는다. 톰 머스그레이브는 오스본 경의 친구이다.

정에 고취되어 얼마나 사려 깊고 다정한 모습으로 나타날지 볼 준비가 되어 있다. 제인 오스틴은 그처럼 표면에 드러나는 것보다 훨씬 더 깊은 감정을 다루는 데 명수이다. 그녀는 우리를 자극하여 거기 있지 않은 것을 상상하게 한다. 그녀가 제공하는 것은 분명 사소하지만, 그러면서도 독자의 마음속에서 확장되어 하찮아 보이는 삶의 장면에 지속적인 형태를 부여하는 무엇인가로 이루어져 있다. 항상 강조되는 것은 인물이다. 오스본 경과 톰 머스그레이브가 3시 5분 전, 메리가 쟁반과 칼집을 들여올 마침 그때 방문하면, 에마는 어떻게 처신할는지 궁금하지 않을 수 없다. 그것은 아주 어색한 상황이다. 청년들은 훨씬 더 세련된 것에 익숙해져 있다. 에마는 교양 없고 속된 보잘것없는 여자임이 드러날지도 모른다. 오가는 대화의 미묘한 어긋남과 반전이 우리의 긴장감을 고조시킨다. 우리의 관심은 반쯤은 현재의 순간에, 반쯤은 미래에 가 있다. 결국 에마가 하는 행동이 그녀에 대한 우리의 드높은 희망을 충족시킬 때, 우리는 마치 더없이 중대한 일의 증인이라도 된 듯이 감동받는다. 여기, 이 미완성이고 대체로 보아 범작인 이야기 속에도, 제인 오스틴의 위대성을 이루는 모든 요소가 들어 있다. 문학의 영구한 가치가 바로 거기 있다. 표면적인 활기나 인생과의 유사성을 제해 버린다 해도, 여전히 남아 더 깊은 즐거움을 주는 것은 바로 그런 인간적 가치의 절묘한 식별이다. 나아가, 이것마저 마음에서

몰아내 버리고 한층 더 추상적인 예술에서 크나큰 만족을 누릴 수도 있을 것이다. 즉, 무도회 장면에서 그 예술은 어찌나 감정들을 다양화하고 부분들의 비례를 맞추는지, 이야기를 이런저런 식으로 전달하는 고리로서가 아니라, 마치 시를 즐기듯이 그 자체로서 즐길 수 있게 되는 것이다.

소문에 의하면 제인 오스틴은 〈빳빳하고 까다롭고 과묵하다〉고, 〈모든 사람이 두려워하는 부지깽이〉라고 한다. 이 점을 알아볼 수 있는 흔적들도 있다. 그녀는 충분히 무자비할 수 있으니, 문학 전체를 통틀어 가장 일관된 풍자가 중 한 사람이다. 『왓슨가 사람들』의 딱딱한 처음 몇 챕터는 그녀의 천재성이 다변에 있지 않음을 보여 준다. 그녀는 가령 에밀리 브론테처럼 문만 열면 그 분위기를 느낄 수 있게 하지는 못했다. 겸손하고 명랑하게, 그녀는 둥지를 지을 잔가지들과 지푸라기들을 모아다가 깔끔하게 한데 부려 놓았다. 잔가지와 지푸라기 자체는 좀 푸석거리고 먼지투성이였다. 큰 집도 있었고 작은 집도 있었다. 티파티와 디너파티, 가끔은 피크닉도 있었고, 인생은 유익한 인간관계와 적절한 수입의 범위로 한정되었다. 진창길에서는 발이 젖었고, 젊은 여성들은 쉬이 지쳤으며, 오죽잖은 원칙이, 오죽잖은 결과가, 시골에 사는 중상류층 가정들이 공통적으로 누리는 교육이 그 세계를 지탱했다. 악덕과 모험과 정열은 그 바깥에 있었다. 하지만 이 모든 산문적이고 사소한 것에도 불구하고, 그녀는 아무엇도 회피하지 않으며, 아무것도 간과하지 않는다. 참을성 있고 꼼꼼하게, 그녀는 우리에게 〈그들은 멈추지 않고 곧장 뉴버리까지 갔으며, 거기서는 편안한 저녁 식사가 그날의 즐거움과 피로를 마감해 주었다〉고 말한다.[11] 그녀는 입술로만 관습에 경의를 표하는 것이 아니라, 그것들을 받아들이고 또 신봉한다. 에드먼드 버트램 같은 성직자나 선원을, 특히 선원을 묘사할 때는, 그 직무의 성스러움으로 인해 자신의 주된 도구인 희극적 천재성을 마음껏 사용하지 못하는 듯하며, 따라서 장식적인 찬사나 사무적인 묘사로 빠져드는 경향이 있다. 하지만 그런 경우는 예외적이며, 대체로 그녀의 태도는 이름 없는 한 여성의 감탄을 상기시킨다. 〈위트 있는 인물 묘사자가 입을 열지 않으면 정말이지 무섭다!〉 그녀는 고치려고도 없애 버리려고도 하지 않고 그저 입을 다물며, 그것이야말로 무섭다. 그녀는 바보와 도덕군자와 속물을, 그녀의 콜린스 씨와 월터 엘리엇 경과 베넷 부인[12] 들을 만들어 낸다. 그녀는 채찍을 휘두르는 듯한 문구로 그들을 휘감으며, 그런 문구는 그들의 윤곽을 단번에 오려 낸다. 그들은 그대로 남아 있으며, 그들을 위한 어떤 변명도 어떤 자비도 발견되지

---

11 오스틴의 소설 『맨스필드 파크 Mansfield Park』의 한 대목. 뒤에 언급되는 버트램 일가, 메리 크로퍼드, 패니, 그랜트 박사 등은 모두 노샘프턴셔를 배경으로 하는 이 작품의 등장인물이다.
12 콜린스 씨와 베넷 부인은 『오만과 편견』, 월터 엘리엇 경은 『설득 Persuasion』의 등장인물이다.

않는다. 그녀가 줄리아와 마리아 버트램에게서 손을 떼면 그녀들에게는 아무것도 남지 않으며, 버트램 영부인은 〈퍼그가 화단에 들어가지 못하게 하려고 연신 불러 대며 앉아 있는〉 채로 영원히 남겨진다. 신적인 정의가 골고루 배분된다. 그랜트 박사는 부드러운 거위 고기를 밝히는 것으로 시작하여 〈일주일에 세 차례씩 거창한 만찬을 즐기다가 뇌졸중과 죽음에 이르는〉 것으로 끝난다. 때로 그녀의 피조물들은 단지 제인 오스틴에게 그들의 목을 자르는 지고의 기쁨을 선사하기 위해 태어난 듯이 보이기도 한다. 그녀는 만족하고 흐뭇해한다. 그녀는 누구 한 사람의 머리에서 머리칼 하나라도 바꾸거나 그녀에게 그토록 절묘한 기쁨을 주는 세계에서 풀잎 하나 벽돌 하나 옮기는 것도 허락하지 않을 것이다.

아니, 정말이지 우리도 그렇게 하지는 않을 것이다. 모욕당한 허영심의 고통이나 도덕적 분노의 열기가 우리로 하여금 그토록 앙심과 옹졸함과 어리석음으로 가득 찬 세계를 개선하도록 부추긴다 해도, 그런 임무는 우리의 능력을 넘어선다. 사람들은 항상 그렇다는 것을 열다섯 살 소녀는 알고 있었고, 성숙한 여성은 입증한다. 바로 이 순간에도, 버트램 영부인 같은 누군가는 퍼그가 화단에 들어가지 못하게 하려 애쓰고 있을 것이고, 패니 양을 돕도록 채프먼 부인을 보내되 물론 조금 뒤늦게 보낼 것이다. 인간에 대한 통찰이 이처럼 철저하고 풍자가 적확하므로, 일관되게 거듭되는데도 우리는 거의 알아채지 못할 정도이다. 어떤 옹졸함이나 양심의 낌새도 우리의 감상을 깨뜨리지 않는다. 우리의 재미에는 묘하게도 희열이 섞여 든다. 이런 바보들을 비추는 아름다움이 있다.

그 은근한 특질은 실상 아주 다양한 요소들로 이루어지며, 그것들을 조합하는 데는 독특한 천재성이 요구된다. 제인 오스틴의 위트는 취향의 완벽성과 짝을 이룬다. 그녀의 바보는 바보이고, 속물은 속물인 것이, 그들은 그녀가 지니고 있는 — 우리를 웃게 하는 동안에도 명명백백히 제시하는 — 정상성과 양식의 표준에서 벗어나기 때문이다. 인간적 가치들에 대해 그녀만큼 나무랄 데 없는 양식을 보여 준 소설가는 일찍이 없었다. 그녀가 친절함과 진실과 성실성으로부터의 일탈을 보여 주는 것은 틀림없는 감수성과 한결같은 좋은 취향, 거의 엄격한 도덕성을 배경으로 해서이며, 이런 가치들이야말로 영문학에서 가장 즐거운 것들이다. 그녀는 이런 방식으로 메리 크로퍼드를 선악이 뒤섞인 모습으로 그려 낸다. 그녀는 메리가 성직자들을 비난하거나 준남작의 지위와 연수 1만 파운드에 대해 호의적으로 재잘대도록 더없이 편안하게 내버려 두지만, 이따금 아주 조용하고도 완벽한 조화 가운데 자기 목소리를 낸다. 그러면 대번에 메리 크로퍼드의 수다는, 여전히 재미있는데도, 김이 빠져 버린다. 거기에 오스틴이 그려 내는 장면들의 깊이와 아름다움과 복잡함이 있다. 그런 대조로부터 아름다움과 심지어 엄숙함이 우러나며, 이런 것들은 그녀의 위트만큼이나 비상할 뿐 아니라 떼어 낼 수 없는 그 일부이기도 하다. 『왓슨가 사람들』에서 그녀는 이런 능력의 맛보기를 제공한다. 그저 평범한 친절의 행동이 그녀가 묘사하면 어떻게 그렇게 의미심장한 것이 되는지 감탄스럽기만 하다. 그녀의 걸작에서는 바로 그런 재능이 완벽하게 구사된다. 여기서도 허투루 이야기되는 것은 전혀 없다. 어느 한낮에 노샘프턴셔 지방에서 한 둔감한 청년이 다소 몸이 약해 보이는 젊은 여성과 계단을 올라가며 이야기하고 있다.[13] 그들은 만찬을 위해 옷을 갈아입으러 가는 중이며, 하녀들이 곁을 지나간다. 하지만 대수롭잖은 일상사로부터 시작된 그들의 대화는 갑자기 의미심장한 것이 되며, 두 사람 모두에게 평생 잊을 수 없는 순간이 된다. 일순 모든 것이 충만하고 빛나며 찬란해져서, 우리 눈앞에서 깊이 떨리다가 일순 고요하게 정지한다. 다음 순간 하녀가 지나가고, 인생의 모든 행복이 응축되어 있던 그 한 방울은 부드럽게 가라앉아 일상생활의 조수 가운데로 섞여 든다.

그 심오함에 대한 이런 통찰력을 갖추었으니, 제인 오스틴이 일상생활의 시시한 일들, 파티와 피크닉, 시골 무도회 등에 대해 쓰기로 한 것보다 더 자연스러운 일이 있을까? 섭정공이나 클라크 씨로부터 〈글 쓰는 스타일을 바꿔 보라는

13 『맨스필드 파크』에서 에드먼드와 패니의 대화 장면.

제안〉을 받고도 그녀는 끄떡하지 않았다.[14] 어떤 로맨스도 모험도 정치나 음모도 그녀가 바라보는 시골 저택의 계단 장면에 빛을 더해 줄 수 없었다. 정말이지 섭정공과 그의 도서관장은 대단히 골치 아픈 장애물에 부딪혔으니, 그들은 매수할 수 없는 양심을 매수하고 틀림없는 분별력을 흩트리려 한 셈이었다. 열다섯 살 때 이미 그처럼 세련된 문장을 썼던 소녀는 결코 그런 문장을 포기하지 않았으며, 섭정공이나 그의 도서관장이 아니라 온 세상을 위해 글을 썼다. 그녀는 자신의 능력이 어떤 것인지, 스스로 부과하는 관성의 기준이 높은 작가로서 자신의 재능이 어떤 소재를 다루는 데 적합한지 정확히 알고 있었다. 그녀의 영역 밖에 놓인 인상들, 아무리 기를 쓰고 공을 들여도 자신의 재주로는 제대로 표현할 수 없는 감정들도 있었다. 예컨대 그녀는 젊은 아가씨가 군대의 깃발이나 예배당에 대해 열정적으로 말하게 할 수는 없었다. 또 낭만적인 순간에 전심으로 몰입하는 것도 불가능했다. 그녀는 온갖 수단을 써서 정열적인 장면을 피해 간다. 자연과 그 아름다움에 대해서는 그녀 나름의 어슷한 방식으로 접근

14　섭정공이란 즉위 전에 부왕 조지 3세(1738~1820)를 대신하여 1811년부터 정무를 맡았던 조지 4세(1762~1830)를 가리킨다. 클라크James Stanier Clarke(1766~1834)는 조지 4세의 사저 칼턴 하우스의 도서관장이었다. 1815년 『에마』의 출판을 위해 런던에 갔던 제인 오스틴은 우연한 연줄로 클라크와 만나 서신을 교환하게 되었고, 클라크는 책을 왕세자에게 헌정할 것을 권하면서 작품에서 몇 군데 고칠 것을 제안했으나, 제인은 특유의 유머를 발휘하여 완곡하게 거절했다.

한다. 그녀는 아름다운 밤을 묘사하면서도 달에 대해서는 단한 번도 언급하지 않는다. 그럼에도 우리는 〈구름 한 점 없는 밤의 환함과 숲속의 깊은 그늘의 대조〉에 관한 형식적인 몇 구절만 읽고도, 그 밤은 그녀가 그냥 그렇다고 말하는 대로 〈엄숙하고 아늑하고 아름다웠다〉고 받아들이게 된다.

그녀의 재능은 드물게 완벽한 균형을 갖추고 있다. 그녀의 완성된 소설 중에는 실패작이 없으며, 그 수많은 챕터 중에 다른 것에 비해 현저히 수준이 떨어지는 챕터도 거의 없다. 하지만 따지고 보면 그녀는 마흔두 살에, 능력이 절정에 달했을 때 죽었다. 그녀에게는 여전히 변모의 가능성이 남아 있었으니, 때로 그런 변모는 작가의 생애 중 말기를 가장 흥미로운 시기로 만들기도 한다. 활달하고 억제할 수 없으며 생생한 창의성을 지닌 그녀였으니, 좀 더 오래 살았더라면 더 많은 작품을 써냈으리라는 것은 의심할 수 없는 사실이고, 그런 작품들은 좀 다르게 쓰지 않았을까 생각해 보고 싶은 유혹도 든다. 물론 경계선은 뚜렷하며, 달이니 산이니 성이니 하는 것은 그 너머에 있다. 하지만 그녀도 때로는 잠깐 그 경계선을 넘어가 보고 싶지 않았을까? 특유의 명랑하고 감탄할 만한 방식으로 자그마한 발견을 위한 여행을 고려하기 시작하지 않았을까?

마지막 완성작인 『설득』을 펴고 그 빛에 비추어, 그녀가 만일 더 오래 살았더라면 썼음 직한 책들을 생각해 보기로 하자. 『설득』에는 독특한 아름다움과 독특한 지루함이 있다. 그 지루함은 다른 두 시기 사이의 과도기에 종종 나타나는 것이다. 작가는 다소 싫증이 나 있다. 그녀는 자기가 그려 내는 세상이 돌아가는 방식에 너무 친숙해져서, 더 이상 그것이 참신하게 눈에 들어오지 않는다. 이 코미디에 나타나는 신랄함은 그녀가 더 이상 월터 경의 허영이나 엘리엇 양의 속물주의에 재미를 못 느끼고 있음을 시사한다. 풍자는 가혹하며 코미디는 거칠다. 그녀는 더 이상 일상생활의 재미를 신선하게 의식하지 못하며, 대상에 온전히 집중하지도 못한다. 우리는 제인 오스틴이 전에도 이런 일을 했고 더 잘했었다고 느끼는 한편, 그녀가 전에 시도해 본 적 없는 무엇인가를 시도하고 있다는 느낌이 든다. 『설득』에는 새로운 요소가, 아마도 휴얼 박사[15]를 흥분시키고 그것이야말로 〈그녀의 가장 아름다운 작품〉이라고 주장하게 했던 무엇인가가 있다. 그녀는 세상이 전에 생각했던 것보다 훨씬 더 넓고 더 신비로우며 더 로맨틱하다는 것을 발견하기 시작하고 있다. 우리는 그녀가 앤에 대해 이렇게 말할 때 — 〈그녀는 젊은 시절에 신중하도록 강요당했으나, 나이가 들면서 로맨스를 알게 되었다. 부자연스러운 시작의 자연스러운 귀결이었다〉 — 그것이 그녀 자신에게도 해당된다고 느낀다. 그녀는 자주 자연의 아름다움과 우수를 음미하며, 전에는 봄에 대해

15 William Whewell(1794~1866). 트리니티 칼리지의 학장.

생각했듯이 이제 가을에 대해 생각한다. 그녀는 〈시골에서 지내는 가을 몇 달의 감미로우면서도 서글픈 영향〉에 대해 말하며, 〈갈색 잎사귀들과 시든 산울타리〉에 주목하기도 한다. 〈그곳에서 고통을 겪었다고 해서 어떤 장소를 덜 사랑하게 되지는 않는다〉고 담담히 표백한다. 하지만 변화가 감지되는 것은 자연에 대한 새로운 감수성에서만이 아니다. 인생에 대한 태도 자체가 바뀌었다. 책의 대부분에서 그녀는, 자신도 불행하지만 다른 사람들의 행복과 불행에 대해 각별한 동정심을 지니고 있는, 하지만 마지막까지 말없이 지켜보아야만 하는 한 여성의 눈을 통해 인생을 바라본다. 그러므로 사실이 아니라 느낌이 관찰의 대상이 될 때가 전보다 많다. 음악회 장면이나 여성의 지조에 대한 유명한 대화에서 표현되는 감정은 제인 오스틴도 사랑을 한 적이 있다는 전기적 사실뿐 아니라, 그녀가 더 이상 그렇게 말하기를 두려워하지 않는다는 심미적 사실도 입증해 준다. 경험은 — 진지한 종류의 것일 때는 — 그녀가 그것을 소설에서 다룰 수 있게 되기까지 아주 깊이 가라앉아 세월의 경과에 철저히 씻겨야만 했던 것이다. 하지만 이제 1817년에는 그녀도 준비가 되었다. 그녀의 외적인 환경에도 변화가 임박해 있었다. 그녀의 명성은 아주 천천히 높아져 있었다. 〈명성 있는 작가 중에서 작가 자신이 그렇게 알려지지 않았던 다른 예를 찾을 수 있을지 의심스럽다〉고 오스틴리 씨는 말했다. 만일 그녀가 다만 몇 년 만이라도 더 살았더라면 사정은 완전히 달라졌을 것이다. 그녀는 런던에 머물고, 외식도 하고, 유명한 사람들을 만나고, 새로운 친구도 사귀고, 책을 읽고, 여행을 하고, 한가로이 음미할 만한 경험들을 잔뜩 지니고 조용한 시골집으로 돌아갈 수 있었을 것이다.

이 모든 것은 제인 오스틴이 쓰지 않은 여섯 편의 소설[16]에 어떤 영향을 미쳤을까? 그녀는 범죄나 정열이나 모험에 대해서는 쓰지 않았을 것이다. 출판사의 귀찮은 요구나 친구들의 아첨 때문에 나태와 불성실에 빠지지도 않았을 것이다. 하지만 그녀는 좀 더 많은 것을 알게 되었을 것이다. 안전에 대한 감각도 흔들렸을 것이고, 특유의 코미디도 손상을 입었을 것이다. 그녀는 인물에 대해 알려 주기 위해 대화에 좀 덜 의지하고(이 점은 『설득』에서도 이미 엿보인다) 성찰에 좀 더 의지하게 되었을 것이다. 단 몇 분간의 수다로 우리가 크로프트 제독이나 머스그로브 부인에 대해 알 필요가 있는 모든 것을 요약해 버리는 저 놀랍도록 간결한 대화나, 여러 챕터 분량의 분석과 심리학을 담고 있는, 임기응변식의 속기술은 그녀가 이제 인간 본성의 복잡성에 대해 파악한 모든 것을 담기에는 너무 조잡해졌을 것이다. 그녀는 새로운 방법을, 늘 그렇듯 명쾌하고 차분하지만 더 깊고 더 시사적인 방법을 찾아냈을 것이다. 그럼으로써 사람들이 말하는 것뿐 아

16　오스틴이 이미 쓴 여섯 편의 소설에 빗대어 하는 말.

니라 말하지 않는 것까지, 그들이 어떤 사람인지뿐 아니라 인생이 무엇인지까지 전달할 수 있었을 것이다. 그녀는 자신의 인물들로부터 한층 더 멀찍이 서서, 그들을 개인보다는 집단으로서 바라볼 수 있었을 것이다. 그녀의 풍자는 전보다 덜 빈번하지만 더 가혹하고 준엄해졌을 것이다. 그리하여 그녀는 헨리 제임스[17]나 프루스트[18]의 선구자가 되었을 것 — 아, 그쯤 해두자. 이런 사변이 무슨 소용이랴. 여성 중에 가장 완벽한 예술가, 불멸의 책들을 쓴 작가는 〈자신의 성공에 대해 자신감을 느끼기 시작할 바로 그즈음에〉 죽었다.

---

17 Henry James(1843~1916). 미국 소설가.
18 Marcel Proust(1871~1922). 프랑스 소설가.

『제인 에어』와 『폭풍의 언덕』[1]

샬럿 브론테가 태어난 지 1백 년이 지났지만, 오늘날 수많은 전설과 헌신과 문학의 중심이 되어 있는 그녀가 살았던 기간은 그 가운데 39년밖에 되지 않는다. 만일 그녀가 보통 사람들만큼 살았더라면 그런 전설들이 어떻게 달라졌을지 생각해 보는 것은 묘한 일이다. 그녀는 동시대의 다른 유명인들처럼 런던이나 다른 곳에서 친숙하게 마주치는 인물, 무수한 일화와 사진의 주인공이 되었을 테고, 수많은 소설과 어쩌면 회고록의 작가로서, 우리한테서는 멀지만 중년 계층의 추억 속에서는 확고한 명성의 광채를 지닌 채 잘 간직되어 있을지도 모른다. 그녀는 부유하고 성공적인 삶을 살았을지도 모른다. 하지만 현실은 그렇지 않다. 그녀를 생각할 때

---

1 1916년 4월 13일 『타임스 리터러리 서플러먼트』에 샬럿 브론테 탄생 1백 주년을 기념하여 실은 「샬럿 브론테Charlotte Brontë」를 바탕으로 하여 『보통 독자』를 위해 다시 쓴 글("Jane Eyre and Wuthering Heights," *Essays IV*, pp. 165~170).

면 우리의 현대 세계와는 무관한 어떤 인물을 상상해야만 하며, 마음속에서 지난 세기의 50년대로, 황량한 요크셔 황야의 외딴 목사관으로 돌아가야만 한다. 그 목사관에서, 그 황야에서, 불행하고 외롭게, 가난한 가운데 고고하게 그녀는 언제까지나 그렇게 남아 있다.

이런 상황은 그녀의 성격에 영향을 미쳤듯이 그녀의 작품에도 흔적을 남겼을지 모른다. 소설가는 자기 구조물을 아주 취약한 재료를 가지고 지을 수밖에 없으니, 이 재료는 처음에는 구조물에 사실성을 부여하지만, 나중에는 허섭스레기로 부담을 지우게 된다. 다시금 『제인 에어』를 펴 들면서 우리는 그녀의 상상 세계가 빅토리아 시대 중기의 케케묵은 것이 아닐까 하는, 호기심 많은 이들이나 찾아가고 경건한 이들이나 소중히 보존하는 황야의 목사관만큼이나 시대와 동떨어진 것이 아닐까 하는 의구심을 억누를 수 없다. 하지만 『제인 에어』를 펼쳐 들면, 단 두 페이지 만에 우리 마음에서는 모든 의심이 깨끗이 씻겨 나간다.

겹겹이 주름진 진홍색 커튼이 내 시야의 오른쪽을 가로막았고, 왼쪽으로는 말간 창유리가 황량한 11월 낮으로부터 나를 보호하되 갈라놓지는 않고 있었다. 내 책의 페이지를 넘기면서 이따금씩 나는 그 겨울 오후의 경치를 내다보았다. 멀리는 안개와 구름의 희끄무레한 공백이, 가까이는 끊임없는 비가 사납게 쓸고 지나간 다음 길고 구슬픈 바람이 불어치는 젖은 잔디밭과 폭풍에 맞은 관목 덤불이 보였다.

이것은 황야 그 자체만큼이나 스러지지 않는, 〈길고 구슬픈 바람〉만큼이나 유행에 휩쓸리지 않는 세계이다. 이런 고양감은 쉬이 가시지 않는다. 그것은 우리를 내몰아 단번에 책을 읽어 치우게 만들며, 우리에게 생각할 틈을 주지 않는 것은 물론 책에서 눈을 들 겨를도 허락하지 않는다. 어찌나 깊이 몰두했는지, 누가 방 안에서 움직인다면, 그 움직임은 이 방 안이 아니라 저 멀리 요크셔에서 일어나는 듯이 느껴질 정도이다. 작가는 우리의 손을 꼭 잡고 자기 길로 끌고 가며, 자신이 보는 것을 자신이 보는 방식으로 보게 만든다. 그녀는 단 한순간도 우리를 떠나지 않으며, 우리가 자기를 잊도록 내버려 두지 않는다. 마침내 우리는 샬럿 브론테의 천재성과 격정과 분노에 속속들이 젖어 들고 만다. 주목할 만한 얼굴들, 뼈마디가 굵고 다부진 모습들이 우리 눈앞을 스쳐 가지만, 우리가 그들을 본 것은 그녀의 눈을 통해서이다. 그녀가 사라지면 그들을 찾아보려 해도 헛일이다. 로체스터를 생각하려면 제인 에어를 생각해야만 한다. 황야를 생각하려 해도 역시 제인 에어가 거기 있다. 거실을, 〈찬란한 화환들이 놓인 듯한 흰 양탄자〉나 〈루비처럼 붉게 빛나는 보헤미

아 유리로 된 장식품〉들이 놓인 〈창백한 파로스 대리석으로 된 벽난로 선반〉을, 그리고 〈불과 얼음의 전반적인 대조〉를 생각해 보라. 제인 에어가 없다면 이 모든 것이 다 뭐란 말인가?

제인 에어가 된다는 것의 문제점은 멀리서 찾을 필요도 없다. 언제나 가정 교사이고 언제나 사랑에 빠져 있다는 것은 이도 저도 아닌 사람들로 가득한 세상에서는 심각한 제약이다. 그에 비하면 제인 오스틴이나 톨스토이의 인물들은 훨씬 다면적이다. 그들은 다른 사람들에게 미치는 영향력을 통해 사실성과 복잡성을 획득하며, 다른 사람들은 그들을 비추는 거울 역할을 한다. 그들은 자신을 만들어 낸 창조자가 지켜보든 말든 이리저리 돌아다니며, 그들이 사는 세계는 일단 만들어진 후에는 우리 스스로 찾아가 볼 수도 있는 독립된 세계처럼 보인다. 토머스 하디[2]는 그의 개성이 갖는 힘이나 시야의 편협함에서 샬럿 브론테와 좀 더 가깝다. 하지만 차이는 엄청나다. 『이름 없는 주드』를 읽을 때는 결말을 향해 돌진하게 되지 않으며, 인물들 주위에 그들 자신이 대개 의식하지 못하는 질문과 암시의 분위기를 만들어 내는 일련의 사념을 따라, 우리도 텍스트에서 벗어나 멍하니 떠돌며 생각에 잠기게 되는 것이다. 그들이 비록 소박한 농부일지라도,

2 Thomas Hardy(1840~1928). 영국 소설가, 시인. 『이름 없는 주드 *Jude the Obscure*』의 저자.

우리는 그들을 운명과, 더없이 중대한 질문들과 대면시키게 되며, 그래서 종종 하디의 소설에서는 가장 중요한 인물들이 이름 없는 이들인 것처럼 보이곤 한다. 이런 능력, 이런 사색적 호기심의 흔적을 샬럿 브론테에게서는 찾아볼 수 없다. 그녀는 인생의 문제들을 해결하려 하지 않으며, 심지어 그런 문제들이 있다는 것조차 의식하지 않는다. 그녀의 모든 힘은 — 그렇게 옥죄어져 있으므로 한층 더 엄청난데 — 오로지 〈나는 사랑한다〉, 〈나는 미워한다〉, 〈나는 괴로워한다〉라는 단언에 바쳐진다.

왜냐하면 자기중심적이고 자신에게서 벗어나지 못하는 작가들에게는, 좀 더 보편적이고 폭넓은 정신을 지닌 작가들에게는 없는 힘이 있기 때문이다. 그들이 받는 인상은 그들의 좁은 벽들 사이에 빽빽이 쟁여지고 뚜렷이 각인된다. 그들의 정신에서는 자신으로 각인되지 않은 것은 아무것도 나오지 않는다. 그들은 다른 작가들로부터 거의 배우지 못하며, 설령 다른 이들의 것을 채택하더라도 자기 것으로 만들지 못한다. 하디도 샬럿 브론테도 자기 문체를 뻣뻣하고 격식 차린 언론의 문체에서 얻은 것만 같다. 하지만 두 사람 다 근면함과 더없이 집요한 성실성으로, 모든 생각을 그것이 언어를 굴복시키기까지 밀고 나감으로써 자신의 정신을 온전히 본뜨는 산문을 주조해 냈고, 거기에 덤으로 그 나름의 아름다움과 힘과 날렵함마저 갖추었다. 적어도 샬럿 브론테는 많은 책을 읽은 데에 전혀 힘입지 않은 것으로 보인다. 직업적인 작가의 매끈함, 속을 채워 넣고 언어를 뜻대로 구사하는 힘 등은 그녀가 배워 본 적이 없는 것이다. 〈나는 남자든 여자든 강하고 신중하며 세련된 정신과 교류하게 되면 처음에는 마음이 편치 않았다〉라고, 그녀는 지방 신문의 논설위원이나 쓸 것 같은 글투로 쓰지만, 점차 열정과 속도를 더해 가면서 자신만의 목소리가 되어 말한다. 〈하지만 나는 인습적인 조심성의 장벽을 넘어서고 신뢰의 문턱을 지나, 그들의 마음속에 노변(爐邊)이라 할 만한 곳을 얻고야 말았다.〉 그녀는 바로 그곳에 자리 잡는다. 그녀의 문면을 비추는 것은 심장의 불꽃에서 나오는 붉게 팔락이는 빛이다. 달리 말해, 우리가 샬럿 브론테를 읽는 것은 인물에 대한 절묘한 관찰 때문도 아니고(그녀의 인물들은 건강하고 단순하다), 유머 때문도 아니며(그녀의 유머는 음울하고 투박하다), 인생에 대한 철학적 견해 때문도 아니라(그녀의 인생관은 시골 목사 딸의 인생관이다), 그녀의 시정(詩情) 때문이다. 아마 그녀처럼 압도적인 개성을 지닌 모든 작가가 그럴 터이니, 시쳇말로 그들은 문만 열어도 어떤 사람인지 느껴질 정도이다. 그들에게는 일반적으로 용인되는 사물의 질서와 끊임없이 불화하는 어떤 길들여지지 않은 사나움이 있어서, 그들로 하여금 참을성 있게 관찰하기보다는 즉각적으로 창조하고 싶게 만드는 것 같다. 바로 이런 열기가 흐릿한 음영들이나 그 밖의 소소한 장애물들을 걷어치우고, 날개를 펼쳐 보통 사람들의 일상적인 행동을 휙 지나쳐 가며, 말로 표현하기 더 힘든 자신만의 정열들과 동맹하는 것이다. 그것은 그들을 시인으로 만들며, 만일 그들이 산문을 쓰기로 한다면, 그 제약을 참지 못하게 만든다. 에밀리와 샬럿이 항상 자연의 도움에 호소하는 것도 그 때문이다. 그녀들은 말이나 행동으로 나타낼 수 있는 이상으로 인간 본성 안에 잠들어 있는 광대한 정열들을 나타낼 뭔가 더 강력한 상징이 필요하다고 느낀다. 샬럿이 그녀의 가장 뛰어난 소설 『빌레트』의 결말로 삼은 폭풍우의 묘사가 그러하다. 〈하늘은 어둡고 묵직하게 드리워져 있었다 — 서쪽에서 파도가 포말을 실어 오고, 구름들은 이상한 형태로 바뀐다.〉 그렇듯 그녀는 달리 표현할 수 없는 마음 상태를 묘사하기 위해 자연을 불러들인다. 하지만 자매 중 어느 쪽도 자연을 도러시 워즈워스[3]가 관찰하듯 정확히 관찰하거나, 테니슨[4]이 묘사하듯 세밀하게 묘사하지는 않았다. 그녀들은 자신들이나 자신의 인물들이 느낀 것과 가장 가까운 대지의 면모들을 포착했으며, 그리하여 그녀들이 그려 내는 폭풍우나 황야나 여름날의 아름다운 풍경은 따분한 지면을 꾸미거나

---

3 Dorothy Wordsworth(1771~1855). 시인 윌리엄 워즈워스의 누이동생. 평생 오빠 곁에 살면서 그의 시작(詩作)에 함께했고, 뛰어난 문학적 재능으로 일기, 편지 등을 남겼다. 울프는 그녀에 대해 쓴 글을 『보통 독자』 제2권에 울스턴크래프트에 대한 글과 함께 실었다.

4 Alfred Tennyson(1809~1892). 빅토리아 시대를 대표하는 영국 시인.

작가의 관찰력을 과시하기 위해 채택된 장식들이 아니다. 그것들은 감정을 전달하며 작품의 의미를 조명해 준다.

작품의 의미란, 일어나는 일이나 말해진 것과는 별도로 다양한 사물들이 작가와 맺어 온 모종의 관계 속에 있을 때가 많으므로, 파악하기 어려울 수밖에 없다. 브론테 자매처럼 작가가 시적이고 그가 뜻하는 바가 그의 언어와 불가분일 때, 그리고 그 자체가 특정한 고찰이라기보다 기분에 가까울 때는 특히 그렇다. 『폭풍의 언덕』은 『제인 에어』보다 한층 더 이해하기 어려운 책인 것이, 에밀리가 샬럿보다 더 위대한 시인이기 때문이다. 샬럿은 자기 글에서 웅변적이고 장려하고 열렬한 어조로 〈나는 사랑한다〉, 〈나는 미워한다〉, 〈나는 괴로워한다〉고 말했다. 그녀의 경험은 좀 더 강렬할지는 모르지만 어떻든 우리와 같은 수준에 있다. 하지만 『폭풍의 언덕』에는 〈나〉가 없다. 가정 교사도 없고 고용주도 없다. 사랑은 있지만, 그것은 남녀 간의 사랑이 아니다. 에밀리에게 영감을 준 것은 좀 더 일반적인 개념이었다. 그녀를 창작으로 몰고 간 충동은 그녀 자신의 괴로움이나 상처가 아니었다. 그녀는 거대한 무질서로 분열된 세계를 조망했고, 자기 내면에서 그것을 작품으로 통합하려는 힘을 느꼈다. 그 거대한 야망이 소설 전체에서 느껴진다. 그것은 인물들의 입을 통해 무엇인가를 말하려는, 반쯤 좌절된, 하지만 지고의 확신을 지닌 투쟁이다. 그것은 그저 〈나는 사랑한다〉거나 〈나

는 미워한다〉가 아니라 〈우리, 전 인류〉와 〈너, 영원한 힘〉이
다. 문장은 마무리되지 않은 채로 남는다. 그도 그럴 만한 것
이, 그녀가 자기 안에 가지고 있는 그 할 말을 우리에게 느끼
게 한다는 것이 오히려 놀랍다. 그것은 캐서린 언쇼의 앞뒤
없는 말 가운데 차츰 드러난다. 〈다른 모든 것이 사라져도 그
가 남는다면, 나는 여전히 살아갈 거야. 다른 모든 것이 남고
그가 없어진다면, 온 우주가 낯설어지고 나는 더 이상 그 일
부가 아니게 될 거야.〉 그것은 망자의 앞에서도 또다시 터져
나온다. 〈나는 지상도 지옥도 깨뜨릴 수 없는 안식을 보며,
끝도 없고 그림자도 없는 내세를, 그들이 들어간 영원을 확
신하게 된다. 그곳에서는 삶이 무한히 지속되며, 사랑은 그
공감 안에서, 기쁨은 그 충만함 안에서 영원할 것이다.〉 이
작품이 다른 소설들 가운데서 우뚝 솟아오르는 것은, 인간
본성이라는 불가사의를 떠받치며 그것을 위대함의 면전으
로 들어 올리는 이런 힘에 대한 암시 때문이다. 하지만 에밀
리 브론테는 몇 줄의 서정적인 문장을 쓰고, 한마디 외침을
내고, 신조를 표명하는 것으로 만족하지 않았다. 그녀는 시
에서 단번에 그 일을 이루며, 그녀의 시는 아마 소설보다 오
래갈 것이다. 하지만 그녀는 시인인 동시에 소설가였으며,
따라서 더 힘들고 더 소득 없는 임무를 떠맡아야만 했다. 그
녀는 다른 삶들이 있다는 사실을 직면하고, 외적인 것들의
메커니즘과 드잡이하며, 농장과 집들을 알아볼 수 있는 형태

로 짓고, 그녀 자신과는 별개로 존재하는 사람들의 대화를 기록해야 했다. 그리하여 우리는 고함이나 열광적인 표현이 아니라 소녀가 나뭇가지에서 몸을 흔들어 가며 부르는 옛 노래를 듣거나, 황야의 양 떼가 풀을 뜯어 먹는 것을 보거나, 부드러운 바람이 풀밭을 스치는 소리를 듣거나 함으로써 그런 감정의 절정에 이른다. 농장에서의 삶이 그 모든 부조리하고 터무니없음과 함께 우리 앞에 펼쳐져 있다. 우리는 『폭풍의 언덕』을 실제 농장과, 히스클리프를 실제 남자와 얼마든지 비교해 볼 수 있다. 우리가 본 것과 그토록 딴판인 사람들 속에 진실성과 통찰력과 결 고운 감정들이 있을 수 있는지 물어볼 수도 있다. 하지만 그렇게 물으면서도, 우리는 히스클리프에게서 천재 누이동생이 보았음 직한 오라비를 본다. 그는 도대체 있을 수 없는 인물이라고 우리는 말하지만, 문학 속의 어떤 소년도 그보다 더 생생한 존재감을 지니지 않는다. 두 명의 캐서린도 마찬가지이다. 어떤 여성도 그녀들처럼 느끼거나 행동할 수 없을 것이라고 우리는 말하지만, 그럼에도 그녀들은 영국 소설에서 가장 사랑할 만한 여성들이다. 에밀리는 우리가 인간에 대해 아는 모든 것을 찢어 열고, 그 눈에 잘 띄지 않는 투명함에 생명을 힘차게 불어넣어 현실을 초월하는 것만 같다. 그러므로 그녀의 힘은 극히 보기 드문 것이다. 그녀는 삶을 낱낱의 사실에 대한 의존으로부터 해방하고, 그저 붓질 몇 번으로 얼굴에 드러난 영혼을 나타내어 몸이 필요 없게 하며, 황야에 대해 말함으로써 바람이 불고 천둥이 치게 만들 수 있었던 것이다.

하워스, 1904년 11월[1]

명사들의 유적지를 순례하는 것이 감상적인 여행으로 지탄받아야 할지 어떨지는 모르겠다. 첼시에 있는 칼라일의 집에 찾아가 바깥 소리라고는 들리지 않는 방에서 육필 원고들을 들여다보는 것보다야 서재에서 그의 책을 읽는 편이 낫다. 나라면 입장료를 내기보다『프리드리히 대왕』[2]을 탐독하고 싶을 것이다. 다만 그러다 보면, 칼라일의 집은 조만간 문을 닫게 되겠지만 말이다. 위대한 작가의 집이나 그 집이 있는 고장에 대한 호기심이 정당화되는 것은 그런 것이 그의 작품을 이해하는 데 보탬이 될 때뿐이다. 샬럿 브론테와 그

---

1 1904년 12월 21일 『가디언*Guardian*』에 게재. 울프가 처음 발표한 글 중 하나이다. 자유 주제로 써보라는 주문이었고, 그녀는 그 얼마 전인 11월 18~29일에 요크셔의 친지를 방문했을 때 브론테 생가에 갔던 일에 대해 썼다. 바이올렛 디킨슨에게 보낸 편지에 의하면 〈두 시간도 안 걸려 쓴 글〉이라고 한다("Haworth, November, 1904", *Essays I*, pp. 5~9).

2 칼라일이 쓴 『프러시아의 프리드리히 2세의 역사*History of Friedrich II of Prussia*』를 말한다.

자매들의 고향을 찾아가 보는 데는 그런 정당화를 누려도 좋을 것이다.

개스켈 부인이 쓴 샬럿 브론테의 『전기』[3]를 보면, 하워스[4]와 브론테 일가는 떼려야 뗄 수 없이 연결되어 있다는 느낌이 든다. 하워스는 브론테를, 브론테는 하워스를 나타내는 것이, 마치 달팽이와 그 껍데기처럼 서로 들어맞는다. 환경이라는 것이 사람의 마음에 얼마나 근본적인 영향을 미치는지는 새삼스레 물을 필요도 없을 것이다. 피상적으로 말하더라도 그 영향은 대단할 것이다. 하지만 그 유명한 목사관이 런던의 슬럼에 있었다 해도, 화이트 채플의 빈민굴이 외딴 요크셔 황야와 똑같은 결과를 가져오지 않았을까 하는 의문을 품어 볼 만하다. 하여간, 하워스를 여행하는 내 구실은 단한 가지였다. 말이 안 될지도 모르지만, 얼마 전에 요크셔를 여행한 주된 동기 중 하나가 하워스를 방문할 수 있다는 것이었다.

필요한 준비를 마치고 우리는 날이 걷히는 대로 원정에 나서기로 했다. 황야에 진짜 북쪽 지방다운 눈폭풍이 제대로 불어친 다음이었다. 화창한 날씨를 기다리는 것은 경솔하고 또 비겁한 일이기도 했다. 내가 아는 바로 브론테 일가에는

---

3 엘리자베스 개스켈Elizabeth Gaskell(1810~1865)의 『샬럿 브론테의 생애*The Life of Charlotte Brontë*』. 이하 『전기』로 약칭.
4 하워스는 요크셔 지방의 마을로, 브론테 자매들의 아버지 패트릭 브론테Patrick Brontë(1777~1861)가 1820년부터 그곳 목사로 시무했다.

햇볕이 든 적이 별로 없었으니, 만일 정말로 화창한 날을 택한다면, 50년 전 하워스에는 화창한 날이 별로 없었다는 사실을, 그러므로 우리의 안락을 위해 그림에서 음영을 반쯤 지워 버리는 셈이 된다는 사실을 감안해야 할 터였다. 그래도 물론 하워스가 세틀[5]의 빛나는 날씨에 어떤 인상을 드리우게 될지는 흥미로운 문제였다. 우리가 지나온 고장은 확실히 아주 명랑한 곳으로, 마치 위에 덮인 당의(糖衣)가 조금씩 물결치는 거대한 웨딩 케이크와도 같았다. 새하얀 눈에 덮인 땅이 순백의 신부처럼 보여 그런 비유가 떠올랐던 것이다.

키슬리 ─ Keighley라고 쓰고 Keethly라고 읽는다 ─ 는 『전기』에도 종종 나오는데, 하워스에서 4마일가량 떨어진 지방 도시로, 샬럿은 중요한 쇼핑을 할 때면 걸어서 거기까지 갔다. 웨딩드레스라든가, 아니면 우리가 브론테 기념관의 유리 케이스 안에 들어 있는 것을 본 조그만 천 장화(長靴) 같은 것도 거기서 샀을 것이다. 제조업이 발달한 큰 도시인 키슬리는 이 북쪽 지방 도시들이 대개 그렇듯이 단단한 석조의 느낌으로 한창 성업 중이다. 그런 도시들은 감상적인 여행자에게 곁을 잘 주지 않으며, 우리의 유일한 관심사는 얇

5 하워스에서 북서쪽으로 28마일(45킬로미터)가량 떨어진 요크셔의 도시. 버지니아가 방문한 친지 매지 본이 세틀에서 북서쪽으로 1마일가량 떨어진 마을 기글스윅에 살고 있었다. 따라서 기글스윅에서 세틀을 거쳐 하워스에 갔다가 다시 세틀을 거쳐 돌아가는 여정이므로, 하워스의 인상이 세틀의 명랑한 분위기에 어떤 영향을 미치겠는가 하는 말이다. 뒤이어 나오는 키슬리는 하워스에서 북쪽으로 4마일 떨어진 도시이다.

은 외투를 걸친 채 골목길을 종종걸음으로 지나는 샬럿, 건장한 행인들에게 길가 도랑 쪽으로 떠밀리는 샬럿의 여윈 모습을 그려 보는 일이었다. 도시는 그녀가 살던 무렵의 키슬리 그대로였고, 그것이 다소 위안이 되었다. 하워스에 다가갈수록 우리의 흥분에는 정말로 고통스러운 조바심이 섞여 들었다. 마치 오래전에 헤어졌던 친구, 그사이에 변해 버렸을지도 모르는 친구를 만나러 가는 것과도 같았다. 인쇄물이나 그림에서 본 하워스의 이미지가 너무나도 선명했던 것이다. 어느덧 우리는 골짜기에 들어섰고, 그 양쪽으로 마을의 집들이 다닥다닥 올라앉아 있었다. 오른쪽 언덕 꼭대기, 교구 전체가 내려다보이는 곳에, 그 유명한 직사각형 탑이 있는 교회가 있었다. 그것이 우리가 경의를 표하려는 성지의 표지였다.

공감 어린 상상력 탓이었을지 모르나, 나는 하워스가 그저 음울하다기보다 — 예술적 목적을 위해서는 한층 더 나쁘게도 — 우중충하고 진부하다는 인상을 줄 만한 이유들이 충분히 있었다고 생각한다. 누런 빛깔이 도는 갈색 사암으로 지어진 집들은 18세기 초부터 내려오는 것이었다. 그런 집들이 황야에 계단식으로 겹겹이 띠를 두르고 있어서, 마을은 풍경 위에 둥글게 모인 한 점이라기보다 그 띠 전체를 그러쥐려는 듯한 모양을 하고 있었다. 황야 쪽으로 긴 띠를 이루는 집들이 교회와 목사관과 작은 수풀 주위에 모여 있었다.

그 꼭대기에 서면 브론테 애호가의 흥미가 갑자기 고조된다. 교회, 목사관, 브론테 기념관, 샬럿이 가르쳤던 학교, 브랜웰[6]이 술을 마시던 황소 여관 등이 서로 지척에 있다. 기념관의 컬렉션은 확실히 창백하고 활기가 없다. 이런 능묘 같은 분위기에서 벗어나기 위한 노력이 필요하겠지만, 그나마 현상대로 유지하거나 파괴하는 수밖에 없으니, 현재만큼이라도 보존해 온 노력에 감사해야만 한다. 남아 있는 것들은 어떤 상황에서라도 깊은 흥미를 자아낼 만하다. 수많은 육필 서한과 연필화들, 그리고 그 밖의 자료들이 있다. 하지만 가장 감동적인 것, 너무나 감동적이라 경의도 잊고서 다가가 들여다보게 되는 것은 소소한 개인 소지품들, 죽은 여인의 옷과 신발이 들어 있는 진열장이다. 그런 물건들의 자연스러운 운명은 그것들을 걸치는 몸보다 먼저 죽는 것이련만 이것들은 그 하찮고 덧없음에도 살아남았으니, 그것들을 통해 되살아나는 것은 샬럿 브론테라는 한 여성이며, 그녀가 위대한 작가였다는 가장 기억될 만한 사실조차 잊히고 만다. 전율을 일으키는 또 하나의 물건은 에밀리가 혼자 황야를 쏘다닐 때 가지고 다녔다는 작은 참나무 걸상이다. 그녀는 그 위에 앉아서 글을 쓰거나 아니면 글쓰기보다 더 나은 무엇인가를 생각했을 것이다.

탑 부분을 제외한 교회는 브론테 시절 이후로 개축되었지

6 Branwell Bronte(1817~1848). 브론테가의 장남.

만, 그 특이한 교회 묘지는 그대로 남아 있다. 『전기』의 옛 판본 표지에는 책의 기조를 보여 주는 듯한 작은 그림이 인쇄되어 있었는데, 그 그림을 보면 온통 무덤뿐인 것만 같았다.[7] 사방에 비석들이 줄지어 있었고, 보도 위에도 망자들의 이름이 새겨져 있었으며, 무덤들은 목사관 뜰, 망자들의 한복판에 자리한 생명의 작은 오아시스와도 같은 그 뜰 안까지 밀고 들어와 있었다. 우리는 그것을 예술가의 과장으로 여겼었는데, 그게 아니었다. 비석들이 바로 발밑에서부터 솟아나 높직하고 똑바르게 줄지어 선 것이 마치 말 없는 군대와도 같았다. 손 뼘 하나만 한 빈터도 없이 비석들이 들어차 있어서, 그 알뜰한 공간 활용이 거의 불경하게 느껴질 정도이다. 옛날에는 비석을 연상시키는 판석이 깔린 길이 목사관 정문에서부터 교회 묘지까지, 담장이나 산울타리조차 없이 곧장 이어져 있었다. 목사관 뜰이 사실상 교회 묘지이기도 했다. 브론테 일가 이후에 온 사람들은 삶과 죽음 사이에 작은 공간이나마 확보하고자 산울타리와 키 큰 나무 몇 그루를 심었는데, 그것들이 이제 목사관 뜰과 묘지를 제대로 구분하고 있다. 집 자체는 샬럿이 살던 시절과 똑같고, 한쪽 곁채가 증축되었을 뿐이다. 이 사실만 무시한다면, 샬럿이 이곳에서 살다 간 그 시절과 마찬가지로 목사관은 뒤편

7 『전기』의 1860년판 표지에는 하워스 목사관을 새긴 에칭 판화가 실려 있었다.

황야에서 떠 온 보기 흉한 황갈색 돌로 지어진 정사각형 상자 같은 모습 그대로이다. 물론 집 내부는 많이 달라졌지만, 본래 방들의 모양을 못 알아볼 정도는 아니다. 한때 천재가 살았다 해도 빅토리아 시대 중기의 목사관에 특별한 것은 없으며, 호기심을 불러일으키는 유일한 곳은 지금은 전실(前室)로 쓰이고 있는 부엌이다. 이곳에서 자매들은 각기 자기 작품을 구상하며 서성거렸을 터이다. 또 한 군데 음산한 흥미를 불러일으키는 곳은 계단 뒤편의 우묵 들어간 직사각형의 공간이다. 에밀리가 자기 불도그를 이곳에 몰아넣고 두들겨 팼다는 것이다.[8] 이런 점들만 아니라면 그것은 비슷한 다른 목사관들과 다름없는, 작고 빈약한 시골 목사관일 것이다. 현 재임자의 허락을 얻어 우리는 집 안을 둘러볼 수 있었다. 내가 그라면 때로 그 유명한 유령 셋을 축출하고 싶은 기분이 들 것만 같다.

이제 한 군데 남은 곳은 샬럿이 예배를 드리던 교회이다. 그녀의 결혼식과 장례식이 모두 이곳에서 치러졌다. 그녀의 삶의 반경은 아주 좁았던 것이다. 이곳에는, 많은 것이 달라졌지만, 그래도 그녀에 대해 말해 주는 것들이 몇 가지 있다. 연이어 태어난 아이들과 부모의 이름, 생몰년 등이 새겨진

---

8 브론테가에서는 불마스티프 종의 큰 개를 키웠는데, 어느 날 그 개가 침대보 위에서 낮잠을 자려 하자, 나이 든 하녀의 호소를 들은 에밀리가 개를 계단 밑으로 끌고 갔다. 그리고 반항하는 성난 개를 주먹으로 흠씬 두들겨 팼다는 일화가 남아 있다. 그 이후 개는 에밀리를 무척 따랐다고 한다.

판석이 눈길을 끈다.[9] 줄지은 이름들이 짧은 간격을 두고 차례로 세상을 떠났음을 보여 준다. 어머니 마리아, 딸 마리아, 엘리자베스, 브랜웰, 에밀리, 앤, 샬럿, 그리고 마지막으로 이들 모두보다 더 오래 살았던 늙은 아버지. 에밀리는 겨우 서른 살에 죽었고, 샬럿도 그보다 아홉 살밖에 더 먹지 못했다. 〈사망의 쏘는 것은 죄요, 죄의 권능은 율법이라. 우리 주 예수 그리스도로 말미암아 우리에게 이김을 주시는 하나님께 감사하노니.〉[10] 이것이 그들의 이름 아래쪽에 새겨진 구절이니, 그럴 만도 하다. 싸움이 아무리 험했다 하더라도, 에밀리는, 그리고 누구보다도 샬럿은, 그 싸움에서 승리했으니 말이다.

---

9 이 판석은 아버지 패트릭 브론테 목사가 사망한 1861년에 세워졌다. 어머니 마리아는 1821년에 죽었고, 자녀들의 생몰년을 사망한 순서대로 적어 보면 다음과 같다. 마리아(1813~1825), 엘리자베스(1814~1825), 브랜웰(1817~1848), 에밀리(1818~1848), 앤(1820~1849), 샬럿(1816~1855).

10 고린도전서 15장 56~57절.

조지 엘리엇[1]

조지 엘리엇을 주의 깊게 읽다 보면, 그녀에 대해 아는 것이 얼마나 적은지 깨닫게 된다. 또한 그녀에 대한 빅토리아 후기의 시각을 별생각 없이, 다분히 심술궂게 받아들였던 어수룩함도 돌아보게 된다. 그런 시각에 따르면, 그녀는 미망에 빠진 여인으로 자신보다 한층 더 미망에 빠진 대중에게 허망한 지배력을 휘둘렀다는 것인데, 그녀의 그런 마력이 힘을 잃은 것이 딱히 언제였는지는 말하기 어렵다. 어떤 이들은 그것이 그녀의 『전기』[2]가 출간되면서였다고도 한다. 그리고 아마도 조지 메러디스가 〈연단〉이니 〈약

---

1 1919년 11월 20일 『타임스 리터러리 서플러먼트』에 게재. 조지 엘리엇 탄생 1백 주년을 기념하여 쓰인 글로, 1925년 『보통 독자』에 다시 실렸다 ("George Eliot", *Essays IV*, pp. 170~181).

2 엘리엇이 세상을 떠나기 일곱 달 전에 결혼한 남편 크로스John Cross (1840~1924)가 그녀의 사후에 펴낸 전기 『서한과 일기를 통해 본 조지 엘리엇의 생애 *George Eliot's Life as Related in her Letters and Journals*』를 가리킨다.

삭빠른 꼬마 흥행사〉니 〈산전수전 겪은 여인〉이니 하는 말로,[3] 그들을 그렇게 정확히 겨눌 능력은 못 되면서도 쏘는 데는 신이 났던 수많은 사람들의 화살에 독침을 제공했을 터이다. 그녀는 젊은이들이 조롱하는 표적이요, 같은 우상 숭배의 전과가 있어 같은 조롱으로 내쳐질 만한 진지한 사람들의 무리를 나타내는 편리한 상징이 되었다. 액턴 경[4]은 말하기를 그녀는 단테보다도 위대하다고 했었고, 허버트 스펜서[5]는 런던 도서관에서 모든 소설 나부랭이를 추방하면서 그녀의 소설들만은 마치 소설이 아니라는 듯 예외로 취급했다.[6] 그녀는 여성의 자랑이자 귀감이라는 것이었다. 게다가 그녀의 사적 기록도 매력 없기로는 공적 기록 못지않다. 프라이어리[7]로 그녀를 방문하곤 했던 어떤 이[8]는 그때 일을 이야기

---

3 울프의 아버지 레슬리 스티븐은 〈영국 문인들English Men of Letters〉 총서의 일환으로 『조지 엘리엇George Eliot』(1902)을 집필했는데, 이에 대해 메러디스는 스티븐에게 보낸 편지에서 만일 자기가 조지 엘리엇에 대해 써야 했다면 〈프라이어리에서의 우스꽝스러운 장면들 — 연단이며 약삭빠른 꼬마 흥행사, 산전수전 겪은 여인을 문학적 우상이요 철학의 빛으로 숭배하여 그 발 앞에 모인 주교들 등에 대해 언급하지 않을 수 없었을 것〉이라고 말했다.

4 John Dalberg-Acton, 1st Baron Axton(1834~1902). 영국 정치가이자 문인으로, 그가 남긴 서한집에서 엘리엇에 대한 언급을 찾아볼 수 있다.

5 Herbert Spencer(1820~1903). 영국 철학자.

6 스펜서는 런던 도서관 위원회의 일원으로, 도서관이 당대 소설을 구입하는 데 반대했다. 그는 조지 엘리엇과 절친한 사이였지만, 실제로 도서관에서 소설을 추방할 만한 힘은 없었다.

7 엘리엇이 조지 헨리 루이스와 동거한 지 10년 만인 1864년부터 살았던 리젠트 파크 인근의 집. 그녀의 일요일 오후 모임에는 당대의 유명 문인 대다수가 참석했다.

8 이 방문객은 울프의 아버지 레슬리 스티븐으로, 울프는 아버지로부터 그때 일을 들었던 것으로 보인다.

해 달라는 요청을 받으면, 그 진지한 일요일 오후들에 대한 추억이 그의 유머 감각을 자극했던 것을 넌지시 비치곤 했다. 그는 나지막한 의자에 앉은 그 근엄한 여성 때문에 잔뜩 긴장했고, 뭔가 지적인 말을 해야만 할 것 같아 초조했었다고 한다. 분명 대화는 아주 진지한 것이었던 듯, 위대한 소설가의 친필로 된 편지가 이를 증언한다. 월요일 아침에 쓴 것으로 되어 있는 이 편지에서 그녀는 다른 사람을 염두에 두고서 언뜻 마리보의 이름을 잘못 말했다고, 하지만 듣는 이가 이미 제대로 알아들었으리라 믿는다고 했다.[9] 하여간, 어느 일요일 오후 조지 엘리엇과 더불어 마리보에 대해 이야기하던 추억은 그다지 낭만적인 것은 아니었다. 세월이 가면서 바래기는 했어도 좀처럼 근사해지지 않았다.

정말이지, 그 길고 묵직한 얼굴, 거의 말[馬]과 같은 힘이 느껴지는 진지하고 시무룩한 표정은 조지 엘리엇을 기억하는 사람들의 마음속에 워낙 음울한 인상으로 새겨진 나머지, 그녀의 책 갈피갈피에서 내다보는 것만 같다. 최근에 고스씨[10]는 그녀가 빅토리아 마차를 타고 런던을 가로지르는 모습을 보았던 일을 이렇게 묘사했다.

9 엘리엇은 레슬리 스티븐에게 보내는 편지에서, 전날 오후 그와 이야기하던 중 그가 주간으로 있던 『콘힐 매거진*Cornhill Magazine*』에 실린 익명 저자의 기사에 관해 말하면서 프랑스 작가 마리보Pierre de Marivaux (1688~1763)의 이름을 잘못 말했던 일에 대해 썼다.
10 Sir Edmund William Gosse(1849~1928). 영국 시인, 비평가.

크고 떡 벌어진 여선지자는 꿈꾸는 듯 움직이지 않았으며, 옆모습으로 보면 다소 음울한 그 육중한 이목구비에는 어울리지 않는 모자가 둘려 있었다. 그녀의 모자는 항상 파리 유행의 첨단으로, 당시 유행하던 모자는 대개 거대한 타조 깃털이 달린 것이었다.

레이디 리치[11]도 그 비슷한 필치로 좀 더 친근한 실내에서의 모습을 그린 바 있다.

그녀는 아름다운 검정 비단옷을 입고 난롯가에 앉아 있었다. 그녀 곁의 탁자에는 녹색 갓을 씌운 램프와 독일어로 된 책들, 소책자들, 그리고 상아로 만든 페이퍼나이프가 놓여 있었다. 그녀는 아주 조용하고 기품이 있었으며, 침착한 작은 눈과 감미로운 음성을 지니고 있었다. 그녀를 바라보고 있노라면 친구 같다는 느낌이 들었다. 딱히 개인적인 친구라기보다 선량하고 인자한 사람 말이다.

그녀가 했다는 말도 전해진다. 〈우리는 우리가 미치는 영향을 중시해야 해요. 우리 삶에 다른 사람들이 얼마나 많은 영향을 미치는지, 경험으로 알잖아요. 그러니 우리도 분명 다

11 Lady Ritchie, née Thackeray(1837~1919). 레슬리 스티븐의 첫 번째 아내의 언니이자 소설가 윌리엄 새커리의 맏딸로, 그녀 자신도 작가였다. 당대 문인들과의 만남을 회고하는 『포치에서*At the Porch*』를 펴냈다.

른 사람들에게 같은 영향을 미치리라는 걸 기억해야만 하지요.〉 그 장면을 소중히 간직하여 기록으로 남겼던 이가 그때 일을 떠올리며 그 말을 다시 읊어 보다가, 30년이나 지나서야 갑자기, 처음으로 웃음을 터뜨리던 모습이 눈에 선하다.

이 모든 기록에서 느껴지는 것은, 기록자가 실제로 그녀 앞에 있을 때도 거리를 두고 냉정을 유지했으며, 세월이 지나 그녀의 소설들을 읽을 때에도 그녀를 눈부시게 아름답고 생생하고 신비로운 인물로 떠올리거나 하지는 않았다는 사실이다. 작가의 개성이 그토록 드러나기 마련인 소설에서, 매력이 없다는 것은 큰 결점이다. 그녀의 비평가들은 물론 대개 남성들로, 그녀가 여성에게서 가장 기대되는 자질을 그렇듯 지니지 못한 것을 완전히 의식하지는 못했을망정 유감으로 여겼던 것 같다. 조지 엘리엇은 매력적이지 않았으며, 별로 여성적이지 못했고, 뭇 예술가들에게 어린아이처럼 사랑스러운 천진함을 부여하는 극단적이고 변덕스러운 기질도 전혀 갖고 있지 않았다. 레이디 리치를 비롯한 대부분의 사람들에게 그녀는 〈딱히 개인적인 친구라기보다 선량하고 인자한 사람〉이었으리라고 느껴진다. 하지만 그런 인물 묘사들을 좀 더 면밀히 들여다보면, 그것들이 모두 나이 들고 존경받는 여성, 검정 비단옷을 입고 빅토리아 마차를 모는 여성, 자기 몫의 싸움을 싸운 후에 다른 사람들에게 도움이 되고 싶다는 깊은 소망을 지닌 여성, 하지만 젊은 시절부터 알고 지냈던 소수의 사람들 말고는 아무와도 친하게 지내기를 원치 않는 여성의 초상임을 발견하게 된다. 우리는 젊은 날의 그녀에 대해 별로 알지 못한다. 다만 그녀의 교양과 철학과 명성과 영향력이 모두 아주 초라한 기초 위에 지어진 것이었다는 사실을 알 뿐이다. 그녀는 목수의 손녀였다.

그녀의 생애 첫 장은 드물게 암울한 기록이다. 거기서 우리는 그녀가 고루한 시골 사회(그녀의 아버지는 출세하여 좀 더 중류층이 되었지만, 더 답답해졌다)의 참을 수 없는 권태 가운데서 몸부림치고 신음하며 가까스로 떨치고 일어나, 고도로 지적인 런던 잡지의 보조 편집자이자 허버트 스펜서의 인정받는 동료가 되는 것을 보게 된다.[12] 그 고통스러운 단계들을 그녀는 크로스 씨[13]의 간청으로 마지못해 자기 생애를 이야기하는 서글픈 독백 가운데 드러내 보인다. 어린 시절부터 〈의복 클럽[14]으로 조만간 성공할〉 것이 확실시되었던 그녀는 교회사 도표를 만들어 교회 복원 기금을 모으기도 했으나 그 후 신앙을 잃었고, 이 일로 격분한 아버지는 그녀와 함께 살기를 거부했다. 뒤이어 슈트라우스를 번역하는

12　조지 엘리엇(본명 메리 앤 에번스Mary Ann Evans)의 아버지 로버트 에번스Robert Evans(1773~1849)는 목수의 아들로서 더비셔와 워릭셔의 영지 관리인이 되었다. 메리 앤 에번스는 1851년부터 3년간 『웨스트민스터 리뷰*Westminster Review*』의 보조 편집자로 일했다.

13　주2 참조.

14　clothing club. 저소득층의 소액 저축에 여유 있는 계층의 보조금을 더해 정기적으로 의복을 대량 구매하여, 저소득층이 싼값에 의복을 구매할 수 있게 하던 자선 활동.

투쟁이 시작되었는데,[15] 이 작업은 그 자체로서 울적하고 〈영혼을 마비시키는〉 일이었던 데다가, 집안 살림을 꾸리고 죽어 가는 아버지를 돌보는 여느 여성의 임무와 먹물 든 여자가 됨으로써 오빠의 애정을 잃게 되리라는 암담한 확신으로 인해 한층 더 괴로운 것이 되었다. 〈나는 올빼미처럼 밤늦게 돌아다니며 오빠의 빈축을 샀다〉고 그녀는 말했다. 부활한 그리스도의 상을 앞에 놓고 슈트라우스 번역으로 애쓰는 그녀를 본 한 친구는 이렇게 썼다. 〈불쌍한 것. 그 창백하고 병색 도는 얼굴을 하고 끔찍한 두통과 싸우며 아버지를 돌보느라 노심초사하는 것을 보면 때때로 동정심이 든다.〉 이런 이야기를 읽노라면 그녀의 편력 단계가 더 쉽지는 않더라도 최소한 더 아름다웠으면 하는 강한 바람이 들지만, 문화계로 진출해 가는 그녀의 강인한 결의는 우리의 동정심을 넘어선다. 그녀의 발전은 아주 느리고 아주 서툴게 이루어졌지만, 그 뒤에는 깊은 데서 우러나는 고결한 야심의 거역할 수 없는 추진력이 있었다. 모든 장애물이 결국은 그녀의 길에서 치워졌다. 그녀는 모든 사람을 알고 있었고, 모든 것을 읽었다. 그녀의 놀라운 지적 활력이 승리했다. 청춘은 지나갔지만 고통으로 가득 찬 청춘이었다. 그리하여 서른다섯 살의

15 그녀는 25세였던 1844년부터 다비트 프리드리히 슈트라우스David Friedrich Strauss(1808~1874)의 『예수의 생애Das Leben Jesu, kritisch bearbeitet』를 번역하는 일을 이전 역자로부터 이어받았고, 1846년에 책이 나왔다.

나이에, 힘의 절정에서 자유를 구가하게 되었을 때, 그녀는 평생 너무나 깊은 중요성을 띠게 될, 그리고 우리에게까지 여전히 중요한 결정을 내렸다. 조지 헨리 루이스와 단둘이 바이마르로 간 것이다.[16]

그와 결합한 직후부터 나오기 시작한 그녀의 책들은 개인적 행복과 함께 찾아온 크나큰 해방감을 십분 보여 준다. 그 책들은 그 자체로서 우리에게 풍성한 향연을 제공한다. 하지만 문학적 경력의 문턱에서 그녀의 마음이 자기 자신과 현재로부터 벗어나 과거로, 시골 마을로, 조용하고 아름답고 단순한 어린 시절의 추억으로 향했던 사정의 일단은 그녀의 삶의 정황에서 찾아볼 수 있다. 그녀의 첫 책이 『미들마치』가 아니라 『목사 생활의 정경Scenes of Clerical Life』이었던 데는 이유가 있는 것이다. 루이스와의 결합은 그녀를 애정으로 감쌌지만, 상황과 관습에 비추어 보면 그녀를 고립시키기도 했다. 1857년에 그녀는 이렇게 썼다. 〈이해해 주시기 바랍니다만, 저로서는 제게 초대를 요청하지 않은 이상 아무에게도 저를 만나러 와달라고 초대할 수가 없습니다.〉그녀는 〈세상이라 불리는 것으로부터 단절되었다〉고 훗날 말했지만, 아쉬워하지는 않았다. 그렇듯 처음에는 상황으로 인해, 그리고

16 조지 헨리 루이스는 1840년에 결혼했으나 아내의 부정으로 인해 절연한 상태에서 1851년 조지 엘리엇을 만났다. 이미 묵인한 배우자의 부정은 이혼 사유로 성립되지 않았으므로, 1854년부터 엘리엇과 사실혼 관계가 되었으나 정식으로 결혼할 수 없었다.

나중에는 명성 때문에 어쩔 수 없이 두드러지는 존재가 된 그녀는 사람들 사이에서 대등하게 눈에 띄지 않고 돌아다닐 수 있는 힘을 잃어버렸다. 소설가에게 그런 상실은 심각한 것이었다. 그래도 여전히 『목사 생활의 정경』의 따사로운 햇볕에 잠겨 있노라면, 〈아득한 과거〉의 세계 속에서 자유를 구가하며 퍼져 나가는 드넓고 성숙한 정신을 느끼노라면, 상실에 대해 말한다는 것이 부적절해 보인다. 그런 정신에게는 모든 것이 유익한 것이다. 모든 경험이 층층의 지각과 성찰을 통해 걸러져서 정신을 한층 더 풍부하고 견실하게 한다. 그녀의 생애에 대해 조금이나마 아는 것에 비추어 소설에 대한 그녀의 태도를 평하려 할 때 우리가 기껏 말할 수 있는 것은, 그녀가 흔히 배우기 어려운, 특히 젊은 시절에 배우기는 어려운 몇 가지 교훈을 가슴에 새기고 있었다는 사실이다. 그중에서도 그녀에게 가장 깊이 각인된 것은 인내라는 서글픈 미덕이었다. 그녀의 공감은 일상적인 삶을 향하며, 평범하고 소박한 기쁨과 슬픔을 지켜보는 데서 가장 훌륭하게 발휘된다. 그녀에게는 만족시킬 수도 억누를 수도 없는 자기만의 개성을 의식하고 세상이라는 배경 위에 그 윤곽을 선명히 부각시키고자 하는 낭만적 격정이라고는 없다. 제인 에어의 불같은 자아에 비하면, 위스키 잔을 놓고 몽상에 잠기는 늙은 목사의 사랑이며 슬픔이 다 뭐란 말인가. 『목사 생활의 정경』, 『애덤 비드 *Adam Bede*』, 『플로스강의 물방앗간 *The Mill on the Floss*』등 초기작들은 대단히 아름답다. 포이저 일가, 댓슨 일가, 길필 일가, 바턴 일가,[17] 그 밖에도 제각기 환경과 부양가족이 있는 사람들의 장점을 평가하기란 불가능하다. 그들은 피와 살을 지닌 존재들이며, 우리는 그들 사이를 돌아다니면서 지루해하기도 하고 공감하기도 하지만, 그들이 말하고 행동하는 모든 것을 아무런 의문 없이 받아들인다는 데는 변함이 없다. 이런 수용은 위대하고 독창적인 작품에 대해서만 일어나는 일이다. 엘리엇이 어느 한 인물이나 장면마다 추억과 유머의 홍수를 쏟아부어 옛 영국 농촌의 정경 전체를 떠올리게 하는 방식은 자연의 과정과도 너무나 흡사하여, 도무지 비판할 것이 있다는 의식조차 들지 않게 한다. 우리는 그저 받아들이고, 위대한 창조적 작가들만이 우리에게 줄 수 있는 감미로운 온기와 정기의 발산을 느낀다. 여러 해 만에 다시 펼쳐 보아도 그 책들은 기대를 벗어날 만큼 여전한 힘과 열기를 지니고 있어서, 우리는 붉은 과수원 담장에 반사되는 햇볕 속에서처럼 그 따사로움에 감싸인 채 게으름을 부리고 싶어진다. 그렇듯 잉글랜드 중부 지방의 농부와 그 아내의 유머에 굴복한다는 데 대책 없는 방기의 요소가 들어 있다 해도, 그 상황에는 그조차도 합당하다. 그토록 폭넓고 속속들이 인간적이라고 느껴지는 것을 굳이 분석할 기

17　포이저 일가는 『애덤 비드』에, 길필 일가와 바턴 일가는 『목사 생활의 정경』에 등장한다.

분은 들지 않기 때문이다. 셰퍼턴과 헤이슬로프[18]의 세계가 시간적으로 얼마나 먼지, 농부와 농장 일꾼들의 정신세계가 조지 엘리엇을 읽는 독자들 대부분의 정신세계와 얼마나 동떨어져 있는지 생각해 보면, 우리가 집에서 대장간으로, 별장 응접실에서 목사관 정원으로 편안하게 쏘다니는 즐거움은 조지 엘리엇이 우리에게 그들의 삶을 함께하도록 해주기 때문이라고밖에 할 수가 없다. 그것도 호기심이나 짐짓 꾸민 겸양이 아니라 공감에서 말이다. 그녀는 풍자가가 아니다. 그녀의 정신은 워낙 느리고 둔중하게 움직이기 때문에 희극에는 적합하지 않다. 하지만 그녀는 인간 본성의 주된 요소들을 한 아름 모아다가 관대하고 건전한 이해심을 가지고서 느슨하게 엮는다. 다시 읽어 나가면서 발견하게 되는바, 그런 이해심은 그녀의 인물들을 참신하고 자유롭게 할 뿐 아니라 그들이 뜻하지 않게 우리의 웃음과 눈물을 자아내게 만든다. 유명한 포이저 부인의 예를 들어 보자. 그녀의 극성스럽고 남다른 성격을 부각시키기는 쉬웠을 테고, 사실 조지 엘리엇은 그녀로 하여금 같은 장소에서 어쩌면 너무 자주 웃게 만든다. 하지만 책을 덮은 후에는, 실제 삶에서도 종종 그렇듯이, 당시에는 뭔가 더 두드러진 특징 때문에 미처 알아채지 못했던 세부들이나 미묘한 점들이 생각나기 마련이다.

---

18 셰퍼턴은 『목사 생활의 정경』의 배경, 헤이슬로프는 『애덤 비드』의 배경이다.

우리는 포이저 부인의 건강이 좋지 못했던 것을 떠올린다. 그녀가 아무 말참견도 하지 않는 일들도 가끔 있었다. 그녀는 병약한 아이에게는 인내심 그 자체였다. 그녀는 토티에게 그렇게 애정을 쏟았다. 그러므로 조지 엘리엇의 더 많은 인물들에 대해 곰곰이 생각하다 보면, 가장 덜 중요한 인물에게서도 그녀가 굳이 부각시키지 않는 자질들이 숨어 있는 넉넉한 여백을 발견하게 된다.

하지만 이런 관용과 동정심의 한복판에 — 심지어 초기 작품들에서도 — 더욱 강조되는 순간들이 있다. 그녀의 유머는 바보들과 실패자들, 어머니들과 아이들, 개와 중부 지방의 풍요로운 밭들, 현명한 또는 술잔 앞에서 몽롱해져 가는 농부들, 말 장수들, 여관 주인들, 목사보들, 목수들을 다 포괄할 만큼 폭이 넓다. 그 모든 이들 위에 일종의 로맨스, 조지 엘리엇이 자신에게 유일하게 허용했던 로맨스, 즉 과거의 로맨스가 드리워진다. 그녀의 작품들은 놀랄 만큼 잘 읽히며 아무런 허세나 가식의 흔적이 없다. 하지만 그녀의 초기 작품을 전체적으로 조망하는 독자에게는 회상의 안개가 차츰 물러나는 것이 명백히 보일 것이다. 그녀의 힘이 줄어든다는 말이 아니다. 오히려 그녀의 힘은 『미들마치』— 그 모든 불완전함에도 불구하고 성인을 위해 쓰인 드문 영국 소설 중 하나로 꼽히는 훌륭한 작품 — 에서 절정에 달하는 듯하다. 하지만 들판과 농장의 세계는 더 이상 그녀를 만족시키지 못한다. 실제 삶에서 그녀는 자신의 행운을 다른 데서 구했었다. 과거를 돌아보는 것이 마음을 가라앉히고 위로가 되기는 하지만, 초기작들에도 그 곤혹에 빠진 정신, 조지 엘리엇 자신이라는 까다롭고 미심쩍 어하며 당혹스러워하는 존재가 있다.『애덤 비드』에서는 다이 나라는 인물 속에 그녀가 비친다.『플로스강의 물방앗간』의 매기에게서 그녀는 자신을 좀 더 공개적이고 완전하게 드러 낸다. 그녀는「재닛의 뉘우침」[19]의 재닛이고, 로몰라[20]이며, 지 혜를 구하다가 래디슬로와의 결혼에서 환멸을 겪는 도러시 아[21]이다. 조지 엘리엇에 싫증을 내는 사람들은 그녀의 여주 인공들 때문에 그러하리라는 생각이 든다. 그도 그럴 것이 그 녀들은 그녀의 가장 나쁜 부분을 드러내며, 그녀를 난국으로 끌고 가서 자의식적이고 설교 조이며 때로는 속되게 만들어 버리기 때문이다. 하지만 그 모든 자매애를 지워 버릴 수 있다 면, 예술적으로 더 완벽하고 훨씬 더 유쾌하고 안락한 세계일 지는 모르지만 훨씬 더 작고 열등한 세계가 남게 될 것이다. 그녀의 실패를 설명하자면 — 그것이 실패라면 말이지만 — 그녀가 37세가 되어서야 첫 소설을 썼으며, 그 나이가 되기까 지 자신을 고통과 억울함의 혼합물로 보기에 이르렀다는 사 실을 상기할 필요가 있다. 오랫동안 그녀는 자신에 대해 전혀

19 「재닛의 뉘우침Janet's Repentance」은『목사 생활의 정경』에 나오는 일화이다.
20 『로몰라』의 여주인공.
21 『미들마치』의 여주인공.

생각하지 않는 편을 택했었다. 그러다가 창조적 에너지의 첫 분출이 잦아들고 자신감이 찾아왔을 때, 그녀는 점점 더 개인적 시각에서 글을 썼지만 젊은이들처럼 주저 없이 자신을 표출하지는 못했다. 그녀의 자의식은 그녀의 여주인공들이 그녀 자신이 말하고자 하는 것을 말할 때 항상 두드러진다. 그녀는 가능한 모든 방법을 동원하여 그녀들을 변장시켰다. 미모와 재산을 주는가 하면, 심지어 브랜디를 좋아한다거나 하는 이야기를 지어내기도 했다. 하지만 그럼에도 그녀가 자신의 천재성의 힘을 빌려 조용하고 목가적인 장면에 몸소 등장하고 만다는 당혹스러운 사실은 남는다.

플로스강의 물방앗간에 태어나기를 고집했던 고결하고 아름다운 소녀는 여주인공이 그녀에게 초래할 수 있는 폐해의 가장 명백한 예이다. 그녀가 아직 어려서 집시들과 달아나거나 인형에 못을 박는 데 만족하는 동안에는 유머가 그녀를 다스리고 사랑스럽게 만든다. 하지만 그녀도 자라며, 조지 엘리엇이 미처 깨닫기도 전에 그녀는 집시도 인형도 세인트 오그스[22] 그 자체도 줄 수 없는 것을 요구하는 성숙한 여인이 되어 있다. 그래서 처음에는 필립 웨이컴이, 다음에는 스티븐 게스트가 창조된다. 전자의 나약함과 후자의 둔감함은 종종 지적되어 왔지만, 그들의 나약함과 둔감함은 조지 엘리엇이 남성의 초상을 제대로 못 그린다는 사실을 보여 주

22 『플로스강의 물방앗간』의 배경인 시골 마을.

기보다는, 그녀가 여주인공에게 적합한 짝을 생각해 내야만 할 때 그녀의 손을 떨리게 하는 불확실성을 보여 준다. 그녀는 우선 자신이 알고 사랑하는 세계 너머로 밀려나, 여름 아침나절 내내 청년들은 노래하고 처녀들은 바자회에 낼 스모킹 캡에 수를 놓는 중산층 거실에 발을 들여놓아야만 한다. 그녀가 그런 분위기에 대해 느끼는 위화감은 그녀가 〈상류 사회〉라 부르는 것에 대한 둔중한 풍자가 입증해 준다.

상류 사회는 클라레와 벨벳 양탄자와 6주 앞까지 잡혀 있는 만찬 약속, 그리고 환상적인 무도회장 등을 갖추고 있으며, 과학은 패러데이에게, 종교는 최고급 저택에서나 만날 수 있는 고위 성직자들에게 맡긴다. 그런 사회에 신앙이나 열렬함이 무슨 필요가 있겠는가?[23]

거기에는 유머나 통찰의 흔적이라고는 없으며, 본래 개인적이었으리라 느껴지는 적개심만이 있다. 그렇듯 경계들을 가로지르며 헤매는 소설가에게 동정심과 분별을 요구하는 우리 사회의 복잡성이 끔찍하기는 하지만, 매기 털리버[24]는 조지 엘리엇을 타고난 환경으로부터 끌어낸 것보다 더 나쁜 일을 한다. 감정적인 장면의 도입을 요구하는 것이다. 그녀는 사

23 『플로스강의 물방앗간』의 한 대목.
24 『플로스강의 물방앗간』의 여주인공.

랑해야 하고, 절망해야 하며, 오라비를 품에 안고서 물에 빠져야 한다. 이런 감정적인 장면들을 검토해 보면 볼수록, 위기의 순간에 환멸과 다변(多辯)으로 우리 머리 위에 쏟아질 먹장구름이 짙어져 가는 것을 느끼게 된다. 그것은 일단 그녀가 사투리가 아닌 대화를 다루는 힘이 부족하기 때문이고, 또 한편으로는 그녀가 나이 든 사람답게 감정에 집중하는 데 피로를 느끼며 그러한 노력으로부터 물러나는 것처럼 보이기 때문이다. 그녀는 여주인공들에게 말을 너무 많이 시키지만 말재주는 별로 없다. 문장 하나를 골라 그 안에 장면의 핵심을 압축하는 확실한 재능은 그녀에게서는 찾아볼 수 없는 것이다. 가령 웨스턴가의 무도회에서 나이틀리 씨가 〈누구랑 춤추겠어요?〉 하고 물었을 때, 에마의 대답은 〈당신이 청한다면 당신과요〉라는 것으로 충분하다. 캐소번 부인이라면 한 시간쯤 말했을 테고, 우리는 창밖을 내다보아야 했을 것이다.[25]

하지만 여주인공들을 가차 없이 내몰아 버리고 조지 엘리엇을 〈머나먼 과거〉의 농촌 세계에 국한시킨다면, 그녀의 위대함을 축소시킬 뿐 아니라 그녀의 진짜 묘미를 잃게 될 것이다. 그 위대함이 여기 있다는 것을 우리는 의심할 수 없다. 물론 폭넓은 전망, 주된 특색들을 그려 내는 대범하고 선명한 필치, 초기작들의 건강함, 후기 작품들의 탐구력과 성찰의 풍

---

25 에마는 제인 오스틴의 『에마』의 주인공, 캐소번 부인은 조지 엘리엇의 『미들마치』의 주인공인 도로시아를 가리킨다.

부함은 우리로 하여금 우리 한계를 넘어서까지 머물며 생각하게 만든다. 하지만 우리가 마지막으로 눈길을 던져야 할 것은 여주인공들이다. 〈나는 어렸을 때부터 항상 내 종교를 추구했어요.〉 도로시아 캐소번은 말한다. 〈한때는 많이 기도했지만 지금은 거의 기도하지 않아요. 나 자신만을 위한 소원은 갖지 않으려 합니다.〉 그녀는 여주인공 모두를 대변하고 있다. 이것이 그녀들의 문제이다. 그녀들은 종교 없이는 살 수가 없으며, 어린 소녀였을 때부터 종교를 찾아 나선다. 제각기 선(善)에 대한 깊은 여성적 정열을 가지고 있으며, 이는 그녀가 열망과 고뇌 가운데 서 있는 장소를 책의 핵심으로 만든다. 하지만 예배의 장소처럼 조용하고 격리된 그곳에서, 그녀는 더 이상 누구에게 기도할지 알지 못한다. 그녀들은 배움에서도 자신의 목표를 추구하며, 여성들의 보통 소임에서도, 여성의 좀 더 폭넓은 봉사에서도 마찬가지이다. 그럼에도 그녀들은 자신들이 추구하는 것을 발견하지 못하는데, 이는 놀랄일이 못 된다. 오랜 세월 침묵해 온, 고통과 감수성으로 가득한 저 오래된 여성의 의식이 그녀들 안에서 끓어넘쳐 무엇인가를 ── 그녀들은 무엇인지 알지 못하지만 ── 아마도 인간의 삶의 사실들과는 양립할 수 없는 무엇인가를 요구하게 한다. 조지 엘리엇은 그런 사실들에 함부로 손대기에는 너무나 강한 지성을 지녔고, 그렇듯 가혹한 진실을 완화시키기에는 너무 폭넓은 유머의 소유자였다. 그녀의 여주인공들은 분투하는 가운데 지고의 용기에 달하지만, 투쟁 자체는 비극으로, 또는 한층 더 서글프게 타협으로 끝난다. 그녀들의 이야기는 조지 엘리엇 자신의 이야기의 불완전한 버전이다. 그녀 역시 여성으로서 짊어진 짐과 복잡성만으로는 충분치 않다는 듯, 성역 너머로 손을 뻗쳐 스스로 예술과 지식의 낯설고 빛나는 열매들을 따야만 했다. 일찍이 그것들을 움켜쥐어 본 여성이 얼마나 되련만, 그녀는 그것들을 움켜쥐고서 자기 몫의 유산 ― 견해 차이, 기준 차이 ― 을 포기하려 하지 않았고, 합당치 않은 보상을 받으려 하지 않았다. 그리하여 우리는 그녀를, 그 기억할 만한 모습을 보게 된다 ― 과도한 칭송을 받고, 자신의 명성으로부터 움츠러들어 의기소침해져서, 오직 그곳에만 만족과 정당화가 있다는 듯 사랑의 품 안으로 물러나는 모습, 그러면서도 〈까다롭지만 굶주린 야심〉으로 인생이 자유롭고 탐구하는 정신에 줄 수 있는 모든 것을 향해 손 뻗치는 모습, 그리고 자신의 여성적인 열망들을 남성들의 실제 세계와 맞대면시키는 모습. 그녀가 만들어 낸 인물들은 어떠했든 간에, 그녀 자신의 결말은 승리에 찬 것이었다. 그녀가 도전하고 성취했던 모든 것을 돌아볼 때, 그녀가 어떻게 성별, 건강, 인습 등 온갖 장애물에 맞서 그 이중의 짐에 짓눌린 몸이 소진하여 가라앉을 때까지 더 많은 지식과 자유를 구했던가를 돌아볼 때, 우리는 온 힘을 다해 그녀의 무덤에 월계수와 장미를 바치지 않을 수 없다.

끔찍하게 민감한 마음[1]

단편소설 작가로서 캐서린 맨스필드[2]는 타의 추종을 불허한다는 데 영국의 저명한 단편소설 작가들이 모두 동의했다고 머리 씨[3]는 말한다. 그녀만 한 작가는 다시없으며, 일찍이 어떤 비평가도 그녀의 특질을 정의하지 못했다는 것이다. 하지만 그녀의 일기를 읽는 독자는 그런 문제들에 개의치 않아도 좋다. 우리가 그녀의 일기에 관심을 갖는 것은 그녀가 뛰어나고 유명한 작가라서가 아니라 마음의 정경, 인생의 8년 동안 차례로 스쳐 간 우연한 인상들이 한 끔찍하게 민감한

---

1   1927년 9월 10일 『네이션 앤드 애시니엄』에 실린 글. 『캐서린 맨스필드의 일기1914~1922 *Journal of Katherine Mansfield 1914~1922*』(1927)에 대한 서평으로 썼다("A Terribly Sensitive Mind", *Essays IV,* pp. 446~449).

2   Katherine Mansfield(1888~1923). 영국 소설가. 「가든 파티The Garden Party」를 비롯한 빼어난 단편소설들을 남겼다.

3   캐서린 맨스필드의 남편 존 미들턴 머리John Middleton Murry (1889~1957)를 가리킨다. 작가이자 비평가, 편집자였던 그는 맨스필드가 결핵으로 요절한 후 그녀의 일기를 펴냈다.

마음에 남긴 흔적들 때문이다. 그녀에게 일기는 신비로운 벗이었다. 〈아직 본 적 없는 미지의 벗이여, 함께 이야기하자〉라고 그녀는 새 공책의 서두에 썼다. 일기 안에 그녀는 날씨며 약속 같은 사실들도 적어 두었고, 장면들을 스케치하고, 자신의 성격을 분석하고, 한 마리 비둘기나 꿈이나 대화를 묘사하기도 했다. 그보다 더 단편적이고 사적인 글도 없을 것이다. 우리는 자신과 단둘이 마주한 마음, 청중을 의식하지 않은 나머지 이따금 자기만의 속기법을 사용하는 마음을 보게 된다. 마음은 홀로 있을 때 흔히 그러듯 둘로 나뉘어 자신에게 말을 건넨다. 캐서린 맨스필드가 캐서린 맨스필드에 대하여 이야기하는 것이다.

하지만 그런 단편들이 누적되어 가면서, 우리는 그것들에 방향을 부여하기 시작한다. 아니, 캐서린 맨스필드 자신이 그런 방향을 제시하는 것만 같다. 그처럼 다양한 인상들을 차례로 기록하면서 앉아 있는, 끔찍하게 민감한 그녀는 대체 어떤 시각에서 삶을 바라보고 있는 것일까? 그녀는 작가요 타고난 작가이다. 그녀가 느끼고 듣고 보는 모든 것은 단편적으로 뿔뿔이 흩어지지 않으며, 한데 모여 그녀의 글이 된다. 때로는 이야기를 위해 즉석에서 메모해 둔 것도 있다. 〈그 바이올린에 대해 쓸 때는 기억할 것. 얼마나 가볍게 올라갔다가 애잔하게 굽이쳐 내려오는지. 한 음 한 음을 얼마나 신중하게 찾아내는지.〉 또 이런 메모도 있다. 〈요통이란 아주 묘하다. 그렇게 갑작스럽고 그렇게 아프다니, 노인에 대한 글을 쓸 때 기억해야지. 자리에서 일어나려다 멈칫하고 갑자기 분노의 표정이 되는 것, 그리고 밤에 자리에 누우면 꼼짝없이 매인 몸이 되는 것.〉

다시금 순간 그 자체가 갑작스러운 중요성을 띠고, 그녀는 그 순간을 붙잡아 두려는 듯 그 윤곽을 그린다. 〈비가 내리고 있지만, 공기는 온화하고 흐릿하고 따스하다. 굵은 빗방울들이 나른한 나뭇잎들을 두들기고, 담배 꽃들은 고개가 기운다. 담쟁이덩굴 속에서 뭔가 바스락거린다. 이웃집 정원에서 윙리가 나오더니 담장에서 뛰어내린다. 그러고는 우아하게 앞발을 들고 귀를 쫑긋거리며 큰 물살에 휩쓸릴까 잔뜩 겁이 난 듯, 호수 같은 푸른 풀밭을 건너간다.〉 나사렛 수녀회의 수녀는 〈핏기 없는 잇몸과 변색된 큼직한 이빨을 드러내며〉 돈을 요구했다. 너무 말라서 몸이 〈말뚝 네 개에 얹어 둔 새장〉처럼 깡마른 개가 길거리를 달려간다. 어떤 의미에서 그녀는 그 마른 개가 곧 길거리 그 자체라고 느낀다. 이런 대목들은 마치 완성되지 않은 이야기들 같다. 어떤 것은 시작이고 어떤 것은 결말이다. 그저 단어들을 엮어 두르기만 하면 완성될 것 같다.

그러면서도 일기는 너무나 사적이고 본능적이라 글 쓰는 자아로부터 또 다른 자아가 떨어져 나와 글 쓰는 자신을 조금 떨어져서 바라보게 한다. 글 쓰는 자아란 묘한 자아이다.

어떤 때는 아무리 해도 글을 쓰게 할 수가 없다. 〈해야 할 일이 너무나 많은데 좀처럼 할 수가 없다. 내가 일하는 척하고 있을 때 정말로 일하기만 한다면 삶은 거의 완벽해질 것이다. 바로 문지방에서 하염없이 기다리고 있는 이야깃거리들을 좀 보라지……. 또 다음 날로 미룬다. 가령 오늘 아침만 해도, 나는 아무것도 쓰고 싶지 않다. 날이 흐리고 묵직하니 가라앉는다. 단편소설 따위는 비현실적이고 아무짝에도 쓸모없게 느껴진다. 난 글을 쓰고 싶은 게 아니야, 살고 싶다고! 그게 대체 무슨 말이지? 그렇게 말하기는 쉽지 않아. 하지만 바로 그거야!〉

대체 이게 무슨 말인가? 그녀보다 더 글쓰기를 중요하게 여긴 이는 없었다. 본능적이고 빠른 필치로 써 내려간 그녀의 일기 어디를 펼쳐 보아도, 자기 일에 대한 그녀의 태도는 감탄할 만하다. 건전하고 치밀하고 엄격하다. 문단의 뒷담화도 허영심도 질투도 없다. 생애의 마지막 몇 해 동안에는 자신이 성공한 것을 분명 알고 있었겠지만, 그 점에 대한 언급도 없다. 자기 작품에 대한 그녀의 논평은 항상 예리하고 통렬하다. 자신의 작품은 풍부하지 못하고 깊이도 없다, 자기는 〈그저 표면을 훑을 뿐 그 이상은 아니다〉라는 것이다. 하지만 글쓰기는 사물을 적절하고 예민하게 표현하는 것으로는 충분치 않다. 그것은 표현되지 않은 무엇인가에 기초해야 하며, 그 무엇인가는 견고하고 온전한 것이라야 한다. 병이 깊어지는 절망적인 압박감 가운데서 그녀는 진실되게 글을 쓰려면 필요한 수정(水晶) 같은 명료성을 추구하기 시작했다. 그 기묘하고 지난한 탐구는 언뜻 일별할 수 있을 뿐 뭐라고 해석하기 어렵다. 〈분열된 존재로부터는 가치 있는 아무것도 나올 수 없다〉라고 그녀는 썼다. 자아가 건강해야 한다. 5년간의 투병 끝에 그녀는 육체적 건강을 얻기를 포기했지만, 그것은 절망해서가 아니라 병든 것은 영혼이며 그 치유도 육체적 치료가 아니라 그녀가 마지막 몇 달을 보낸 퐁텐블로에서와 같은 〈영적 공동체〉에 있다고 생각했기 때문이다. 하지만 그녀는 세상을 떠나기 전에 자신의 입장을 정리해 놓았고, 그것으로 일기는 끝난다.

자신은 건강을 원한다고 그녀는 썼다. 하지만 그녀가 말하는 건강이란 무엇인가? 〈건강이란 충만하고 성숙한 삶을 누리는 힘, 내가 사랑하는 것들, 대지와 그 모든 경이 — 바다 — 태양…… 등을 가까이 접하면서 삶을 호흡하는 힘을 말한다. 그러면 일을 하고 싶다. 무슨 일이냐고? 나는 살아서 내 손과 감정과 두뇌로 일하고 싶다. 나는 정원과 작은 집, 풀밭과 동물들, 책과 그림, 음악을 원한다. 이런 것으로부터, 이런 것을 표현하면서, 나는 글을 쓰고 싶다. (택시 기사에 대해 쓸 수도 있겠지만, 그런 것은 문제가 안 된다.)〉 일기는 〈다 좋다〉는 말로 끝맺는다. 그리고 석 달 후에 죽었으므로, 이 말은 질병과 타고난 강한 성정이 그녀로 하여금 발견하게 했을 어떤 결론을 나타낸다고 생각하고 싶게 만든다. 하지만 그때 그녀는 우리 대부분이 표면적인 인상들, 즐겁고 떠들썩한 일들 사이에서 안이하게 노닥거릴 나이였다. 그녀보다 더 그런 것들을 좋아한 사람도 없는데 말이다.

두 여자[1]

19세기 초에 이르기까지 저명한 여성은 거의 어김없이 귀족이었다. 지배하고 편지를 쓰고 정치의 흐름에 영향을 미쳤던 것은 귀족 여성들이었다. 막대한 수의 중산층에서는 명성을 얻은 여성이 극히 적었으며, 그녀들의 별 볼 일 없는 삶은 귀족 계층의 화려함에 쏠리는 관심은 물론이고 빈곤층의 비참에 던져지는 관심조차 받지 못했다. 19세기 초까지도 중산층 여성들은 아무도 알아주지 않는 가운데 살고 결혼하고 자식을 낳는 거대한 육체로 남아 있었다. 그러니 그녀들의 삶의 여건 자체에 뭔가 있지 않았을까 하는 의문이 드는 것도 무리가 아니다. 그녀들이 결혼하는 나이, 낳는 자녀 수,

---

1 1927년 4월 23일 『네이션 앤드 애시니엄』에 게재. 바버라 스티븐의 『에밀리 데이비스와 거턴 칼리지*Emily Davies and Girton College*』(1927) 및 『레이디 오거스타 스탠리의 서한집. 1849~1863년간 궁정의 젊은 여성*Letters of Lady Augusta Stanley. A Young Lady at Court 1849~1863*』(1927)의 출간에 기하여 쓰인 글이다("Two Women", *Essays IV*, pp. 419~426).

프라이버시를 갖지 못하는 것, 수입이 없는 것, 그녀들을 숨 막히게 하는 인습, 교육의 기회를 갖지 못하는 것 등등이 너무나 큰 영향을 미친 나머지, 중산층은 우리의 걸출한 남성들을 배출하는 위대한 저수지이면서도 그들과 나란히 견줄 만한 여성들은 좀처럼 내놓지 못한 것이다.

레이디 스티븐[2]이 쓴 에밀리 데이비스 양[3]의 전기가 흥미로운 것은 인류 역사의 이 어둡고 알려지지 않은 장(章)을 조명해 준다는 데 있다. 데이비스 양은 1830년에 중산층 부모에게서 태어났다. 그녀의 부모는 아들들은 교육시킬 여유가 있었지만 딸들에게까지 그렇게 해줄 여유는 없었다. 그녀가 받은 교육은 당시 다른 목사의 딸들이 받은 교육과 비슷한 정도였으리라고 레이디 스티븐은 추정한다. 〈그녀들은 학교에 다녔는가? 아니다. 가정 교사가 있었는가? 아니다. 그녀들은 그저 기회가 되는 대로 이것저것 조금씩 배워 나갔다.〉하지만 그녀들이 받은 적극적 교육이 약간의 라틴어, 약간의 역사, 약간의 가사에 그쳤다 해도 별반 문제 될 것은 없었다.

---

2 Barbara Stephen(1872~1945). 플로렌스 나이팅게일Florence Nightingale(1820~1910)의 사촌으로 케임브리지 대학교의 거턴 칼리지에서 역사를 공부했고, 졸업 후 울프의 사촌인 해리 러싱턴 스티븐Harry Lushington Stephen(1860~1945)과 결혼했으며, 거턴 칼리지의 평의회 회원이자 운영 이사로 일했다.

3 Emily Davies(1830~1921). 목사의 딸로 태어나 페미니스트로서 여성 참정권 운동 및 여성의 대학 교육을 위해 헌신했으며, 거턴 칼리지의 공동 설립자이자 초대 학장이었다. 울프의 친구 마거릿 루엘른 데이비스Margaret Llewelyn Davies(1861~1944)의 고모이기도 했다.

그녀들을 숨 막히게 하고 기를 꺾은 것은 말하자면 소극적 교육이라 할 만한 것, 해도 되는 일이 아니라 하면 안 되는 일을 규정하는, 옥죄고 숨통을 조르는 교육이었다. 〈아마 그런 압박 아래서 고생해 본 여성들만이 《여자이니 별 기대를 걸지 않는다》는 말을 계속 듣는 데서 생겨나는 좌절의 무게를 이해할 수 있을 것이다. (······) 그런 가르침이 만들어 내는 분위기에서 살아 본 여성들만이 그것이 사람을 얼마나 숨막히게 하고 기를 꺾는지, 그것을 뚫고 용감하게 노력하는 것이 얼마나 힘든지 알 것이다.〉 그럼에도 남녀를 불문하고 모든 설교자와 지배자 들이 그런 신조를 표명하고 열심히 강화했다. 샬럿 욘지는 〈여성의 열등함에 대한, 그리고 여성이 그것을 자초했다는 데 대한 나의 전적인 신념을 선언하는 데 조금도 주저하지 않는다〉고 썼다.[4] 그녀는 에덴동산의 뱀과 관련된 고통스러운 사건을 여성들에게 상기시키며 그것이 여성들의 운명을 영원히 결정했다고 말한다. 빅토리아 여왕은 여성들의 권리라는 말을 듣기만 해도 어찌나 격분했던지 〈자신을 주체하지 못했다〉고 한다.[5] 그레그 씨는 〈여성이라는 존재의 본질은 남성들의 부양을 받고 남성들의 시중을 드

---

4 스티븐이 쓴 데이비스 전기의 서문에서 재인용. 영국 소설가 샬럿 욘지 Charlotte Yonge(1823~1901)의 『여성 *Womankind*』에 나오는 말.

5 스티븐의 책에서 재인용. 시어도어 마틴 Theodore Martin(1816~1909)의 『내가 아는 빅토리아 여왕 *Queen Victoria As I Knew Her*』에 나오는 일화.

는 것〉이라고 쓰면서 강조하는 밑줄을 그었다.[6]

그녀들에게 허용되는 다른 직업이라고는 가정 교사나 재봉사가 되는 것뿐이었고, 〈이 두 직업 모두 자연히 사람이 남아돌았다〉.[7] 만일 여성이 그림을 그리고 싶어 한다면 1858년까지만 해도 런던에는 여성이 그림을 배울 수 있는, 실제 모델을 쓰는 곳은 한 군데뿐이었다. 만일 음악에 소질이 있다면 피아노는 대개 있었지만 주된 목표는 기계적으로 숙달된 연주를 하는 것이었다. 트롤럽[8]이 한방에서 네 명의 젊은 여성이 서로 음이 맞지 않는 채 네 대의 피아노를 치는 장면을 묘사한 것은 그의 대부분의 작품이 그렇듯이 실제 상황에 기반을 둔 것일 터이다.[9] 글쓰기는 예술 분야 가운데 가장 접근하기 쉬운 것이라서 여성들은 글을 썼지만, 그녀들의 책은 그런 입장에서 세상을 바라보게 되는 어쩔 수 없는 시각에 깊이 영향받은 것이었다. 인정받지 못하는 일을 해야 하고 그나마도 방해받기 일쑤이며 여가 시간은 많지만 자기 시간은 거의 없고 자기 돈이라고는 아예 없었던, 이 무력한 여성들은 종교에서 위안과 소일거리를 찾거나, 그것도 안 되면

---

6   스티븐의 책에서 재인용. 정치 평론가 그레그W. R. Greg(1809~1881)의 「여성들은 왜 쓸데없는 말을 하는가?Why Are Women Redundant?」라는 글에 나오는 말.

7   스티븐의 책.

8   Anthony Trollope(1815~1882). 영국 소설가.

9   스티븐의 책. 음이 맞지 않는 네 대의 피아노를 치는 장면은 트롤럽의 소설 『미스 매켄지Miss Mackenzie』에 나온다.

나이팅게일이 말했듯 〈위험하기 짝이 없는, 항시적인 백일몽〉에 빠져들었다.[10] 몇몇 여성들은 차라리 노동 계급을 부러워했으며, 마티노 양은 자기 가족이 몰락한 것을 솔직히 기뻐하며 환영했다. 〈아침 식사 전에 또는 어떤 식으로든 남몰래 글을 써야 했던 내가 이제는 내 식대로 내 일을 할 자유를 갖게 되었다. 우리가 신사의 체면을 잃어버린 덕분이었다.〉[11] 하지만 부모에게나 딸들에게나 종종 예외가 생길 때가 마침내 찾아왔다. 예를 들면 리 스미스 씨는 딸 바버라에게 아들과 똑같은 돈을 주었다.[12] 그래서 그녀는 곧 선도적인 학교 하나를 열 수 있었다. 개릿 양은, 부모가 처음에는 충격을 받고 걱정하긴 했지만 딸이 성공하기만 하면 받아들이겠다는 조건으로 타협하여 의사가 될 수 있었다.[13] 한편, 데이비스 양에게는 여성의 교육을 개혁하려는 그녀의 결심에 동조하고 도와준 오빠가 있었다.[14] 이런 격려를 받은 세 젊은

10 스티븐의 책에서 재인용. 플로렌스 나이팅게일은 이렇게 말했다. 〈우리는 저 너무나 위험한, 항시적인 백일몽에 빠지지 않기 위해, 정신적으로 금욕하고 윤리적으로 자신을 닦달하며 지적인 말총 속옷을 입어야 한다.〉
11 스티븐의 책에서 재인용. 영국 최초의 여성 사회학자로 꼽히는 해리엇 마티노의 『자서전*Harriet Martineau's Autobiography*』에 나오는 말.
12 바버라 리 스미스 보디숑Barbara Leigh Smith Bodichon(1827~1891)은 국회의원 벤자민 리 스미스Benjamin Leigh Smith(1783~1860)의 딸로(플로렌스 나이팅게일의 외사촌이기도 했다), 여권 운동에 앞장섰으며 에밀리 데이비스와 긴밀히 협력하여 거턴 칼리지를 설립하는 데 기여했다.
13 엘리자베스 개릿 앤더슨Elizabeth Garrett Anderson(1836~1917)은 영국 최초의 여성 내과 및 외과 의사로, 런던 여성 의학교를 설립했으며 여성 참정권 운동에 동참했다.
14 에밀리의 오빠 존 루엘른 데이비스John Llewelyn Davies(1826~

여성이 19세기 중반에 일자리를 찾는 무직 여성들의 무리를 이끌기 시작했던 것이다.

하지만 한 성이 가진 권리와 소유에 대해 다른 성이 일으킨 전쟁은 결코 공격을 가해서 승리 또는 패배로 끝나는 간단명료한 것이 아니었다. 싸움의 수단도 목표도 분명하지 않고 제대로 인식되어 있지도 않았던 것이다. 가령 여성적 매력이라는 매우 강력한 무기가 있다. 여성들은 이것을 어떻게 사용할 것인가? 개럿 양은 자신이 〈온갖 자잘한 여성적 책략을 다 동원하여 의사들을 설득하려 할 때 자신이 너무 비참하게 느껴졌다〉고 편지에 썼다. 거니 부인은 그 어려움을 인정하면서도 〈철도 인부들 사이에서 마시 양이 거둔 성공〉은 주로 이 수단, 좋든 나쁘든 분명 엄청나게 중요한 수단에 의해 이루어진 것이라고 지적했다.[15] 그러니, 여성의 매력은 사용되어야 한다는 데 합의가 이루어진 것이었다. 이렇게 해서 우리는 우습고도 모욕적인 기이한 광경을 목도하게 된다. 바쁘고 진지한 여성들이 남성들의 눈을 즐겁게 하고 속이기 위해 수예나 크로케 놀이를 하는 것이다. 〈세 명의 사랑스러운 처녀들〉에게는 회합에서 눈에 띄는 맨 앞자리가 주어졌고,

---

1916)는 신학자요 기독교 사회주의자였다. 그의 딸이 울프의 친구 마거릿 루엘른 데이비스이다.

15 거니 부인이란 기혼 여성 재산법의 통과에 기여해 유명해진 하원의원 러셀 거니Russell Gurney(1804~1878)의 아내 에멜리아 거니Emelia Gurney (1823~1896)를 말한다. 인용문에 나오는 마시 양이란 누구인지 알 수 없다.

개럿 양 자신도 〈뭐든 시키는 대로 하는 게 본능인 처녀들 중 한 사람〉으로 거기 앉아 있었다. 이런 기만적인 수단으로 부딪쳐야 할 논쟁 자체는 극히 모호한 것이었다. 건드려서는 안 되는 〈처녀다움의 부드러운 만개〉라는 것이 있었다. 물론 정숙함과 그 시녀들인 순진무구함, 상냥함, 이타심, 공감도 있었다. 만일 여성들이 라틴어나 그리스어를 배우도록 허용된다면 이 모든 것이 침해받으리라는 것이다. 1864년에 『새터데이 리뷰 Saturday Review』는 남성들이 여성에게서 두려워하는 것과 여성에게 바라는 것을 설득력 있게 정리한 글을 실었다. 젊은 숙녀들로 하여금 지방 대학 시험을 보도록 한다는 생각은 〈거의 숨도 못 쉬게 한다〉고 필자는 썼다. 만일 여성들이 시험을 보아야 한다면 〈나이 지긋한 학식 갖춘 남성들〉이 시험관이라야 하고, 이 나이 든 신사들의 나이 든 부인들이 〈참관석에서 감독하는 입장〉을 맡아야 하며, 그러고서도 〈우등을 차지한 어여쁜 여성이 정당하게 우등상을 받았다는 사실을 세상 사람들한테 설득하기란 불가능에 가까우리라〉는 것이다. 〈진실인즉슨 교양을 갖춘 젊은 여성을 이 세상에서 가장 참을 수 없는 괴물로 느끼게 하는, 도저히 뿌리 뽑을 수 없는 강한 남성적 본능이 있기 때문〉이라고 그는 썼다.

데이비스 양이 싸워야 했던 것은 이처럼 질긴 뿌리를 갖고 있는 동시에 바다 안개처럼 잘 잡히지 않는 본능과 편견이었다. 그녀의 일상은 온갖 다양한 일로 채워졌다. 모금을 하고 편견과 싸우는 실제적인 노고 외에도, 학교의 설립을 앞두고 학생들이나 그들의 부모가 제기하는 미묘한 도덕적 질문에 대한 답을 찾아야만 했다. 예컨대 어느 어머니는 데이비스에게 자기 딸의 교육을 맡기되 딸이 〈아무 일도 없었던 것처럼〉 〈어떤 괴상한 일에도 물들지〉 말아야 한다는 조건을 내걸었다. 한편 학생들은 에든버러 급행열차가 히친[16]에서 차량을 하나 덜어 내는 것을 바라보거나 무거운 강철 롤러로 잔디를 고르는 일이 지겨워져서 축구 경기에 심취했으며, 교사들에게 자신들이 남자 복장을 하고 셰익스피어나 스윈번[17]의 희곡을 연기하는 것을 보아 달라고 초청하기도 했다. 이것은 실로 심각한 문제였다. 위대한 조지 엘리엇의 자문을 구했고 러셀 거니와 톰킨슨의 자문도 구했다. 그들은 그런 일은 너무나 비여성적이며, 햄릿을 공연하더라도 스커트를 입고 해야 한다고 결정했다.[18]

데이비스 양 자신은 단연 검소했다. 대학에 필요한 돈이 들어오면 절대 허투루 쓰지 않았다. 그녀는 방들이 필요했다. 젊음을 나른한 백일몽으로 허비하면서 집 안의 거실에서

---

16 Hitchin. 거턴 칼리지가 개교한 곳이며(1973년 케임브리지로 이전했다) 교통편으로 런던-에든버러 급행열차를 이용했다고 한다.

17 Algernon Charles Swinburne(1837~1909). 영국 시인, 평론가.

18 이 일화도 스티븐의 책에 나온다. 러셀 거니는 앞의 주 15 참조. 톰킨슨Henry Richard Tomkinson(1831~1906)은 여성 교육의 열렬한 지지자로 거턴 칼리지의 운영 위원 및 재정 이사를 지냈다.

지식의 부스러기를 줍는 불행한 소녀들이 들어와 살 방이 언제나 더 많이 필요했다. 〈데이비스 양이 학생들에게 주고자 했던 유일한 사치는 프라이버시였으니, 그녀가 보기에 프라이버시는 사치가 아니라 — 그녀는 사치를 경멸했다 — 필수품이었다.〉 하지만 각자에게 방 하나면 족했다. 데이비스 양은 학생들이 앉을 팔걸이의자나 감상할 그림이 필요하다고는 생각하지 않았다. 그녀는 일흔두 살이 될 때까지 숙소에서 검소하게 살았다. 그 나이에도 전투적이고 논쟁적이었으며, 그림이나 궁전보다 솔직히 베네치아에서 열리는 노동자 대회를 더 좋아했다. 그녀는 여성이 당하는 부당함에 대한 추상적인 열정에 불탔기 때문에, 사소한 개성들은 무시했으며 사회적인 경박함을 못 견뎌했다. 레이디 오거스타 스탠리[19]를 만난 후 그녀는 특유의 깐깐하면서도 매력적인 말투로 〈귀족들과 어울리는 게 그럴 만한 가치가 있는 일일까?〉라고 물었다. 〈레이디 스탠리의 집에 다시 갈 때는 새 모자를 사야겠다는 느낌이 대번에 들었어. 배울 게 많은 책 대신 모자나 마차에 돈을 쓰는 게 잘하는 일일까?〉라고 말이다. 데이비스 양은 어쩌면 여성적인 매력에서는 좀 부족했을지도 모르겠다.

여성적인 매력이 부족하다는 것은 레이디 오거스타 스탠

19 Augusta Stanley(1822~1876). 엘진 7대 백작의 딸로, 빅토리아 여왕의 시녀를 지냈으며, 웨스트민스터 참사회장 아서 스탠리Arthur Stanley(1815~1881)를 만나 결혼했다.

리에게는 해당되지 않는 비난이었다. 겉으로 보면 이 두 여성만큼 서로 닮은 데가 적은 사람도 없을 것이다. 사실 레이디 오거스타는 학문적인 면에서 보자면 데이비스 양이 옹호하는 중산층 여성보다 딱히 더 높은 교육을 받은 것도 아니었다. 하지만 그녀는 여러 세기 동안 소수의 귀족 계층 여성들이 누린 교육이 피워 낸 최상의 꽃이었다. 그녀는 파리에 있는 어머니의 살롱에서 훈련을 받았던 것이다. 그녀는 당대의 모든 탁월한 남성 및 여성 들과 대화를 나누었다. 라마르틴,[20] 메리메,[21] 빅토르 위고,[22] 드 브로이 공작,[23] 생트뵈브,[24] 르낭,[25] 제니 린드,[26] 투르게네프[27] 등등이 엘진 공작 부인[28]과 이야기를 나누러 방문했고, 그곳에서 그들은 그 집 딸들의 환대를 받았다. 그렇게 해서 그녀는 이후로 평생의 자원이 되어 줄 풍부한 감수성과 마르지 않는 공감을 계발했던 것이다. 켄트 여공작[29]의 집에 들어간 것은 아주 어렸을 때였고, 청춘기라 할 15년 동안 그곳에서 살았다. 15년 동안

20 Alphonse de Lamartine(1790~1869). 프랑스 시인.
21 Prosper Mérimée(1803~1870). 프랑스 소설가.
22 Victor Hugo(1802~1885). 프랑스 소설가.
23 Victor de Broglie(1785~1870). 프랑스 정치가, 외교관.
24 Charles-Augustin Sainte-Beuve(1804~1869). 프랑스 평론가.
25 Ernest Renan(1823~1883). 프랑스 철학자, 종교학자.
26 Jenny Lind(1820~1887). 스웨덴 여가수.
27 Ivan Turgenev(1818~1883). 러시아 소설가.
28 레이디 오거스타의 모친을 가리킨다.
29 빅토리아 여왕의 모친을 가리킨다. 레이디 오거스타의 첫 궁정 서한집이 1849년부터 시작되어 결혼한 해인 1863년에 끝나는 것을 보면, 그녀는 27세에 궁정에 들어가 15년을 살았던 것 같다.

그녀는 〈프로그모어 및 클라런스 하우스에서[30] 노인들의 조용하고 다정하고 단조로운 가정〉의 생명이자 영혼이었다. 아무 일도 일어나지 않았다. 그들은 마차를 타고 나갔고, 그녀는 시골 아이들이 아주 매력적이라고 생각했다. 그들은 산책을 했고, 공작 부인은 히스 꽃을 꺾었다. 집에 돌아오면 공작 부인은 피곤해했다. 하지만 그녀는 자매들에게 보낸 많은 편지 속에 마음을 풀어놓으면서 한순간도 불평하거나 다른 어떤 삶을 바라지 않았다.

그녀의 특별한 확대경으로 보면 왕가의 삶에서 일어난 아무리 작은 사건들도 극도로 참혹하거나 아니면 말할 수 없이 즐거웠다. 아서 왕자는 어느 때보다도 더 잘생겨 보이고 헬레나 공주는 너무나도 사랑스럽다. 에이다 공주는 조랑말에서 떨어졌다. 레오 왕자는 개구쟁이다. 사랑스러운 공작 부인은 녹색 우산을 원한다. 홍역이 지나간 줄 알았는데, 유감스럽게도 또다시 시작되려 한다. 이런 일들로 레이디 오거스타가 황홀과 절망을 번갈아 가며 탄성을 지르거나 항의하는 소리를 듣고 있노라면, 우리는 연로한 켄트 공작 부인한테 큰 소리로 책을 읽어 주는 것이 세상에서 가장 흥분되는 일이며 노부인들의 류머티즘과 두통이 제일가는 재난인 듯 여

---

30 프로그모어 하우스는 왕실 소유의 컨트리하우스로, 1840년 이후로는 여왕의 모친인 켄트 공작 부인이 살았다. 클라런스 하우스는 런던의 시티 오브 웨스트민스터에 있는 왕실 소유 저택으로, 역시 켄트 공작 부인의 집이 되었다.

기게 된다. 고도로 발달한 공감 능력이 오로지 개인적인 관계만을 향하게 되면, 마치 온실과도 같은 분위기 속에서 세세한 가정사가 엄청난 비중으로 확대되며 죽음과 질병의 온갖 세부들에 탐닉하게 된다. 이 책에서 질병과 결혼에 할당된 비중은 예술, 문학, 정치에 대한 언급들을 완전히 능가한다. 그것은 여성들이 쓴 소설이 그렇듯이 온통 개인적이고 감정적이며 세세한 내용들로 가득 차 있다.

그레그 씨와 『새터데이 리뷰』를 비롯해 엄한 교육을 최대한 받은 많은 남자들이 보전되기를 바란 것은 바로 이런 삶, 이런 분위기였다. 그들에게는 그럴 만한 이유도 있을 것이다. 사실 대학의 학장이 우리에게 알려진 최고의 인간상이라고 확신하기는 어렵다. 그리고 평범한 것을 확대하고 지루한 것을 빛나게 하는 레이디 오거스타의 능력 이면에는 매우 고된 모종의 교육이 있는 것 같다. 그렇다 하더라도 이 두 여성을 나란히 놓고 볼 때, 데이비스 양의 한 달간의 삶이 레이디 오거스타의 전 생애보다 더 많은 흥미와 즐거움과 유용함을 지니고 있다는 데 의심의 여지가 없다. 그런 사실의 기미가 윈저 성의 레이디 오거스타의 귀에까지 들어갔던 것 같다. 어쩌면 구식 여성으로 사는 것은 다소 지치고 아주 만족스러운 일이 아니었을 수도 있다. 어쨌든 레이디 오거스타는 다른 삶의 가능성에 대한 풍문을 들었던 것 같다. 그녀는 문인들과의 교제를 좋아한다고 말했다. 그리고 놀랍게도 〈나는 대학의 일원이 되고 싶었다고 늘 말했지요〉라고 덧붙였다. 여하튼 오거스타 스탠리는 데이비스가 여성을 위한 대학 교육을 계획했을 때 그녀를 최초로 지원한 사람들 중 한 사람이었다. 데이비스는 사고 싶은 책을 포기하고 모자를 샀을까? 모든 점에서 너무도 달랐던 이 두 여성은 여성의 교육을 위해 함께했던 것일까? 그렇게 생각하고 싶다. 중산층 여성과 귀족 여성의 연합을 통해 생겨난 어떤 놀라운 미래의 불사조를 상상하고 싶다. 새로운 효율성과 구식의 상냥함을, 불굴의 데이비스가 지녔던 용기와 레이디 오거스타의 매력을 결합할 불사조 말이다.

여성 노동자 조합의 추억[1]

당신이 내게 일하는 여성들의 글을 모은 책에 서문을 써
달라고 했을 때, 나는 아무 책에나 서문을 쓰니 차라리 물
에 빠져 죽겠다고 대답했지요. 책이란 모름지기 자기 발로
서야 한다는 것이 내 주장이었습니다(그리고 그것이 건전한
주장이라고 여전히 생각합니다). 만일 여기에는 서문, 저기
에는 서론 하는 식으로 떠받칠 필요가 있는 책이라면, 한쪽
다리 밑에 접은 종이를 끼워 넣어야 하는 기우뚱한 테이블만
큼의 존재 이유밖에 없을 겁니다. 하지만 당신은 내게 그 글
들을 갖다 주었고, 나는 그것들을 뒤적여 보다가 이 경우에

---

1 여성 노동자 조합의 간사이던 마거릿 루엘른 데이비스의 요청으로, 여
성 노동자들의 문집에 실을 서문으로 쓴 글. 1930년 9월 『예일 리뷰*Yale
Review*』에 먼저 실렸고, 데이비스가 지적하는 사항들을 일부 수정하여 『우리
가 겪어 온 인생*Life as We Have Known*』(1931)이라는 문집의 서문으로 실렸
다. 애초 의도대로 문집의 서문으로 실린 글을 번역했다("Memories of a
Working Women's Guild", *Essays V*, pp. 225~241). 『예일 리뷰』 버전과 다소
차이가 있다.

는 그런 주장이 맞지 않는다는 생각이 들었습니다. 이 책은 그냥 책이 아니니까요. 그래서 페이지를 넘겨보다가 이게 그냥 책이 아니라면 대체 뭔가 하는 의문이 들기 시작했습니다. 어떤 특징이 있는 걸까? 어떤 생각들을 시사하는 걸까? 어떤 해묵은 논쟁과 추억 들을 불러일으키는 걸까? 그리고 이 모든 생각은 서론이나 서문과는 무관하게 당신과 또 지난날의 몇몇 장면들을 떠올리게 해주었으므로, 나는 손을 뻗어 종이 한 장을 집어 들고, 대중이 아니라 당신에게 보내는 다음과 같은 편지를 썼습니다.

당신은 잊어버렸겠지요(라고 나는 썼습니다). 1913년 뉴캐슬에서의 어느 뜨거운 여름 아침을요.[2] 아니면 적어도 내가 기억하는 것을 기억하고 있지는 않을 겁니다. 당신은 나와 다른 일로 분주했으니까요. 당신의 주의는 온통 녹색 테이블과 여러 장의 서류와 종(鐘)에 쏠려 있었습니다. 게다가 당신은 자주 방해를 받았습니다. 런던 시장의 의장용 목걸이 같은 것을 어깨에 두른 한 여성이 아마 당신의 오른쪽에 앉았던 것 같습니다. 다른 쪽에는 만년필과 서류 가방 외에 다른 공식적 표장은 없는 여성들이 있었습니다 — 아마 당신 왼쪽에 앉아 있었겠지요. 곧 거기 연단 위에는 잉크스탠드와 물컵 등이 놓인 테이블들이 한 줄을 이루었고, 우리 수백 명

2 울프 내외는 1913년 6월 9~11일 뉴캐슬에서 열린 여성 노동자 조합 연례 총회에 참석했다.

202

이나 되는 청중은 발소리에 의자 끄는 소리까지 요란한 가운데 시 관할의 어느 널찍한 건물의 강당을 가득 채우고 있었습니다. 하여간 회의가 시작되었습니다. 아마 오르간 연주가 있었고, 노래도 불렀던 것 같습니다. 이윽고 말소리, 웃음소리가 뚝 그쳤습니다. 종을 치자 누군가 일어나는가 싶더니, 한 여자가 우리 가운데를 헤치고 나아가 연단에 올랐습니다. 그녀는 정확히 5분 동안 말하고 내려갔습니다. 그녀가 자리에 앉자마자 또 다른 여자가 일어나 연단에 올라서 정확히 5분 동안 말하고 내려갔고, 그러고는 세 번째, 또 그러고는 네 번째 하는 식으로 연사들이 속속 나타났습니다. 한 사람은 왼쪽에서, 다른 사람은 오른쪽에서, 또 다른 사람은 중앙에서, 그리고 또 다른 사람은 뒤쪽에서 일어나 제각기 연단으로 나가서 할 말을 하고는 다음 사람에게 차례를 넘겼습니다. 그런 규칙적인 진행에는 뭔가 군대 같은 데가 있었습니다. 차례로 일어나 라이플로 표적을 겨누는 것이 마치 사격병들 같다고 나는 생각했습니다. 때로 표적에서 빗나가면 왁자하게 웃음이 일었고, 때로 표적에 명중하면 박수갈채가 터져 나왔습니다. 하지만 표적을 맞추든 못 맞추든 조심스레 조준하는 것은 마찬가지였지요. 대강 해치우는 법이 없었고, 손쉬운 미사여구를 늘어놓는 법도 없었습니다. 연사는 자신의 주제를 잘 준비하여 연단으로 나아갔으며, 그 얼굴에는 결심과 결의가 새겨져 있었습니다. 다시 종이 울리기 전에

해야 할 말이 너무나 많기 때문에 한순간도 허비할 수가 없었습니다. 기다리던, 아마도 여러 달 동안 기다려 온 순간이 온 것입니다. 그 순간을 위해 그녀는 모자와 신발과 옷을 준비했고, 그래서 그 차림새에는 신중한 산뜻함이 깃들어 있었습니다. 하지만 무엇보다도 중요한 것은 그녀가 자기 생각이자 자기 지역구의 생각을, 데번셔에서, 서식스에서, 또는 요크셔의 어느 광산촌에서 자신들의 생각을 대신 말해 달라고 뉴캐슬로 그녀를 보낸 다른 여성들의 생각을 말할 순간이 왔다는 것이지요.

그렇듯 넓은 지역에 퍼져 있는 지성이 힘차고 활동적인 지성이라는 사실이 곧 명백해졌습니다. 1913년 6월에 그 지성은 이혼법의 개혁에 대해, 토지 가치세 부과에 대해, 최저 임금에 대해 생각하고 있었습니다. 모성 보호에 대해, 임금 위원회 법에 대해, 14세 이상 청소년의 교육에 대해 관심을 갖고 있었고, 정부가 성인의 선거권을 보장해야 한다는 것을 만장일치로 지지하고 있었습니다. 한마디로 온갖 종류의 공적인 문제에 대해 관심을 가지고, 건설적으로, 투쟁적으로 생각하고 있었습니다. 애크링턴은 핼리팩스와, 미들즈브러는 플리머스와 의견이 일치하지 않았습니다. 논쟁과 반대가 있었고, 결의안이 통과되지 않자 수정안이 가결되었습니다. 치켜든 손들이 검(劍)처럼 빳빳했고, 아침나절은 종소리에 따라 정확히 5분 길이로 잘렸습니다.

그런데 — 17년이라는 세월을 거슬러, 런던과 그 밖의 지역으로부터, 연설을 하기 위해서가 아니라 들으러 왔던 당신의 손님들의 마음속에 오갔을 생각들을 정리해 봅시다 — 그 회의는 도대체 무엇을 위한 것이었을까요? 그 의미는 무엇이었을까요? 그 여자들은 이혼과 교육과 투표권을 요구했고, 다 좋은 일들이었습니다. 그녀들은 또한 임금 인상과 근무 시간 단축을 요구했으니, 그보다 더 지당한 일이 어디 있겠어요? 하지만 그 모든 것이 그토록 지당한데도, 그중 상당 부분은 설득력이 있고 어떤 부분은 유머러스하기까지 했는데도, 당신의 방문객들의 마음속에는 묵직한 불편함이 생겨나 이리저리 요동하고 있었습니다. 이 모든 질문이 — 아마도 이것이 그 바닥에 있었을 텐데 — 이곳 사람들에게는 그토록 중요한 위생과 교육과 임금 문제, 1실링을 더 달라는 요구, 학교에서 1년을 더 배우게 해달라는 요구, 카운터나 방앗간에서 아홉 시간 대신 여덟 시간을 일하게 해달라는 요구가 내게는 전혀 피와 살로 와닿지 않았던 것입니다. 그들이 요구하는 모든 개혁이 바로 이 순간 허락된다 하더라도, 내 안락한 자본주의적 머리의 머리칼 한 가닥 건드리지 못할 것이었어요. 그러니까 내 관심은 얄팍한 이타주의에 지나지 않았습니다. 엷게 퍼져 있는, 희미한 달빛 같은 것이었지요. 거기에는 뜨거운 피도 급박함도 없었습니다. 내가 아무리 열심히 손뼉을 치고 발을 구른다 해도, 그 소리에는 나를 배반

하는 공허함이 있었습니다. 나는 호의적인 구경꾼일 뿐이었어요. 나는 배우들로부터 어쩔 수 없이 단절되어 있었지요. 나는 군중으로부터 낙오된 채, 위선적으로 손뼉을 치고 발을 구르며 앉아 있었습니다. 게다가 내 이성은(1913년이었다는 걸 기억해 주세요) 어떤 결의안이 만장일치로 채택된다 하더라도 그 발 구르기와 손뼉 치기는 공허한 소음이라는 생각이 자꾸만 들게 했습니다. 그 소리는 열린 창 밖으로 나가서 저 아래 뉴캐슬의 자갈길 위를 오가는 화물차의 덜컹거림이나 말발굽 소리 같은 알아들을 수 없는 소란함의 일부가 될 터였습니다. 정신은 활발하고 공격적일 수 있을지 모르지만, 정신에는 몸이 없고 그 의지를 관철할 팔다리가 없지요. 그 모든 청중 가운데, 일하고 자식을 낳고 청소하고 요리하고 물건 값을 흥정하는 그 모든 여성들 가운데, 투표권을 가진 여성은 단 한 사람도 없었습니다. 그러니 원한다면 얼마든지 총을 쏠 수야 있겠지만, 어떤 표적도 맞추지 못하겠지요. 공포탄만 들어 있었으니까요. 그 생각을 하자 몹시 짜증이 나고 울적해졌습니다.

시계가 11시 반을 알렸습니다. 그러니까 아직 여러 시간이 남아 있었지요. 오전 11시 반에 이렇게 짜증이 나고 울적한 상태가 되었다면, 오후 5시 반에는 어떤 권태와 절망의 나락에 빠지게 될까요? 어떻게 이런 말잔치에 끝까지 앉아 버틸 수 있을까요? 무엇보다도 어떻게 당신에게, 우리를 초대한 주최자인 당신에게, 당신의 회합이 참을 수 없이 사람을 울적하게 하므로 가장 이른 기차를 타고 런던으로 돌아가겠노라고 알릴 수 있을까요? 유일한 가능성은 뭔가 마법 같은 태도의 변화가 일어나 이 몽롱하고 공허한 연설들을 피와 살을 갖춘 실체로 만들어 주는 데 있었습니다. 그러지 않고서야 그 연설들은 여전히 견딜 수 없는 것이었습니다. 하지만 아이들이 하는 게임을 한다고 가정해 봅시다. 아이들이 하듯이 〈~라고 하자〉고 하는 것이지요. 연사를 바라보며 〈내가 더럼에서 온 자일스 부인이라고 하자〉고 자신에게 되뇌는 것이지요. 그 이름을 가진 한 여성이 막 우리를 향해 이렇게 말하던 참이었습니다. 〈저는 광부의 아내입니다. 남편은 검댕 범벅이 되어서 집에 와요. 먼저 목욕부터 해야지요. 그러고 나서 저녁 식사를 해야 합니다. 하지만 목욕물을 솥에 데워야 해요. 제 화덕은 냄비들로 북적이지요. 일이 안 돼요. 제 단지들은 또다시 먼지로 뒤덮이고 말아요. 도대체 왜 온수와 전기를 끌어올 수 없는 거지요. 중산층 여성들은 이미…….〉 그래서 나는 벌떡 일어나 〈노동을 절약하는 설비와 주택 개선〉을 열정적으로 요구합니다. 더럼의 자일스 부인이 되어서, 베이컵의 필립스 부인이 되어서, 울버턴의 에드워즈 부인이 되어서 일어나는 거지요. 하지만 결국 상상력이라는 것도 육체의 산물이니, 세탁 대야 앞에 서보지 않은 몸으로는, 빨래도 걸레질도 해본 적 없고 광부의 저녁 식사가 될 고기를 다져 본 적 없는 손으로는, 더럼의 자일스 부인이 될 수가 없었습니다. 그러니 그 그림은 엉뚱한 것이 될 수밖에요. 우리는 안락의자에 앉아서 책을 읽었지요. 그리스나 이탈리아를 여행하며 산과 바다의 풍경을 보았고요. 자일스 부인이나 에드워즈 부인이 탄광촌의 광석 찌꺼기와 슬레이트 집들을 보고 있었을 때 말입니다. 그녀들의 세계가 아닌 세계로부터 무엇인가가 줄곧 기어들어 그림의 진정성을 해치고, 그 게임을 애써 해볼 만한 가치가 없는 것으로 만들어 버립니다.

사실 이런 가공의 초상화들은 실제 사람들 — 토머스 부인, 랭그리시 부인, 헵던 브리지의 볼트 양 — 을 흘긋 보기만 해도 고칠 수 있었지요. 그리고 이 여성들은 지긋이 바라볼 만한 가치가 있었습니다. 확실히 그녀들의 삶에는 안락의자도 전기도 온수도 없었던 것이 사실입니다. 그녀들의 꿈속에 그리스의 언덕이나 지중해의 만은 나오지 않았습니다. 빵집이나 정육점에서 주문을 받으러 오지도 않았지요. 그녀들은 주 단위로 오는 청구서를 지불하기 위해 수표에 서명하지도 않았고, 전화로 오페라의 저렴하지만 적당한 자리를 예약하지도 않았어요. 만일 여행을 한다 해도, 배낭에 음식을 담고 아기를 안은 채 다녀오는 당일치기 소풍이 고작이었고요. 그녀들은 집 안을 한 바퀴 돌아보며 저 커버는 세탁소에 보내고 저 시트는 바꾸라든가 하고 지시하지 않았습니다. 그녀들은 걷어붙인 팔을 더운물에 담그고 직접 빨래를 했습니다. 그 결과 그녀들은 다부지고 억센 몸집, 큼직한 손을 갖게 되었고, 느릿하고 묵직하게 움직이다가 종종 뻣뻣한 동작으로 등받이가 딱딱한 의자에 무너지듯 주저앉곤 했습니다. 그녀들의 손길은 무엇을 만져도 섬세하지 않았지요. 종이도 연필도 마치 빗자루나 되는 것처럼 움켜쥐었습니다. 그녀들의 얼굴은 단단하고 깊은 주름살이 잡혀 굴곡이 완연했고, 근육은 항상 팽팽하게 긴장되어 있는 것만 같았습니다. 그녀들의 눈은 마치 무엇인가를 — 끓어넘치는 냄비나 짓궂은 장난을 치려는 아이들을 — 실제로 응시하는 듯이 보였습니다. 그녀들의 입가에는 정신이 현재에 대해 완벽한 평안을 누릴 때 나타나는 가볍고 무심한 감정이 결코 나타나지 않았습니다. 전혀 초연하지도, 편안하지도, 코즈모폴리턴 같지도 않았습니다. 그녀들은 한곳에 뿌리내린 토착민입니다. 그녀들의 이름 자체가 들판의 돌들처럼 흔하고 잿빛으로 닳아 희미해져서 일체의 연상이나 낭만의 광휘가 떨어져 나간 것이었지요. 물론 그녀들도 욕조와 오븐과 교육과 주당 16실링이 아닌 17실링을 원했습니다. 그리고 자유와 공기를, 또 그리고……. 〈그리고〉라고 스페니무어의 윈스럽 부인은 마치 후렴구처럼 되돌아오는 이런 생각 사이로 비집고 들듯이 말했습니다. 〈우리는 기다릴 수 있습니다.〉 〈그래요〉 하고 그녀는 마치 너무나 오래 기다려 왔기 때문에 저 앞에 목표가 보이는 한 그 기나긴 밤샘의 끝자락쯤은 아무것도 아니라는 듯이 말했습니다. 〈기다릴 수 있고말고요.〉 그러고는 뻣뻣한 동작으로 연단에서 내려가 자기 자리로 들어갔습니다. 자기가 가진 가장 좋은 옷을 차려입은 나이 지긋한 여성이었습니다.

뒤이어 포터 부인이 말했고, 엘픽 부인이 말했고, 에지배스턴의 홈스 부인이 말했습니다. 회의는 그런 식으로 계속되어, 무수한 연설 끝에, 기다란 식탁을 둘러싼 수많은 공동 식사와 수많은 논의 끝에, 세계는 꼭대기부터 밑바닥까지 다양한 방법으로 개혁되어야 한다는 결론이 났습니다. 조합용 잼이 병에 담기고 조합용 비스킷이 만들어지는 것을 둘러본 후, 몇 곡인가 노래를 부르고 깃발을 흔들며 예식을 치른 후, 새로운 의장이 지난번 의장으로부터 키스와 함께 직무를 나타내는 목걸이를 받았습니다. 그러고는 회의가 끝났고, 시계가 째깍거리는 5분 동안 그토록 용감하게 일어나서 그토록 담대하게 연설했던 회원들은 뿔뿔이 흩어져 요크셔와 웨일스, 서식스와 데번셔로 돌아갔습니다. 입었던 나들이옷을 옷장에 걸고, 다시 세탁 대야에 손을 담갔지요.

거기서 충분히 표출되지 못한 생각들이 그해 여름 나중에 다시 토의되었는데, 이번에는 깃발이 걸리고 시끌시끌한 회의장에서가 아니었습니다. 조합 본부 — 연사들과 서류들과 잉크스탠드들과 물컵들이 다 거기서 나왔겠지요 — 는 당시

햄스테드에 있었습니다. 당신이 어쩌면 잊어버렸을까 봐 다시 상기시켜 드리자면, 당신이 우리를 그리로 초대했습니다. 와서 회의가 어땠는지 인상을 말해 달라는 요청이었습니다. 하지만 나는 18세기의 조각과 벽널로 장식된 그 고풍스러운 저택의 입구에서 멈칫했습니다. 실제로도 걸음을 멈추었던 것이, 우리는 키드 양을 만나지 않고는 들어갈 수도 위층으로 올라갈 수도 없었으니까요. 키드 양은 바깥 사무실에서 타자기 앞에 앉아 있었습니다. 그녀는 말하자면 다른 사람들의 일에 간섭하러 오는 참견쟁이 중산층 시간 낭비자들을 막아 내기 위한 문지기 개 역할을 자임하고 있었던 것이지요. 그래서였는지 그녀는 독특한 색조의 진한 자줏빛 옷을 입고 있었는데, 그 색깔이 어딘가 상징적으로 보였습니다. 그녀는 키가 아주 작았지만, 이마에 드리운 묵직함과 옷차림에서 배어나는 듯한 침울함 때문에 아주 육중해 보이기도 했습니다. 세상 근심의 남달리 큰 몫이 그녀의 어깨를 찍어 누르는 듯했습니다. 타자기를 두드릴 때면, 그녀는 그 도구를 사용해 무심한 우주를 향해 불길한 예언의 메시지를 보내고 있는 것처럼 느껴졌습니다. 하지만 그녀는 누그러졌고, 침울함이 누그러지면 으레 그렇듯이 그녀의 태도 역시 문득 매력적으로 비쳤습니다. 이윽고 우리는 위층으로 올라갔고, 위층에서는 전혀 다른 인물인 릴리언 해리스를 만났습니다. 그녀는 커피색 옷을 입은 덕분인지, 아니면 잔잔한 미소 덕분인지, 또 아니면 수많은 담배꽁초가 쌓인 재떨이 덕분인지, 초연함과 태연자약함 그 자체로 보였습니다. 조합 회의에서 해리스 양의 역할이란 가장 먼 핏줄에 대한 심장의 역할과도 같다는 것을, 뉴캐슬 회의를 가동시킨 모터가 그녀 없이는 돌아가지 않았으리라는 것을, 그 복잡다단하고 질서 정연한 여성들의 모임을 소집하고 선별하고 초대하고 주선한 것이 그녀였다는 것을 몰랐다면, 그녀의 모습은 우리에게 별다른 감명을 주지 않았을 것입니다. 그녀에게서는 그럴 만한 점이 전혀 보이지 않았지요. 그저 우표 몇 장을 혀로 핥아 봉투에 붙였는데, 그녀가 좋아하는 일이라는 것을 그녀의 태도로 보아 알 수 있었습니다. 의자에서 서류를 치우고 찬장에서 찻잔을 가져온 것도 해리스 양이었습니다. 그녀는 여러 수치(數値)에 대한 질문에 대답하고, 틀림없이 정확한 문건 파일을 꺼냈으며, 별말 없이 앉아서 오가는 말에 조용한 이해를 보이며 귀를 기울였습니다.

여러 시기에 여러 곳에서 이루어졌던 여러 차례의 토의를 한 장면으로 겹쳐서 몇 줄로 간단히 정리해 보겠습니다. 우리는 말하기를 — 그때는 당신도 안쪽 방에서 나와 있었어요. 그런데 키드 양이 자주색, 해리스 양이 커피색이라면, 당신은 회화적으로 말해서(더 직설적으로 말하기는 어렵네요) 물총새처럼 파랗고 그 재빠른 새만큼이나 날래고 단호했어요 — 우리는 그때 말하기를, 조합 회의는 아주 다양한 성격의 생각들을 불러일으켰다고 했습니다. 계시인 동시에 환멸이었다고, 굴욕감과 분노를 느꼈다고요. 우선, 그녀들의 이야기는 모두, 또는 적어도 대부분이 사실이었어요. 그녀들은 욕조와 돈을 원해요. 우리의 정신은 비록 대단찮을망정 자본이 허락하는 짧은 동안이나마 자유롭게 날고자 하는데, 그런 우리에게 그 편협한 탐욕과 욕망의 구도에 자신을 비끄러매라고 기대한다는 것은 불가능한 일이에요. 우리에게는 욕조도 돈도 있지요. 그러니 우리가 아무리 그녀들에게 공감한다 해도 우리의 공감은 다분히 허구적이에요. 그것은 심미적 공감, 눈과 상상력의 공감이지 심장과 신경의 공감이 아닌데, 그런 공감은 항상 신체적으로 불편한 법이에요. 대체로 이런 얘기였는데, 우리는 그게 무슨 뜻인지 좀 더 깊이 생각해 보기로 했습니다. 조합 여성들은 보기만 해도 감탄스러워요. 이브닝드레스를 입은 여성들이 훨씬 아름답기야 하지만, 그녀들에게는 일하는 여성들이 가진 조각 같은 뚜렷함은 없지요. 그리고 일하는 여성들은 표정의 범위가 훨씬 좁기는 하지만, 그녀들의 표정에는 비극이든 유머이든 힘과 강인함이 있어요. 상류층 여성들에게서는 찾아볼 수 없는 것이지요. 그렇지만 여전히 상류층 여성의 장점은 있어요. 그녀들은 모차르트와 아인슈타인을, 즉 수단이 아니라 목적인 것을 원하지요. 그러니까 몇몇 연사들이 그랬듯이 상류층 여성들을 조롱하고 그녀들의 섬세한 척 고상 떠는 말투나 그녀들이 즐겨 〈리얼리티〉라 부르는 것에 대한 알량한 지식을 흉내 내는 것은, 어리석을 뿐 아니라 조합 회의의 목적 전체를 그르치는 일이지요. 왜냐하면 그렇게 어느 모로 보나 일하는 여성이 되는 편이 더 낫다면, 계속 그렇게 살면서 부와 안락이 가져다줄 오염에 물들지 않으면 될 테니까요. 그럼에도 우리는 편견과 주거니 받거니 한 찬사들과는 별도로, 조합 회의에 온 여성들에게는 상류층 여성들에게 없는 무엇인가가 있다고, 바람직하고 자극적이고 그러면서도 정의하기 어려운 그 무엇이 있었다고 입을 모았습니다. 〈삶과의 접촉〉이라든가 〈사실들과 직면하기〉라든가 〈경험으로부터 배우기〉라든가 하는 미사여구로 쉽게 빠져들고 싶지 않습니다. 그런 말은 항시 듣는 사람을 소외시킬 뿐 아니라, 일하는 남성이나 여성이 화가가 붓으로, 작가가 펜으로 하는 것보다 더 열심히 일한다거나 더 긴밀히 현실과 접촉하고 있다고는 말할 수 없으니까요. 하지만 그녀들이 지닌 자질은, 이런저런 말이나 웃음이나 언뜻 스쳐 간 동작으로 미루어 판단컨대, 셰익스피어가 누렸을 바로 그런 자질입니다. 그가 교양 있는 사람들의 화려한 살롱에서 빠져나와 롭슨 부인의 부엌에서 농담을 즐기는 장면을 그려 볼 수 있지요. 정말이지 당신의 조합 회의에서 우리가 받은 가장 신기한 인상 중 하나는 〈가난한 사람들〉, 〈노동 계층〉 또는 다른 어떤 이름으로 부르더라도, 이들은 전혀 짓밟히고 불만으로 가득 찬, 지칠 대로 지친 사람들이 아니었다는 것이었어요. 그녀들은 유머러스하고, 힘차고, 철저히 독립적이었습니다. 그러니까 주인이나 안주인 또는 고객으로서 카운터를 사이에 두고서가 아니라 같은 소원과 목표를 가진 동료로서 만날 수만 있다면, 더 큰 해방이 따라올 것이고, 어쩌면 우정과 공감도 생겨날 것입니다. 그 여성들의 어휘 가운데는 우리 어휘 중에서 시들어 버린 말들이 얼마나 많이 숨어 있을까요! 그녀들의 눈 속에는 우리 눈에 보이지 않는 얼마나 많은 광경들이 잠들어 있을까요! 그녀들은 일찍이 인쇄된 적 없는 이미지와 속담과 격언 들을 여전히 사용하고 있으며, 우리가 잃어버린, 새로운 것들을 만드는 힘을 여전히 간직하고 있을 거예요. 회의 때 들은 연설들 중에는 공적인 모임이라는 무게조차도 완전히 눌러 펴지 못한 예리한 말들이 많았답니다.

하지만 우리는 여기서 — 아마도 페이퍼 나이프를 만지작거리며 또는 괜스레 난롯불을 쑤석거리는 것으로 우리의 불만을 표시하며 — 말했던 것 같습니다. 그게 다 무슨 소용이냐고요. 우리의 공감은 허구적인 것일 뿐 진짜가 아닌데요. 빵집에서 주문을 받아 가고, 수표로 청구서를 지불하고, 세탁물을 내보내고, 간과 허파도 구별하지 못한다는 이유로, 우리는 영원히 중산층의 한계 안에 갇혀서, 연미복을 입고 실크 스타킹을 신으며 경우에 따라 주인님이나 마님으로 불리지요. 실제로는 그저 존이나 수전일 뿐인데 말이에요. 그리고 그녀들 역시 똑같이 박탈당한 상태이지요. 우리는 그녀들이 우리에게 주는 만큼이나 그녀들에게 줄 것이 있어요. 위트나 초연함, 교양이나 시 같은, 초인종에 대답해 본 적도 없고 기계를 다루어 본 적도 없는 사람들이 나면서부터 누리는 모든 좋은 선물들 말입니다. 하지만 그 장벽은 넘을 수가 없습니다. 아마 회의에서 우리를 가장 괴롭힌 것은(당신도 가끔 어떤 불편함을 의식했을 거예요) 그녀들의 이런 힘이, 이따금 껍질을 깨뜨리고 겁 없이 이글대는 불길로 표면을 핥는 이 억눌린 열기가 터져 나와 우리를 한꺼번에 녹여 버릴 거라는 생각이었지요. 그러면 삶은 더 풍부해지고 책들은 더 복잡해지며 사회는 그 소유물을 나누는 대신 공유하게 될 테지요. 이 모든 일이 당신과 해리스 양과 키드 양 덕분에 반드시 아주 크게 일어날 것입니다 — 단, 우리가 죽은 다음에요.

그래서 그날 오후 조합 사무실에서 우리는 허구적인 공감의 본질을 설명하고, 그것이 진짜 공감과 어떻게 다른지, 그리고 그것이 같은 중요한 감정들을 무의식적으로 공유하는 데 기초하고 있지 않다는 점에서 어떤 결함을 갖는지를 설명해 보려 했던 것입니다. 우리는 중산층 방문객이 어쩔 수 없이 노동 계층 여성들의 회의를 말없이 참관해야 했을 때 겪게 되었던 그 모순되고 복잡한 감정들을 묘사해 보려 했습니다.

아마도 이 대목에서 당신이 서랍을 열고 종이 뭉치를 꺼

냈던 것 같습니다. 당신은 그것을 묶은 끈을 대번에 풀지 않았지요. 당신은 말하기를, 이따금 태워 버릴 수 없는 편지들을 받는다고 했어요. 이따금 조합 여성들이 당신의 제안에 따라 자기 삶에 대한 글을 썼다고 했습니다. 어쩌면 그 글들이 흥미로울지도 모른다고, 그 글들을 읽으면 그녀들이 더 이상 상징이 아니라 살아 있는 개인들이 되리라고 당신은 말했습니다. 하지만 그 글들은 집안일을 하는 틈틈이 쓰인 것이라 아주 단편적이고 비문법적이라고도 했습니다. 당신은 그 편지들을 다른 사람들에게 보이는 것이 그녀들의 신뢰를 배신하는 일인 것만 같아서 대번에 건넬 기분이 들지 않는다고 했습니다. 그녀들의 교양 없음이 당혹스러울지도 모르고, 글 쓸 줄 모르는 사람들의 글이라 — 당신이 그쯤 말했을 때 우리가 끼어들었습니다. 첫째, 모든 영국 여성은 글을 쓸 줄 안다, 둘째, 만일 글을 쓸 줄 모른다 해도 그녀가 자신의 삶을 주제로 삼아 소설이나 시가 아니라 진실을 쓰기만 한다면 우리는 강한 흥미를 느낀다, 한마디로 당장 그 종이 뭉치를 읽어 봐야겠다고 말입니다.

우리가 그렇게 조르자 당신은 무척 뜸을 들이다가 한참 만에야 — 그사이에 전쟁도 일어났고, 키드 양도 죽었고, 당신과 릴리언 해리스는 조합에서 은퇴했으며, 당신은 작은 함에 든 감사의 표시를 받았지요. 수천 명의 여성이 당신 덕분에 자신의 삶이 달라졌다고, 죽는 날까지 당신에게 감사한다

고 말하고자 했습니다 — 이 모든 일들이 있은 후에야 마침
내 그 종이 뭉치를 한데 모아 지난 5월 초에 내 손에 넘겼습
니다. 그것은 타자기로 깨끗이 정리되어 있었고 중간중간 스
냅 사진, 빛바랜 사진들도 들어 있었습니다. 드디어 그 글들
을 읽기 시작했을 때, 내 마음의 눈에는 십여 년 전 뉴캐슬에
서 그토록 당혹감과 호기심을 가지고 지켜보았던 여성들의
모습이 떠오르기 시작했습니다. 하지만 그녀들은 더 이상 제
일 좋은 나들이옷을 입고 뉴캐슬의 회의장 연단에서 청중을
향해 말하고 있지 않았습니다. 그 뜨거운 6월의 어느 하루
는 깃발 날리던 예식과 더불어 사라져 버리고, 그 대신 거기
섰던 여성들의 지난날을 돌아보게 되었습니다. 광부의 네
칸짜리 집, 소상인과 농부들의 집, 50~60년 전의 들판과 공
장들을 들여다보았습니다. 가령 버로스 부인은 여덟 살 때
40~50명의 아이들과 함께 링컨셔의 소택지에서 일했는데,
한 노인이 〈잊지 않고 휘둘러 대는〉 긴 채찍을 손에 들고 아
이들을 따라다니며 감독했답니다. 놀라운 이야기였습니다.
대부분의 여성들이 일곱 살이나 여덟 살 때 일을 시작해서
토요일이면 현관 앞 계단을 물청소하고 1페니를 벌었으며,
제철소 사람들에게 저녁 식사를 날라다 주고 일주일에 2펜
스를 벌었답니다. 열네 살 때는 자기들도 공장에 들어갔지
요. 아침 7시부터 밤 8~9시까지 일해서 주당 13~15실링을
벌었다고 합니다. 이 돈에서 일부는 저축을 해서 그 돈으로

어머니에게 술을 사드렸고 — 어머니는 저녁이면 녹초가 되어 버리곤 했는데, 아마 열세 명쯤 되는 아이들을 연년생으로 낳았거나 했겠지요 — 아니면 소택지에 사는 어느 불쌍한 노파의 병통을 달래 주기 위해 아편을 갖다 주기도 했다는군요. 늙은 베티 롤레트는 더 이상 아편을 얻지 못하자 자살했다지요. 그녀들은 허기진 여성들이 성냥 통을 만들고 급료를 받으려고 줄을 서서 고용주의 집 안에서 흘러나오는 구운 고기 냄새에 코를 킁킁거리는 것도 보았답니다. 베스널 그린[3]에는 천연두가 창궐했는데, 병석에서도 성냥 통을 만들어 병원균이 잔뜩 묻은 그걸 시중에 팔았다고 해요. 겨울 들판에서 일할 때는 너무나 추워서 작업반장이 휴식 시간을 주어도 달릴 수가 없었답니다. 워시[4]가 침수될 때는 물살을 뚫고 걸었다고 해요. 친절한 노부인들이 음식 꾸러미를 건네주어 열어 보면 빵 껍질과 상한 베이컨 가장자리만 들어 있기도 했고요. 이 모든 것을 그녀들은 행했고 보았고 겪었지요. 다른 아이들이 여전히 바닷가 물웅덩이에서 첨벙대며 놀거나 아이들 방 난롯가에서 동화의 철자나 익히고 있었을 때 말이에요. 그녀들의 얼굴이 다른 표정을 띨 만도 하지요. 하지만 우리가 기억하는 그 얼굴들은 무엇인가 불굴의 것을 담은, 단단한 얼굴들이었어요. 놀라운 일이지만, 인간 본성은

3 런던 동부의 동네로, 19세기 말에는 빈민가였다.
4 잉글랜드 북동쪽의 하구. 17세기부터 시작된 대대적인 준설 사업에도 불구하고 하구와 그 일대 지역은 1950년대 후반까지도 침수되곤 했다.

어쩌나 질긴지 가장 여린 나이에 그런 외상을 겪고도 살아남는답니다. 아이를 베스널 그린에 가두어 둔다 해도, 그 애는 오라비의 장화에 묻은 누런 흙을 보기만 해도 시골 공기를 맡을 수 있을 테고, 시골에 가서 〈깨끗한 흙〉[5]을 직접 보지 않고는 못 견딜 거예요. 처음에는 〈벌들이 무서웠다〉는 것이 사실이지만, 그래도 그 애는 시골로 갔고 푸른 연기며 암소들은 예상대로였지요. 소녀들은 집에서 어린 동생들을 돌보고 현관 앞 계단을 물청소하다가 열네 살이 되면 공장에 들어갔는데, 거기서 창밖을 내다보며 행복해했답니다. 작업실이 7층에 있어서 언덕 너머로 해 뜨는 것이 보였기 때문이지요. 〈그것은 항상 위로와 도움이 되었다〉고 해요. 속박에서 달아나 시골길이나 언덕 너머로 뜨는 해 같은 것을 향하는 인간 본능이 얼마나 강한가에 대한 추가적인 증거가 필요하다면, 한층 더 놀라운 사실은 더없이 고결한 의무감이 전쟁터뿐 아니라 보잘것없는 모자 공장에서도 번성한다는 것입니다. 예컨대 크리스티의 펠트 모자 공장에서 일하는 여성들은 〈명예〉를 위해 일했다는군요. 그녀들은 남성 모자 테두리를 곧게 박음질하는 데 일생을 바쳤다고 해요. 펠트는 단단하고 두꺼워서 바늘을 찔러 넣기가 어렵거든요. 하지만 그렇다고 무슨 보상이나 명예가 따르는 것도 아니었어요. 단지 인간 정신의 못 말릴 이상주의 때문에, 그 하찮은 공장의

---

5 베스널 그린의 시커먼 진흙이 아니라 보슬보슬하게 마른 흙.

〈테두리 박기〉 여공들도 자기 일에서 바늘땀 하나 비뚤어지는 것을 용인하지 않고, 다른 사람들의 비뚤어진 바늘땀은 가차 없이 뜯어 냈던 것이지요. 그렇게 똑바른 바늘땀을 박아 넣으면서, 그녀들은 빅토리아 여왕을 존경했고, 난롯가에 모여 자신들이 모두 건전하고 보수적인 노동자 남성과 결혼한 데 대해 하느님께 감사를 드렸답니다.

확실히 그런 이야기는 뉴캐슬의 연사들의 얼굴에서 보았던 힘과 강인함을 설명해 주었습니다. 그리고 이 원고들을 계속 읽어 나가다 보니, 인간 정신의 엄청난 활기를 보여 주는 또 다른 징후들도 만날 수 있었습니다. 아무리 자식을 많이 낳고 빨래를 많이 해도 닳아 없어지지 않는 저 타고난 힘은 과월호 잡지에까지 뻗쳐서, 그녀들은 디킨스를 읽고 번스의 시를 베껴 접시 뚜껑에 기대 놓고 요리를 하면서 읽었답니다. 식사 때도 읽었고, 방앗간에 가기 전에도 읽었지요. 디킨스도 읽고 스콧[6]도 읽고 헨리 조지[7]와 불워 리턴,[8] 엘라 휠러 월콕스[9]와 앨리스 메이넬[10]도 읽었으며, 〈프랑스 혁명사 책을 한 권 구했으면, 하지만 칼라일의 것은 말고〉라는 소원을 말하는가 하면, 중국에 대해서는 버트런드 러셀[11]을 읽었

---

6   Walter Scott(1701~1832). 영국 소설가.
7   Henry George(1839~1897). 미국 정치 경제학자.
8   Edward Bulwer Lytton(1803~1873). 영국 소설가, 정치가.
9   Ella Wheeler Wilcox(1850~1919). 미국 시인.
10   Alice Maynell(1847~1922). 영국 시인.
11   Bertrand Russel(1872~1970). 영국 철학자.

고, 윌리엄 모리스[12]와 셸리와 플로렌스 바클리, 그리고 새뮤 얼 버틀러의 『노트북Note Books』도 읽었어요. 그녀들은 굶 주림에서 나오는 무차별적인 식욕으로 과자와 소고기와 파 이와 식초와 샴페인을 한입에 삼켜 버리듯이, 그렇게 왕성한 지식욕을 가지고서 읽어 댔습니다. 당연히 그런 독서는 토론 으로 이어졌지요. 젊은 세대는 빅토리아 여왕이라 해도 자식 들을 떳떳이 키워 낸 정직한 잡역부 여성보다 나을 게 없다 고 말할 만큼 대담해졌어요. 그녀들은 남성 모자의 테두리에 똑바른 바늘땀을 박아 넣는 것이 여성의 삶에서 유일한 목표 가 되어야 하는가에 대해 회의를 느낄 만큼 용감해졌습니다. 그녀들은 토론을 시작했고, 공장 마룻바닥에 모여 초보적인 토론 모임을 열기까지 했습니다. 그러다가 나이 든 〈테두리 박기〉 여공들도 지금까지의 신념에 회의를 품고 세상에는 똑바른 바늘땀을 박는 일과 빅토리아 여왕 외에 다른 이상들 도 있을지 모른다고 생각하게 되었어요. 실로 낯선 사상들이 그녀들의 머릿속에서 끓어오르기 시작한 것이지요. 예컨대 한 소녀는 공장 지역의 길을 걷다가, 자신이 낳는 아이도 제 분소에서 생계를 벌어야 한다면 자신은 아이를 낳을 권리가 없다는 생각을 하게 됩니다. 어느 책에서 우연히 본 말이 그 녀의 상상력에 불을 질러 욕조와 부엌과 세탁소와 화랑과 박 물관과 공원이 있는 미래 도시를 꿈꾸게 했지요.

12 William Morris(1834~1896). 영국 작가.

일하는 여성들의 정신은 술렁이기 시작했고, 그녀들의 상상력이 깨어났습니다. 하지만 어떻게 그녀들의 이상을 실현할까요? 어떻게 자신들의 필요를 표명할까요? 그것은 얼마간의 돈과 어느 정도의 교육 배경을 지닌 중산층 여성들에게도 상당히 어려운 일이었습니다.[13] 그러니 양손에 일거리가 넘치는, 부엌에는 김이 잔뜩 서려 있는, 교육도 격려도 여가도 누릴 수 없는 그녀들이 자신들의 이상에 따라 세계를 재구성한다는 것이 어떻게 가능할까요? 여성 조합이 조촐하게나마 시험적으로 생겨난 것이 바로 그 무렵, 1880년대였던 것 같습니다. 한동안 그것은 『조합 뉴스』에 〈여성 코너〉라는 이름으로 1~2인치쯤 되는 지면을 차지하고 있었지요. 거기서 애클랜드 부인이 물었습니다. 〈왜 우리는 우리끼리 조합 어머니 모임을 가지면 안 되는가? 그러면 일거리를 가지고 와 함께 앉아서, 우리 중 누군가가 조합 간행물을 소리 내어 읽은 다음 함께 토론할 수 있을 텐데?〉라고 말이에요. 그러다가 1883년 4월 18일, 그녀는 여성 조합 회원 수가 현재 일곱 명이라고 발표했습니다. 그러고는 그 모든 끊이지 않는 소원과 꿈 들이 조합으로 모여들었지요. 조합은 그동안 뿔뿔

---

13 1930년 『예일 리뷰』에 실린 글에는 이 문장에 해당하는 내용이 좀 더 자세히 기술되어 있다. 〈중산층 여성들의 조직은 많이 있었습니다. 여성들은 대학을 설립하기 시작했고, 여기저기서 전문직에 들어가고 있었지요. 하지만 그것은 얼마간의 돈과 어느 정도의 교육 배경을 지닌 중산층 여성이었습니다.〉

이 흩어져 있어 일관성이 없던 것들이 한데 모여 형태를 이루고 견고해지는 구심점이 되었습니다.

조합은 남편과 자식이 있는 나이 든 여성들에게, 한때 베스널 그린의 소녀에게 〈깨끗한 흙〉이 주었던, 또는 모자 공장의 소녀들에게 언덕 위로 해 뜨는 광경이 주었던 것과 같은 것을 주었음에 틀림없습니다. 우선 조합은 그녀들에게 무엇보다도 갖기 힘든 것을, 그녀들이 끓는 냄비나 우는 아이들과 멀리 떨어진 곳에서 차분히 앉아 생각할 수 있는 방을 주었습니다. 이윽고 그 방은 거실이자 회의실일 뿐 아니라, 한데 머리를 두고 자신들의 집과 삶을 개조하고 이런저런 개혁을 이루어 낼 수 있는 작업장이 되었습니다. 회원 수가 늘어 20~30명의 여성이 매주 모이게 되자, 아이디어가 늘어나고 관심의 폭도 커졌습니다. 그녀들은 자신의 수도꼭지와 자신의 싱크대와 자신의 긴 작업 시간과 적은 급료에 대해 토론하는 데 그치지 않고, 나라 전체의 교육과 조세와 노동 조건에 대해 토론하기 시작했지요. 1883년 애클랜드 부인의 거실로 쭈뼛거리며 모여들어 바느질을 하며 〈조합 간행물을 소리 내어 읽던〉 여성들이 시민 생활의 제반 문제에 대해 대담하고 권위 있게 말하게 되었던 것입니다.

그러다가 1913년 뉴캐슬에서 롭슨 부인과 포터 부인과 라이트 부인이 욕조와 임금과 전기뿐만 아니라 성인 투표권과 토지 가치세 부과와 이혼법 개정을 요구하고 나섰지요. 그리하여 한두 해 만에 그녀들은 대영 제국의 노동자 대중뿐 아니라 전 세계 국가들 사이에서도 조합 원리의 전파와 군비 축소와 평화를 요구하게 되었습니다. 그녀들의 연설을 뒷받침하며 그녀들로 하여금 웅변이 미치는 범위를 넘어 호소력을 갖게 했던 힘에는 많은 것이 응축되어 있었습니다. 회초리를 든 남자들, 병중에도 성냥 통을 만들던 여자들, 굶주림과 추위, 수많은 난산들, 무수한 청소와 빨래, 부엌 작업대에서 읽은 셸리와 윌리엄 모리스와 새뮤얼 버틀러, 여성 조합의 매주 모임, 맨체스터와 기타 여러 곳에서의 위원회와 총회들 — 이 모든 것이 롭슨 부인과 포터 부인과 라이트 부인의 연설을 뒷받침하고 있었습니다. 당신이 내게 보내 준 원고들은 그 총회를 그토록 잊을 수 없게 했던, 답을 알 수 없는 의문들로 무성하게 했던 오래된 궁금증과 당혹감에 다소나마 빛을 던져 주었습니다.

하지만 여기 인쇄된 그 글들이 그 얼굴들과 음성들을 떠올리며 읽을 수 없는 이들에게 그 모든 것을 의미하기란 어려운 일이겠지요. 여기 모아 놓은 챕터들이 책이 되지 않는다는 것은 부정하기 어려운 사실입니다. 문학으로서는 많은 한계를 갖는 글들이지요. 문학 비평가라면 글쓰기에 객관성과 상상력이 부족하다고 할 거예요. 여성들 자신도 다양성과 특색이 부족하고요. 여기에는 깊은 성찰도 없고, 인생 전체에 대한 조망도 없으며, 다른 사람들의 삶을 이해하려는 노력도 보이지 않는다고 그는 말할지도 모르겠습니다. 시나 소설은 그녀들의 지평 너머에 있는 것만 같습니다. 물론 셰익스피어가 태어나기 전, 자기 교구 밖으로는 나가 본 적 없고, 자기 나라 말밖에는 모르며, 오죽잖은 어휘를 어색하게 구사하며 어렵사리 글을 썼던 이름 없는 작가들도 있기는 합니다. 하지만 글쓰기란 삶에서 크게 영향받는 복잡한 예술이므로, 여기 실린 글들은 문학으로서도 식자들이 부러워할 만한 자질들을 지니고 있습니다. 가령 펠트 모자를 만드는 스콧 부인의 말을 들어 보세요. 〈나는 날린 눈이 3피트, 어떤 데는 6피트가 넘게 쌓여 있는 고개를 넘어갔습니다. 헤이필드에서는 눈보라를 만나 도저히 길모퉁이까지도 갈 수 없을 것만 같았지요. 하지만 그런 것이 황야에서의 삶이었어요. 나는 모든 풀잎을 다 아는 것만 같았고, 어디서 꽃이 피는지도 알고 있었지요. 모든 시냇물이 내 친구들이었어요.〉 그녀가 옥스퍼드에서 문학 박사가 되었다 해도 이보다 더 잘 말할 수 있었을까요? 또한 레이턴 부인이 베스널 그린의 성냥 통 공장을 어떻게 묘사하는지, 또 자신이 울타리 사이로 〈그늘에 앉아 뭔가 신기한 작업을 하고 있는〉 세 명의 여성을 보았던 일을 어떻게 이야기하는지 보세요. 거기에는 디포의 묘사를 방불케 하는 정확성과 명료함이 있습니다. 그런가 하면 버로스 부인은 어느 추운 날 아이들이 산울타리 밑에서 차가운 저녁 식사를 하고 차가운 차를 마시려 하는데, 한 못생긴 여자가 자기 응접실로 들어오라고 했던 일을 이야기합니다. 〈이 아이들을 내 집에 들이고 거기서 저녁을 먹게 해요.〉 간단한 말이었지만, 감히 토를 달 수 없었겠지요. 키드 양 — 세상 짐을 혼자 진 듯하던, 타자 치던 어두운 자주색 옷차림의 여성 — 이 보내온 편지의 일부도 있습니다. 〈내가 열일곱 살 때였습니다. 당시 내 고용주였던 지체 높은 신사가 어느 날 밤 나를 자기 집으로 불렀습니다. 겉으로는 책 꾸러미를 가져오라는 것이었지만, 실제 의도는 전혀 달랐지요. 내가 그 집에 가보니 식구들은 모두 멀리 나가 있었고, 그는 나를 굴복시키고서야 보내 주었어요. 열여덟 살에 나는 어머니가 되었습니다.〉 이것이 문학인지 아닌지 나는 감히 말할 수 없지만, 그것이 많은 것을 설명해 주고 드러내 준다는 점은 확실합니다. 당신의 편지들을 타자하며 앉아 있던 그 어두운 모습을 찍어 누르던 짐은 바로 그런 것이었습니다. 그 침울하고 굴하지 않는 충성심으로 당신의 문을 지키면서 그녀가 품고 있었던 것은 바로 그런 기억들이었어요.

하지만 더는 인용하지 않으렵니다. 이 글들은 단편들에 지나지 않아요. 이 음성들은 이제야 침묵을 뚫고 나와 더듬거리기 시작한 터이니까요. 이 삶들의 대부분은 여전히 깊은 어둠에 덮여 있습니다. 여기 표명된 것을 표명하는 것만도 상당한 노고가 필요한 어려운 일이었지요. 이 글들은 부엌에서, 어쩌다 틈이 날 때마다, 온갖 방해와 정신 시끄러운 일들 가운데서 쓰인 것이에요. 그녀들이 당신한테 보내온 편지들을 놓고서, 내가 일하는 여성들의 삶의 고단함을 새삼스레 강조할 필요는 없겠지요. 당신과 릴리언 해리스는 가장 좋은 시절을 바치지 않았던가요. 하지만 쉿! 당신은 내가 이 문장을 끝까지 말하게 두지 않겠지요. 그러므로 오랜 우정과 찬탄의 메시지를 보내며, 이만 맺겠습니다.

왜?[1]

『리시스트라타』창간호가 나왔을 때, 솔직히 말해 나는 무척 실망했습니다. 아주 좋은 종이에 인쇄도 썩 잘 되어 있었지요. 안정과 번영의 느낌이 들었습니다. 페이지를 넘기면서 나는 소머빌에 돈벼락이라도 쏟아졌나 했습니다. 그래서 편집자의 원고 청탁을 사절하는 답을 쓰려던 차에, 적이나 안심되게도, 필자 중 한 사람의 옷차림이 초라하다는 것을 읽었고, 또 다른 기사에서는 여자 대학들이 여전히 힘과 권위가 부족하다는 것을 알게 되었습니다.[2] 그래서 나는 기운을

---

1   1934년 5월 『리시스트라타*Lysistrata*』 제2호에 게재("Why?", *Essays VI*, pp. 30~36). 제5호까지 발간된 이 잡지는 옥스퍼드의 여자 대학 소머빌 칼리지(1879년 설립, 1957년 정식 대학으로 인정됨)의 학부생들이 발간한 것이다.

2   『리시스트라타』창간호의 마지막 기사인 「선언」에 이런 대목이 있다. 〈옥스퍼드 여학생에 대해 종종 가해지는 비판이 있다. 즉, 그녀는 옷차림이 형편없고 대학 생활에서 자기 역할을 못 한다는 것이다. 여성들은 남성들보다 경제적 상황이 훨씬 더 불안정하다. 여자 대학들은 남자 대학들보다 더 가난하고 학장한테건 학부생들한테건 남자 대학들 같은 편의를 제공하지 못한다.〉

냈고, 〈기회가 왔어〉라고 중얼대는 내 입술에 온갖 질문들이 앞다투어 밀어닥쳤습니다.

오늘날 많은 사람들이 그렇듯이, 나도 질문들에 들볶이는 터입니다. 길거리를 지나갈 때면, 길 한복판에서도 〈왜?〉라고 물으며 걸음을 멈추지 않을 수 없습니다. 교회, 술집, 의사당, 가게, 확성기, 자동차, 구름 사이에 떠 있는 비행기가 낮게 웅웅거리는 소리, 남자들, 여자들, 모두가 질문을 불러일으킵니다. 하지만 혼자서 질문을 해본들 무슨 소용이 있겠습니까? 질문이란 사람들 앞에서 공개적으로 해야지요. 그런데 공개적으로 질문을 하는 데 크나큰 장애물은 물론 부(富)입니다. 질문 뒤에 오는 꼬부라진 작은 표시는 부자들을 불편하게 하는 경향이 있습니다. 힘과 권위가 무게를 다해 그것을 찍어 누르는 것만 같습니다. 질문이란, 그러므로, 민감하고 충동적이고 때로는 어리석은 만큼, 질문할 곳을 조심스레 고르기 마련입니다. 힘과 번영과 고색창연한 석조 건물의 분위기에서는 질문이 시들어 버립니다. 대형 신문사의 문턱에서는 무더기로 죽어 나가지요. 질문은 슬며시 빠져나가 덜 잘사는 동네, 사람들이 가난해서 내놓을 것이라고는 없는, 힘도 없고 따라서 잃을 것도 없는 동네로 갑니다. 그들에게 물어보라고 나를 들볶던 질문들은, 그러는 것이 옳은지는 모르겠으나, 『리시스트라타』에서 물어보아도 되겠다고 결정한 듯합니다. 질문들은 말했습니다. 〈우리는 어디어디에

서 물어봐 달라는 게 아니야〉 — 이 어디어디는 가장 정평
있는 일간지와 주간지 들입니다 — 〈어디어디에서도 아니
고〉 — 이 어디어디는 가장 유서 깊은 기관들이고요. 〈하지
만 제발!〉 하고 질문들은 외쳤습니다. 〈여자 대학들은 가난
하고 젊잖아? 창의적이고 모험적이잖아? 새로운 무엇을 창
조하려는 거잖아?〉

〈편집자는 페미니즘을 금지해.〉[3] 나는 엄격하게 말을 잘
랐습니다.

〈페미니즘이 뭔데?〉 질문들은 일제히 절규했고, 내가 대
번에 대답하지 않자, 새로운 질문이 나를 향해 날아왔습니
다. 〈새로운 무엇이 무엇 할 때도 되었다고 생각지 않아?〉 하
지만 나는 기껏해야 2천 단어밖에 쓸 수 없음을 상기시킴으
로써 그들의 말을 가로막았습니다. 그러자 그들은 함께 의논
하더니, 자기들 중에 가장 간단하고 만만하고 명백한 것 한
두 개만이라도 소개해 달라고 요청했습니다. 가령, 학회들이
초대장을 내고 대학들이 문을 열 때면 으레 그 서두에 튀어
나오는 질문이 있지요 — 〈강연은 왜 하는가?〉, 〈강연은 왜

---

3 『리시스트라타』 창간호의 사설에 편집장 호지슨은 이렇게 썼다. 〈『리
시스트라타』는 여자 대학으로부터의 기고에 우선권을 줄 것이다. 이 사실은,
〈리시스트라타〉라는 제호와 더불어, 페미니즘 방침을 시사할지도 모른다. 하
지만, 남성들의 기고도 실릴 것이며, 이번 호의 유일한 페미니즘 기사는 존 노
먼의 것뿐이다. 『리시스트라타』는 문학적 재능을 장려하고 모든 주제에 개방
적인 태도를 취하며 특정한 시사 문제를 피하려는 것 이외에는 어떤 방침도
갖지 않는다.〉

듣는가?〉 하는 질문 말입니다.

이 질문을 여러분 앞에 공명정대하게 제출하기 위해, 나는 기억에 선명하게 남아 있는 한 장면을 묘사해 보겠습니다. 그것은 우정에 경의를 표하기 위해서든 정보를 — 프랑스 혁명에 대해서라고 해두지요 — 얻기 위해서든 강연에 참석할 필요가 있다고 여겨졌던, 빅토리아 여왕의 말투를 빌리자면 아무리 아까워해도 지나치지 않을, 드문 기회 중 하나였습니다. 우선 강연장은 그냥 착석하기 위한 것도 식사를 하기 위한 것도 아닌 애매한 모양새를 하고 있었습니다. 아마 벽에는 지도가 걸려 있었던 것 같고, 분명 연단 위에는 테이블이 있었으며, 다소 작고 딱딱하고 편치 않아 보이는 작은 의자들이 몇 줄인가 놓여 있었습니다. 이 의자들에는 마치 서로 함께 있는 것을 피하듯 남자들과 여자들이 띄엄띄엄 앉아 있었습니다. 어떤 이들은 공책을 갖고 와 만년필을 사각대고 있었고, 또 어떤 이들은 공책 없이 황소개구리처럼 멍하고 조용한 눈길로 천장을 응시하고 있었습니다. 커다란 벽시계의 재미없는 얼굴이 내걸려 있었고, 시간이 되자 난감해 보이는 한 남자가 성큼성큼 걸어 들어왔습니다. 그의 얼굴에서는 신경과민과 허영 탓인지, 아니면 암담하고 불가능한 소임 탓인지, 보통의 인간다움이라고는 찾아볼 수 없었습니다. 잠시 웅성임이 일었습니다. 그는 책을 한 권 썼는데, 책을 쓴 사람들을 만나 보는 것이 한동안은 재미있지요. 모두 그를 쳐다보았습니다. 그는 벗어진 머리에 머리털이 별로 없었고, 입과 턱이 있었습니다. 한마디로, 그는 책을 썼다 뿐이지 여느 사람들과 다를 게 없는 사람이었습니다. 그는 목청을 가다듬었고, 강연이 시작되었습니다. 그런데 인간의 목소리란 다양한 힘을 가진 도구입니다. 그것은 청중을 매혹할 수도 위로할 수도 있지요. 성나게도 하고 절망하게도 합니다. 하지만 강연을 할 때면 거의 언제나 지루하게 만듭니다. 그가 하는 말은 충분히 타당하고, 학식과 논리와 이성을 갖추고 있었지만, 목소리가 이어질수록 청중은 주의가 산만해졌습니다. 벽시계의 얼굴이 이상하게 창백해 보이고, 팔[4]도 잘 움직이지 않는 것만 같았습니다. 통풍이라도 걸렸나? 부종이라도 생겼나? 시곗바늘들은 너무나 천천히 움직였습니다. 겨울을 지나고 살아남은 발 셋 달린 파리가 고통스럽게 나아가는 것만 같았습니다. 영국의 겨울을 지나고 살아남는 파리는 평균 몇 마리나 될까요? 그런 곤충이 깨어나 보니 프랑스 혁명에 대한 강연을 듣고 있는 거라면 무슨 생각이 들까요? 아, 이런 질문은 치명적이었습니다. 강연의 끈을 놓쳐 버린 겁니다. 한 문단이 지나갔습니다. 강연자에게 다시 말해 달라고 해도 소용이 없겠지요. 그는 집요한 끈기로 조곤조곤 계속하고 있었습니다. 프랑스 혁명의 기원이 탐구되었습니다. 파리들이 무슨 생각을 할까 하는 것도요. 마침 이야

4 시곗바늘을 말한다.

기 중에 자세한 사항이 2~3마일 앞으로 다가오는 것이 보이는 따분한 지점에 이르렀습니다. 〈건너뛰어요!〉 우리는 그에게 애원했지만 소용이 없었지요. 그는 건너뛰지 않고 계속했습니다. 그러다 농담도 나왔고, 창문을 좀 닦아야겠다는 생각도 들었고, 한 여자가 재채기를 했고, 강연자의 목소리가 빨라졌고, 장광설이 이어졌고, 그러다 ─ 감사하게도! 강연이 끝났습니다.

인생의 시간은 제한된 것인데, 대체 왜 그 한 시간을 강연을 듣느라 낭비하는 걸까요? 인쇄기가 발명된 지도 여러 세기가 지났는데, 대체 왜 그는 자기 강연을 말로 하는 대신 인쇄하지 않는 걸까요? 그랬더라면, 겨울에는 난롯가에서, 여름에는 사과나무 아래서, 읽고 생각하고 이야기할 수 있을 텐데요. 어려운 대목은 좀 더 생각하고, 주장하는 바에 대해 토론도 하고요. 그러면 더 두꺼워지고 뻣뻣해질 수 있을 텐데요. 강연자의 코나 턱의 모양새, 재채기하는 여자들, 파리의 수명 따위에 대한 생각으로 빠지기 일쑤인 잡다한 청중의 주의를 끌기 위해 같은 말을 되풀이하고 물 타듯 내용을 희석하고 농담을 섞을 필요도 없을 텐데요.

나는 질문들에게 대답해 주었습니다. 아마, 외부인으로서는 알 수 없지만, 강연을 대학 교육에 필수적인 것으로 만드는 무슨 이유가 있을 거라고요. 하지만 ─ 여기서 또 다른 질문이 앞으로 나섰습니다 ─ 만일 강연이 교육의 한 형태로서 필요하다면, 오락의 형태로서는 왜 근절되지 않는 걸까요? 크로커스 꽃이나 너도밤나무가 붉어질 때면 어김없이 잉글랜드, 스코틀랜드, 아일랜드의 모든 대학에서는 비서들이 모모 씨, 또 모모 씨에게 와서 예술이나 문학이나 정치나 윤리에 대해 강연을 해달라는 편지를 필사적으로 써 보내니, 대체 왜 그러는 걸까요?

옛날, 신문이 드물어서 영주의 저택에서 목사관으로 조심스레 돌려 보던 시절에는, 정신을 갈고닦고 사상을 공유하는 데 그처럼 수고로운 방법들이 분명 필수적이었을 겁니다. 하지만 요즘은 말로 하는 것보다 훨씬 더 간결하고 섬세하게 의견을 표현할 수 있는 각종 기사와 전단 들이 날이면 날마다 우리 테이블을 뒤덮는 형편인데, 대체 왜 시간과 기분을 낭비할 뿐 아니라 인간의 가장 저열한 감정 — 허영, 과시, 자기주장, 설복하려는 욕망 — 을 자극하기까지 하는 낡아빠진 관습을 계속하는 걸까요? 왜 보통의 남자나 여자에 불과한 사람들이 그저 연장자라고 해서 도덕군자나 예언자 행세를 하도록 부추기는 걸까요? 왜 그들을 40분씩 연단에 세워 놓고 청중은 그저 그들의 머리 색깔이나 파리의 수명 따위를 생각하게 하는 걸까요? 왜 그냥 그들이 같은 눈높이에서 자연스럽고 즐겁게 당신에게 말하고 당신 이야기도 듣게 하지 않나요? 왜 가난과 평등에 기초한 새로운 형태의 사회를 창조하지 않나요? 연령과 성별, 유명과 무명을 불문하고 모든 사람이 함께 모여, 연단에 서거나 써온 글을 읽거나 비싼 옷을 입거나 비싼 음식을 먹거나 하지 않고, 그저 함께 이야기하지 않나요? 그런 사회는 교육의 형태로서도 일찍이 세상이 시작된 이래 읽혀 온, 예술과 문학에 관한 모든 글에 필적하는 가치가 있지 않을까요? 왜 도덕군자와 예언자 들을 없애 버리지 않나요? 왜 새로운 인간관계를 생각해 내지 않나요? 왜 해보지 않나요?

이제 〈왜〉라는 말에도 싫증이 나서, 나는 사회 전반의 본질에 대한 몇 가지 생각을 펼쳐 보려 했습니다. 스레일 부인이 존슨 박사를 대접하고 홀런드 영부인이 매콜리 경을 즐겁게 하는 몇 장의 상상화를 포함하여,[5] 과거에 그랬고 현재 그러하며 장차도 그러할 사회 말입니다. 그런데 질문들 와중에 일대 소란이 일어나는 바람에 나는 나 자신이 생각하는 것도 잘 들리지 않았습니다. 소란의 원인은 곧 명백해졌습니다. 나는 부주의하고 어리석게도 〈문학〉이라는 말을 사용했던 것입니다. 질문을 야기하고 맹렬하게 만드는 한마디 말이 있다면, 그것은 이 〈문학〉이라는 말입니다. 다들 고함치고 떠들어 대며 시와 소설과 비평에 대해 질문을 하고, 저마다 자기 말을 들으라 하고, 저마다 자기 질문이야말로 대답을 얻

5 스레일 부인Hester Thrale(1741~1821)은 걸쳐 새뮤얼 존슨Samuel Johnson(1709~1784)과 절친하게 지냈으며, 홀런드 영부인Elizabeth Vassell Fox, Lady Holland(1771~1845)은 유명한 정치적·문학적 후원자로서 역사가 매콜리의 친구였다.

을 만한 가치가 있는 유일한 질문이라고 확신하는 것이지요. 마침내 그들이 홀런드 영부인과 존슨 박사에 대한 내 모든 상상화를 지워 버린 후, 한 가지 질문이 고집스레 남았습니다. 그는 비록 어리석고 경솔할지언정 다른 질문들보다는 덜 할 거라고, 그러니 반드시 물어야겠다고 주장했습니다. 그의 질문이란, 〈왜 혼자서 책으로 읽을 수 있는데, 대학에서 영문학을 배우는가?〉 하는 것이었습니다. 나는 이미 대답한 질문을 또 묻는 것은 어리석다고 — 영문학은 항상 대학에서 가르쳐 왔으니까 — 말해 주었습니다. 게다가, 그 점에 관해 논쟁을 벌이자면, 적어도 책이 스무 권은 필요할 텐데, 이제 7백 단어밖에는 남지 않았으니 말입니다. 그래도 그가 워낙 성가시게 하므로, 그 질문을 하고 내 힘이 닿는 한, 나 자신의 의견을 표현하지 않고, 다음과 같은 대화의 단편을 옮김으로써 소개해 보겠다고 말했습니다.

일전에 나는 출판사의 원고 검토자로 일하고 있는 한 친구를 방문했습니다. 내가 들어갔을 때 방은 좀 어두운 듯했습니다. 하지만 창문이 열려 있었고 화창한 봄날이었으므로, 그 어둠은 정신적인 것 — 무엇인가 개인적인 슬픔의 여파임에 틀림없다고 여겨져 걱정이 되었습니다. 그녀의 첫마디가 내 우려를 확인해 주었습니다. 〈아, 이런 한심한 인간 같으니!〉 그녀는 읽고 있던 원고를 절망적인 동작으로 내팽개치며 탄식했습니다.

친척 중 누군가에게 사고라도 난 걸까? 나는 물었습니다. 운전 중에? 아니면 등산 중에?

〈엘리자베스 시대 소네트의 진보에 대한 3백 페이지를 사고라고 한다면 그렇지.〉 그녀가 말했습니다.

〈그게 다야?〉

〈다냐고?〉 그녀가 반박했습니다. 〈그걸로 충분하지 않아?〉 그러더니 방 안을 이리저리 거닐며 한탄을 늘어놓았습니다. 〈한때는 그도 총명한 소년이었어. 함께 이야기할 만했지. 한때는 영문학에 심취했었고. 그런데 이제…….〉 그녀는 말로는 표현할 수 없다는 듯 양손을 펼쳐 보였습니다. 하지만 그러고도 탄식과 절규가 어찌나 쏟아지는지 — 그야 날이면 날마다 원고를 읽는 삶이 얼마나 힘들지 생각해 보면 나무랄 수도 없지만 — 도저히 따라갈 수 없을 정도였습니다. 내가 알아들은 것이라고는 영문학에 대해 강연을 하고 — 〈그들에게 영어 읽기를 가르치고 싶다면, 그리스어 읽기를 가르치라고 해.〉 그녀는 덧붙였습니다 — 시험을 치고 논문을 쓰고 하는 것이 결국은 영문학의 죽음이요 매장이 되고 말리라는 것이었습니다. 〈그 묘비는〉 하고 그녀는 말을 이었습니다. 〈한 권의 책이 되겠지.〉 여기서 내가 그녀의 말을 가로막고 그런 헛소리는 그만두라고 말했습니다. 〈그럼 어디 말해 봐.〉 그녀가 주먹을 그러쥔 채 나를 내려다보며 말했습니다. 〈그런다고 더 잘 쓰나? 영문학 읽기를 배웠다고 해서

더 좋은 시, 더 좋은 소설, 더 좋은 비평을 쓰게 되었어?〉

마치 자신의 질문에 답하려는 듯, 그녀는 방바닥에 던져진 원고에서 한 대목을 읽었습니다. 〈이것도 저것도 다 똑같아!〉 그녀는 그것을 선반 위의 다른 원고들 쪽으로 들어 올리며 신음했습니다.

〈하지만 그들이 얼마나 많은 걸 알게 되었겠나 생각해 봐!〉 나는 그녀를 설득하려 했습니다.

〈안다고?〉 그녀가 되받았습니다. 〈알아? 안다는 게 무슨 뜻이지?〉 그건 선뜻 대답하기 어려운 질문이었으므로, 나는 돌려서 이렇게 말했습니다. 〈글쎄, 어떻든 그들은 생계는 벌고 다른 사람들을 가르칠 수도 있겠지.〉 그 말에 그녀는 이성을 잃고는 엘리자베스 시대 소네트에 관한 그 불운한 작품을 방 저편으로 날려 보내고 말았습니다. 그 방문의 나머지 시간은 그녀가 할머니로부터 물려받은 꽃병의 부서진 조각을 줍느라 지나갔지요.

지금도 물론 여남은 개의 다른 질문들이 교회와 의사당과 선술집과 가게와 확성기와 남자들과 여자들에 대해 묻고자 아우성입니다. 하지만 감사하게도 시간이 다 되었고, 침묵이 찾아왔습니다.

집 안의 천사에서 글 쓰는 주체로

버지니아 울프의 생애를 소개할 때 빠지지 않고 언급되는 한 가지는 그녀가 정식 학교 교육을 받지 못했다는 사실이다. 어릴 때는 아들딸이 다 집에서 부모에게 배우다가, 아들들은 9~11세쯤 되면 퍼블릭 스쿨[1]에 입학하고 19세 무렵 대학에 갔던 반면, 딸들은 여전히 집에서 부모나 가정 교사에게 배웠으며, 그것이 당시의 관습이었다는 것이다. 이런 설명은 대체로 타당하지만, 버지니아의 경우에는 충분한 설명이 되지 못한다. 왜냐하면 스티븐가 남자들은 대개 케임브리지에서 교육받았고, 조부와 부친은 케임브리지에서 교편을 잡는 등 온 집안이 케임브리지와 연이 깊었는데, 1869~1871년 케임브리지에는 거턴, 뉴넘 등 여성 칼리지가 생긴 터였다. 버지니아의 사촌인 캐서린 스티븐은 일찍이 1886년부터 뉴넘에서 일하고 있었고(1901년부터는 부학장, 1911~1920년에

---

1 대입 예비 학교에 해당하는 사립 학교.

는 학장을 지냈다), 여성 참정권자이자 작가인 고모 캐럴라인 스티븐도 케임브리지에 정착해 살고 있었다. 그런 가운데 열다섯 살 버지니아가 자신도 조만간 케임브리지에 진학하리라고 기대했던 것도 무리가 아니다. 그 무렵 케임브리지의 현안은 여학생들에게도 학사 학위(B.A.)를 수여하느냐 하는 문제로,[2] 1897년 5월 18일 일기에 버지니아는 이렇게 썼다.

이제 칼라일의 프랑스 혁명사를 시작했고, 매콜리 제5권[3]은 제자리에 꽂아놓았다. 이런 식으로 나는 역사로 채워져 간다. 이미 윌리엄[4]에 대해서는 전문가인데, 칼라일의 두 권을 읽고 나면! 만일 여자들이 성공한다면[5] 나는 아마 첫 B.A. 학위를 받을 수 있을 것이다.

그녀는 비록 남자 형제들처럼 퍼블릭 스쿨에는 가지 못했지만, 아버지의 지도로 하는 독서(아버지가 정해 준 책을 다 읽고 나면 아버지와 함께 토론하곤 했다)가 대학 입학을 위

---

2   당시까지는 그렇지 않았고, 개혁안은 부결되었으며, 1921년부터는 정식 학위 없이 이름 뒤에 B.A.를 적는 것만 허락되었다. 여학생이 정식 학위를 받게 된 것은 1948년부터였다.

3   매콜리의 역사책 『영국사*The History of England*』(전5권)를 말한다.

4   William of Orange(1650~1702). 네덜란드 총독 오라녜 공 빌럼 3세로, 영국 왕 찰스 1세의 손자이자 제임스 2세의 사위였다. 명예혁명을 통해 1689년 영국 왕 윌리엄 3세가 되었다.

5   즉, 여학생 학위 수여 개혁안이 가결된다면.

한 준비라고 여기고 있었던 듯하다. 아버지는 늘 똑똑한 딸을 자랑하며 〈버지니아는 작가가 될 것〉이라고 말하고 있었으니까.

버지니아의 대학 진학이 이루어지지 않은 자세한 사정은 알려져 있지 않다. 다만 그녀는 평생 수차례에 걸쳐, 아들들의 학비를 대느라 딸인 자기 몫의 학비가 남지 않았다는 원망 섞인 회고를 거듭했다. 그것이 액면 그대로 사실이었는지 여부는 알 수 없다. 당시 여자 대학의 학비는 등록금과 수험료와 기숙사비까지 통틀어 연간 1백 파운드가 채 안 들었다고도 하고[6] 울프 자신은 『3기니』에서 〈내 남자 형제에게는 2천 파운드의 교육비가 지출되었다〉고 하니 정확한 비용이 어느 정도였는지는 모르지만, 1904년 세상을 떠날 때 1만 5천 파운드가량을 남긴 레슬리 스티븐이 정말로 돈이 없어서 딸을 대학에 못 보냈을 것 같지는 않다. 물론 딸이 대학에 갈 무렵 70 노인이 된 그가 돈에 대한 강박감에 시달렸다고는 해도, 큰딸 버네사에게 다년간의 미술 공부를 지원해 준 것을 보면 버지니아에게도 비슷한 지원은 해줄 수 있었을 터이다. 문제는 그가 〈작가가 될 딸〉에게 굳이 대학 교육이 필요하다고 생각하지 않았다는 데 있을 것이다. 그가 아는 여성 작가들은 — 가까이는 그의 누이나 처형에서부터 멀리는

6   Carol T. Christ, "Woolf and Education", *Woolf in the Real World*(Clemson: Clemson University Digital Press, 2005), p. 4.

한때 교분이 있었던 조지 엘리엇에 이르기까지 — 다들 대학 교육을 받지 않았으니까. 그리고 물론, 1895년 어머니를, 1897년 의붓언니 스텔라를 여읜 버지니아가 번번이 신경 쇠약을 일으켰던 것을 감안하면, 아버지로서 딸의 건강 문제도 고려해야 했을 터이다.

하여간 버지니아는 집에서 공부했다. 스텔라의 죽음이 가져온 충격에서 벗어난 연말 무렵부터는 런던의 킹스 칼리지에서 2~3년간 역사와 그리스어, 라틴어 수업을 들었고, 그 후에는 거턴 졸업생인 재닛 케이스(1863~1937)를 가정 교사로 하여 그리스어를 더 공부했다. 자신의 회고에 따르면 〈어머니가 돌아가신 후에는 아버지가 그 역할을 대신 맡아 공부를 가르쳤고, 나중에 그리스어와 독일어도 아버지와 공부했다〉고 한다. 남자 형제들이 다 학교나 직장에 가고 바네사는 미술 학교에 간 다음, 버지니아 혼자 남아 책을 읽고 공부하고 글을 썼다. 언니는 화가가, 동생은 작가가 된다는 것이 언제부터인가 기정사실처럼 되어 있었기 때문이다. 고독한 수업이었다. 만년에 그녀는 자신이 받은 교육이 케임브리지에서 받을 수 있었을 것보다 어떤 점에서는 더 나았다고 회고했지만, 그래도 대학 교육을 받지 못한 것, 특히 학우들과 함께하는 학교 생활을 누려 보지 못한 것을 아쉬워했다.

버지니아가 처음으로 글을 쓸 지면을 얻은 것은 친지의 주선을 통해서였다. 스텔라의 친구였던 바이올렛 디킨슨

(1865~1948)은 버지니아에게 언니이자 어머니 같은 벗으로, 아버지를 여읜(레슬리 스티븐은 1904년 2월 22일에 사망했다) 충격으로 재차 신경 쇠약 발작을 일으킨 그녀를 돌보아 주었을 뿐 아니라 교계 주간지이던 『가디언』지의 여성 코너 편집자를 소개해 주었다. 첫 숙제는 미국 소설가 W. D. 하우얼스의 신간 소설에 대한 서평이었고, 자유 주제로 써보라는 두 번째 숙제로 버지니아는 얼마 전에 다녀온 요크셔의 브론테 생가에 관한 스케치를 써냈다. 1904년 12월 『가디언』지에 실린 이 두 편의 글을 시작으로 하여, 이듬해에는 정평 있는 『타임스 리터러리 서플러먼트』, 그리고 한때 레슬리 스티븐이 주간하던 『콘힐 매거진』 등 여러 잡지에서 원고 청탁을 받게 되었다. 물론 글을 쓴다고 쓰는 대로 다 받아들여지지는 않아서 이런저런 잔소리를 듣기도 하고 심한 첨삭을 당하기도 했지만, 그녀는 〈설령 편집자들이 내 글을 받아 들이지 않더라도 나는 증기기관처럼 일하고 싶다〉[7]며 의욕에 차 있었다. 그리하여 1905년 한 해에만 35편의 글을 발표하는 열성을 보였다.

또 한편으로는, 1904년 12월 말부터 런던 소재 노동자 대학인 몰리 칼리지의 부학장인 메리 십섕크스와 서신 교환을 시작, 이듬해부터 자원봉사 교사로 일하게 되었다. 주 1회씩 3년간의 강의에서 그녀는 미술사, 역사, 영작문, 시 감상 등

---

7 1905년 1월 초, 바이올렛 디킨슨에게 보낸 편지.

을 가르쳤는데, 이것은 어머니 줄리아와 언니 스텔라의 자선 활동을 잇는 것으로, 버지니아에게 몰리 칼리지에서의 강의 는 일주일 일과의 중요한 부분일 뿐 아니라 자부심의 원천이 기도 했다. 주치의인 닥터 새비지도 그녀가 일을 시작하기에 무리가 없다는 완치 판정을 내렸으니, 힘찬 20대의 출발이 었다.

「여성의 직업Profession for Women」(1931)은 울프가 작 가로 성공한 후에 한 강연 원고를 바탕으로 한 글인데, 처음 잡지에 기고를 하기 시작하던 무렵인 사반세기 전 자신의 모 습을 보여 주어 흥미롭다. 물론 순수한 회고는 아니고 어느 정도 각색되어, 글 속의 〈나〉는 아무 연고 없이 그저 원고가 든 봉투를 우체통에 넣는 것으로 되어 있고, 첫 원고료를 생 계와 무관하게 고양이를 한 마리 사는 데 썼다고 한다.[8] 하지 만 중요한 것은 그녀가 글을 쓰기 위해 극복해야 했던 내면 의 적인 〈집 안의 천사〉와의 싸움이다. 빅토리아 시대의 순 종적인 여성상을 대변하는 〈집 안의 천사〉를 죽여 버림으로

---

8 실제의 버지니아는 소소히 들어오는 원고료를 각종 청구서의 지불에 긴하게 사용했다. 긴치 않은 것을 샀다고 말하는 것은 경제적 자유를 말하기 위해서일 터이다. 어느 정도의 경제적 독립과 안정을 얻은 것은 좀 더 나중의 일이다. 그녀는 『자기만의 방』에서 〈봄베이에서 낙마하여 죽은 아주머니가 물려준 연수 5백 파운드〉라는 가공의 유산에 대해 말하고 있거니와, 실제로 그녀가 작가가 되려 할 때 기반이 되어 준 것, 〈훤히 트인 하늘을 보여 준〉 것 은 고모 캐럴라인 스티븐의 유산이었다. 고모는 버네사와 에이드리언에게 각 기 1백 파운드, 버지니아에게 2천5백 파운드를 물려주었다.

써 비로소 글쓰는 주체를 확립했다는 고백이다. 『자기만의 방』(1929)에서 여성이 작가가 되기 위해 필요한 조건으로 자기만의 방과 연 5백 파운드의 수입을 꼽았던 울프가, 좀 더 나중에 쓴 이 글에서는 그런 조건들이 가리키는 것이 내적인 질곡으로부터의 자유임을 좀 더 분명히 하는 것이다. 나아가 여성이 작가가 되기 위해 필요한 또 한 가지는 자신의 육체와 성에 대한 발언권을 갖는 일이라고 하며, 이 점이 새로운 생각을 촉발한 듯 강연 전날의 일기에서는 〈방금 전혀 새로운 책을 구상했다 ─『자기만의 방』의 후속편으로, 여성의 성생활에 관한 것이다. 제목은 아마도 《여성의 직업》. 얼마나 흥미진진한지. 이 생각은 수요일에 피파의 협회에서 할 연설에서 떠올랐다〉라고 쓰고 있다(이 구상에서 비롯된 작품이 『세월 *The Years*』(1937)과 『3기니』(1938)라고 한다).

하여간, 작가가 되려는 여성은 이런 내면의 적 외에 외부의 적과도 맞닥뜨리게 된다. 즉, 여성에 대한 남성들의 편견이다. 「여성의 지적 지위 The Intellectual Status of Women」(1920)라는 제목으로 엮은 글은 아널드 베넷의 여성 비하적인 에세이집에 대한 데즈먼드 매카시의 긍정적인 서평에 울프가 반론을 펼치면서 시작된 지상 논전을 정리한 것으로, 울프의 시대에도 여전히 만연해 있던, 울프가 싸워야 했던 여성 비하가 어떤 것이었던가를 보여 준다. 여성이 남성에

지지 않는 재능을 지녔음을 증명하기 위해 고대 그리스 여성 시인 사포에게까지 거슬러 올라갔던 울프가 〈기원전 600년부터 18세기에 이르기까지 그녀만 한 천재성을 지닌 여성 시인들이 나타나지 않았다는 사실〉을 지적받고 〈외적인 압박〉이라는 이유를 드는 것 외에 달리 반박하지 못하는 것을 보면, 고대 이래 탁월한 여성들의 허다한 선례를 엮어 놓은 크리스틴 드 피장의 『여성들의 도시*Le Livre de la Cité des Dames*』(1405)를 그 앞에 밀어 놓아 주고 싶어진다(크리스틴 드 피장의 책은 1521년에 영어로도 번역되었다는데, 이후 세기들 동안 잊혀 있었으니 안타까운 일이다. 글쓰기를 생업으로 삼았던 최초의 문필가이자 자기 글을 손수 책으로 만들어 펴낸, 말하자면 출판업자이기도 했던 크리스틴을 알았더라면, 울프에게 얼마나 든든한 지원군이 되었을 것인가). 여성사에서는 개체 발생이 계통 발생을 반복한다는 말대로, 여성 인권에 눈뜬 여성들 각자가 새로이 선조를 찾고 역사의 기반을 찾아야 한다는 현실에서 울프도 예외가 아니었음을 알 수 있다. 특히 울프는 글 쓰는 여성으로서 여성 문학에 대한 남성들의 편견도 헤쳐 가야만 했다.

위의 글보다 훨씬 전에 쓰인 「소설에서의 여성적 특질The Feminine Note in Fiction」(1905)이나 좀 더 나중의 「여성 소설가들Women Novelists」(1918) 같은 글들을 보면, 당시 여성 문학이 남성들의 눈에 어떻게 비쳤던가를 짐작할 수 있다. 아직 문필 초년생이던 1905년 남성들이 여성 문학을 일괄 규정하여 〈여성의 소설은 예술 작품이 되기 어렵다〉고 하는 주장에 대해 미숙하게나마 항변하던 그녀는 1918년에 이르면 여성의 소설에 대해 좀 더 진척된 고찰을 보여 준다. 「여성 소설가들」이 서평의 대상으로 삼고 있는 같은 제목의 책은 여성 작가들이 〈다소간에 독립적으로 자신을 발견해 간〉 지난 1백 년을 돌아보며 그런 여성 작가들이 〈새로운 여성〉을 제시했다는 결론에 이르는데, 울프는 그 결론의 막연함에 의문을 표하는 한편 자신의 문제의식을 드러내고 있다. 즉, 〈문제는 문학에 속할 뿐 아니라 상당 부분 사회사에 속하는 것〉이다. 예컨대, 〈18세기에 여성의 소설 쓰기가 갑자기 왕성하게 일어난 원인은 무엇인가? 왜 엘리자베스 시대의 문예 부흥 동안이 아니라 18세기에 그런 일이 시작되었던가? 그녀들로 하여금 마침내 소설을 쓰도록 결심하게 한 동기는 남성 작가들이 그토록 숱한 시대에 걸쳐 숱한 책에서 표현해 왔던 여성에 대한 통념을 수정하려는 욕망이었던가?〉 그러면서 울프는 그것이 전부가 아님을, 여성 작가 또한 〈심오하고 거역할 수 없는 본능의 명령에 따라 글을 쓰는〉 것이며, 여성의 내적·외적 질곡을 극복하려는 동기가 오히려 작품에 부정적인 영향을 미쳤음을 지적하고 있다. 여성이 의당 어떠해야 한다는 사회적 통념은 물론이고, 그런 억압으로부터 자신을 해방하려는 노력도 여성의 글쓰기에 치명적으로 작용하게 된다는 것이다.

지면 관계상 아직 다소 난삽하고 논지가 명쾌하게 부각되지 않는 이 두 편의 글 대신 싣는 「남과 여Men and Women」(1920)는 레오니 빌라르(1890~1962)의 『19세기 영국 여성 및 당대 영국 소설을 통해 본 여성의 진화』(1920)에 대한 서평으로 쓰인 글이다. 19세기 영국 소설을 통해 여성의 삶과 의식에 일어난 변화를 추적한 이 책에서 울프는 자신의 평소 생각을 재확인하는 것을 볼 수 있다. 하지만 〈중류층 여성에게 약간의 여가와 교육의 기회, 자신이 사는 세상을 둘러볼 자유가 생겼다는 사실을 전제하더라도, 그녀가 자신의 자리를 잡고 자기 힘을 명확히 인식하는 것은 이 세대나 다음 세대에는 이루어지지 않을 것〉이라는 조심스러운 전망은 당시의 분위기를 말해 준다.

「여성과 소설Women and Fiction」(1929)은 『자기만의 방』으로 확대된 1928년의 강연 원고 중 하나를 손질했으리라 추정되는 글로, 기왕의 관심사가 한층 심화되어 가는 것을 보여 준다. 즉, 여성들이 약간의 여가와 교육을 누리게 되면서 집안 살림 가운데서도 쉽게 접할 수 있는 장르인 소설을 쓰게 되었다는 사회사적 고찰에서부터 시작하여, 여성 작가가 여성으로서의 분노나 권리 주장에 휩쓸리는 것은 예술 작품으로서의 본질적인 특성을 저해한다는 이전의 태도를 견지하면서, 나아가 작가는 성별을 초월하여 자신의 〈비전

vision〉에 집중해야 한다는 특유의 문학관을 확립하는 것이다. 『자기만의 방』에서 작가의 마음이 양성적이라야 한다는 주장도 바로 이 점을 말한 것인데, 어찌 보면 『자기만의 방』의 장황한 설명보다 이 글이 논점을 좀 더 명확히 하며 여성의 소설이 나아갈 바를 구체적으로 제시하고 있다. 주목할 만한 것은 그녀는 자기 시대의 여성 작가, 어쩌면 자기 자신에 대해 이렇게 말하고 있다는 사실이다.

여성의 글쓰기에 일어난 가장 큰 변화는 태도의 변화인 것 같다. 여성 작가는 더 이상 억울해하지 않는다. 더 이상 분노하지도 않는다. 글을 쓰면서 더 이상 항변하거나 항의하지 않는다. 우리는 여성의 글쓰기가 어떤 외적 영향의 방해를 거의 내지 전혀 받지 않는 시대에 ─ 아직 이르지 못했다면 ─ 다가가는 중이다. 여성 작가는 외적 요인으로 인한 분심 없이 자신의 비전에 집중할 수 있게 될 것이다. 한때 천재성과 독창성이 있어야만 도달할 수 있었던 초연함을 이제야 평범한 여성도 누릴 수 있게 되었다. 그러므로 오늘날은 평균적인 여성 작가의 소설도 1백 년 전, 아니 50년 전에 비하더라도 훨씬 더 참신하고 흥미로워졌다.

이전 글 「남과 여」에서 여성의 독립적 지위 확립이 자기 시대에 이루어질 가능성을 유보했던 것에 비하면, 이런 대목에서는 그 10년간의 세태 변화와 또 울프 자신의 일취월장한 자신감을 엿볼 수 있다. 나아가 여성이 〈자신이 쓰고자 하는 바대로 쓸 수〉 있으려면 〈자신의 문장을 찾아내야만 한다〉, 즉 여성 작가는 여성에게 적합한 문장을 스스로 만들어내야 한다는 주장 역시 『자기만의 방』에서 재확인될 것이지만, 그런 수단이 결국 어떤 목적을 위한 것인가, 여성의 소설이 왜 어떻게 남성들에 의해 수립된 기존 가치 체계를 바꾸게 되는가를 말하는 대목은 『자기만의 방』보다 더 나아간 것이라 할 수 있다.

하지만 그것은 결국 목적을 위한 수단일 뿐이며, 목적에 도달하려면 여성은 반대를 무릅쓸 용기와 자신에게 진실하려는 결의를 지녀야 한다. 왜냐하면 소설이란 수천 가지 다른 것, 인간적, 자연적, 신적인 온갖 것에 대한 진술이며, 그것들을 서로서로 연결시키려는 시도이기 때문이다. 모든 훌륭한 소설에서는 이런 상이한 요소들이 작가의 비전에 힘입어 제자리를 잡고 있다. 하지만 또한 그것들은 또 다른 질서, 즉 인습이 부과하는 질서를 따르고 있다. 그런데 그런 인습의 심판관은 남성들이며 그들이 인생의 가치 체계를 수립해 왔으니, 소설 또한 크게는 인생에 기초해 있는 만큼 소설에서도 이런 가치들이 만연하게 된다.

　그러나 인생에서나 예술에서나 여성들이 지향하는 가치는 남성들의 가치와 다를 수 있다. 그러므로 여성이 소설을 쓰게 되면 기존의 가치관을 바꾸고 싶어 하는 자신을 발견하게 될 것이다. 남성에게는 하찮게 보이는 것을 진지하게 만들고, 그에게 중요한 것을 시시하게 만들고 싶은 것이다. 물론 그 때문에 비판을 받을 터이니, 남성 비평가는 현재의 가치 체계를 바꾸려는 시도에 진심으로 놀라고 의아해하며, 그것이 단순히 다른 시각이 아니라 약하고 사소하고 감상적인 시각이라고 생각할 것이다. 왜냐하면 그 자신의 시각과 다르니까.

이런 견해에 도달하기까지 울프는 이전 세대의 유명 무명 여성 작가들을 꾸준히 천착했으며, 그녀들에 비추어 자기 문학의 입지를 다져 나갔으니, 그런 글들만 따로 엮어도 한 권의 책이 될 것이다. 이 책에는 그중 울프가 〈인물〉로서 흥미롭게 다루었던 뉴캐슬 공작 부인(마거릿 캐번디시)과 메리 울스턴크래프트, 도러시 오즈번과 세라 콜리지, 그리고 선배 작가로서 끊임없이 참조했던 제인 오스틴, 샬럿 브론테, 조지 엘리엇에 관한 글들을 엮어 보았다. 뉴캐슬 공작 부인과 메리 울스턴크래프트에 대한 글이 인습에 굴하지 않고 자신의 뜻대로 인생길을 헤쳐 간 여성들에 대한 감탄과 매혹을 위트 있는 문체로 담고 있다면, 도러시와 세라에 대한 글은 그렇게 나서지 못한 채 남성 가족의 그늘에서 조용히 살다 간 여성들에 대한 아쉬움이 서린 글이다. 그런가 하면 선배 여성 작가들에 대한 글은 소설 쓰기라는 공통된 관심사를 통해 울프 자신의 소설에 대한 생각을 보여 준다.

『자기만의 방』만을 읽은 독자라면, 또는 조금 더 나아가 『보통 독자』를 읽었다 해도, 울프는 제인 오스틴을 높이 평가하고 샬럿 브론테를 딱하게 여겼다는 정도의 인상을 간직하기 쉽다. 그 두 책에서 울프는 제인 오스틴은 여성으로서의 질곡에 전혀 구애받지 않은 반면, 샬럿 브론테는 여성으로서의 의분에 가득 찬 자아를 벗어나지 못했다는 점을 거듭 말하고 있기 때문이다. 하지만 그것은 그 특정한 기준에서의 평가이지, 그 두 작가에 대한 총평이 아님을 기억할 필요가 있다. 가령 울프는 자신의 작품 『밤과 낮Night and Day』 (1919)에 대한 부정적인 서평이 그것을 〈현대판 제인 오스틴〉이라 일컬은 데 대해 불만을 터뜨리고 있으니 말이다.

울프는 제인 오스틴에 관한 다섯 편의 에세이를 남겼는데, 이 책에 실은 것은 『보통 독자』의 「제인 오스틴Jane Austen」 (1925)이다. 이 글이 〈그녀가 좀 더 오래 살았더라면 이러이러한 한계들을 극복했을 텐데……〉라는 논조라면, 그에 앞선 1913년의 「제인 오스틴」은 그녀의 한계를 좀 더 구체적으로 지적하는 글이다. 오스틴은 〈가부장제 사회의 한가운데서 여성에 대한 비판에 움츠러들지 않고 자신이 본 그대로의 사물을 고집하는 대단한 재능과 성실성을 지닌 작가〉라는 것이 그녀에 대한 울프의 긍정적 평가이지만, 여성으로서의 제약이 제약으로 느껴지지 않을 만큼 마찰이나 충돌 없이 그 안에 머물렀다는 것이 오히려 답답함으로 작용하기도 하는 것이다.

샬럿 브론테에 관해서도 네 편의 에세이가 남아 있는데, 역시 『보통 독자』에 실린 「『제인 에어』와 『폭풍의 언덕』Jane Eyre and Wuthering Heights」(1925)이 더 널리 알려져 있지만, 샬럿 브론테 탄생 1백 주년을 기념하여 쓰인 「샬럿 브론테Charlotte Brontë」(1916)는 울프가 샬럿 브론테의 재능을 얼마나 높이 평가했던가를 잘 보여 준다. 또 다른 글들에서는 〈나면서부터 걸작〉의 예로 『제인 에어』를 꼽기도 했고, 만일 단둘이 함께 지내야 한다면 오스틴이 아니라 샬럿 브론테와 지내는 편을 택하겠다고 할 정도였으니, 제인 에어의 〈분노〉에 대한 울프의 부정적 평가가 작가의 기량에 대한 평가나 선호를 말하는 것은 아님을 기억할 필요가 있다.

이렇게 조금씩 다른 시각을 보여 주는 글들을 함께 실어 비교해 볼 수 있으면 좋겠지만, 지면 제약도 있고, 동일 작가에 대한 복수의 글은 같은 글을 발전시킨 경우가 많다 보니 중복되는 부분이 적지 않아 그러지 못하는 것이 아쉽다. 다만, 브론테 자매의 생가를 방문하고 쓴 「하워스: 1904년 11월Haworth, November, 1904」(1904)은 울프가 처음 공식적인 지면에 발표한 두 편의 글 중 하나로, 울프 초년의 글 솜씨를 보여 준다는 점에서 함께 실었다.

그런가 하면, 조지 엘리엇은 역시 시골 출신에 역시 정규 교육을 받지 못한 여성이었음에도 런던의 지식인 사회에서 활동했던 비범한 지성의 소유자로, 울프의 부친 레슬리 스티븐과도 개인적인 친분이 있었으니, 울프에게는 지근거리의 선배 여성 작가였던 셈이다. 그녀는 엘리엇이 그린 세계, 모든 것이 관용과 이해심으로 감싸이는 세계 안에 한 여성으로서 불행했던 삶의 굴곡이 남긴 흔적들을 짚어 보며, 그럼에도 그런 작품들의 핵심은 그 열망과 고뇌 가운데 있음을 읽어 낸다. 다음과 같은 대목은 〈여성에 합당한 비평가는 여성〉이리라던 말(「소설에서의 여성적 특질」)이 과언이 아닐 만큼, 깊은 공감과 이해를 보여 준다.

[엘리엇의 여주인공들은] 제각기 선(善)에 대한 깊은 여성적 정열을 가지고 있으며, 이는 그녀가 열망과 고뇌 가운데 서 있는 장소를 책의 핵심으로 만든다. 하지만 예배의 장소처럼 조용하고 격리된 그곳에서, 그녀는 더 이상 누구에게 기도할지 알지 못한다. 그녀들은 배움에서도 자신의 목표를 추구하며, 여성들의 보통 소임에서도, 여성의 좀 더 폭넓은 봉사에서도 마찬가지이다. 그럼에도 그녀들은 자신들이 추구하는 것을 발견하지 못하는데, 이

는 놀랄 일이 못 된다. 오랜 세월 침묵해 온, 고통과 감수성으로 가득한 저 오래된 여성의 의식이 그녀들 안에서 끓어넘쳐 무엇인가를 — 그녀들은 무엇인지 알지 못하지만 — 아마도 인간의 삶의 사실들과는 양립할 수 없는 무엇인가를 요구하게 한다.

뒤이어 실은 「끔찍하게 민감한 마음Terribly Sensitive Mind」(1927)은 울프의 동년배로 서로 경쟁심을 느끼는 사이였다고 전해지는 캐서린 맨스필드에 관한 글이다. 요절한 친구의 사후에 간행된 일기를 읽으며 문학에 대한 친구의 열정에, 미처 다 꽃피우지 못한 재능에 감탄과 공감과 연민을 보내는 이 글의 말미에서, 우리는 역시 너무 일찍 가버린 또 한 사람, 울프 자신을 아쉬워하지 않을 수 없다.

글 쓰는 여성으로서의 이런 분투가 계속되는 동안 바깥세상도 꾸준히, 놀랍게 변하고 있었다는 것은 「두 여자Two Women」(1927) 같은 글에서 알 수 있다. 케임브리지의 여자 대학 거턴 칼리지의 공동 설립자이자 초대 학장이었던 에밀리 데이비스(1830~1921)와 빅토리아 여왕의 시녀였던 레이디 오거스타 스탠리(1822~1876), 전혀 다른 인생길을 걸어 오다가 여자 대학 설립이라는 문제로 만나게 된 이 두 여성을 비교한 글은 여성의 삶에서 일어난 변화의 폭을 그 극적인 대조 가운데 읽게 한다.

뒤이어 실은 「여성 노동자 조합의 추억Memories of a Working Women's Guild」(1930)은 울프의 또 다른 면모를 보여 준다. 울프가 20대 초반에 몰리 칼리지에서 가르친 것은 어머니와 언니 스텔라의 뒤를 잇는 자선 활동의 일부였던 셈이지만, 그 후에도 그녀는 이모저모로 사회 운동에 참여했다. 그리스어 선생이던 재닛 케이스를 통해 1910년에는 여성 참정권 운동 단체인 PSF(People's Suffrage Federation)에 가입하여 자원 봉사했고, 1913년부터는 재닛의 소개로 만난 마거릿 루엘른 데이비스(1861~1944)의 영향으로 그녀가 간사를 맡고 있던 여성 노동자 조합Women's Co-operative Guild에 관여하여 그 리치먼드 지부의 회장 겸 간사(1916~1923)를 맡기도 했다. 이런 활동은 더 이상 자선이 아니라 여성 연대의 사회 개혁에 속하는 것으로, 울프의 진일보한 사회 참여 의식을 보여 주지만 그에 대한 양가적인 태도가 종종 지적되기도 한다.

1913년 6월 뉴캐슬에서 열린 조합의 연례 총회에 참관했던 일을 회고한 「여성 노동자 조합의 추억」은 여성 노동자들의 문집에 실릴 서문으로 청탁받은 것인데, 이 글에서도 여성 노동자들에 대해 짐짓 거리를 두려는 화자의 태도가 다분히 스노비즘으로 비치는 것이 사실이다. 하지만 이런 태도는 다분히 허구적으로 연출된 것이라 볼 수도 있고,[9] 실제로 울

9   Clara Jones, *Virginia Woolf. Ambivalent Activist,* (Edinburgh: Edinburgh

프는 데이비스에게 이 글을 문집에 싣기 전에 『예일 리뷰』에 〈한 편의 소설로〉 실어도 되겠느냐고 양해를 구하기도 했다. 그렇게 본다면 이 글은 전반부에서 여성 노동자들에 대해 심정적으로 거리를 둔 채 총회를 손님으로 참관하던 중상류층 여성이, 후반부에서 노동자들의 글을 읽으면서 차츰 마음을 열어 가는 것을 보여 주는 실화 소설쯤으로 읽을 수도 있을 것이다. 이 글에서 울프는 자칭 〈교육받은 남성들의 계층〉에 속하는, 〈교육받은 남성의 딸〉인 자신과는 전혀 다른 노동자 계층의 여성들의 글을 읽고서, 그것들이 〈문학으로서는 많은 한계를 갖는 글〉이지만 때로는 〈문학으로서도 식자들이 부러워할 만한 자질을 지니고 있다〉고 평가한다. 그녀들은 이제 겨우 글을 쓰기 시작했으니, 〈이제야 침묵을 뚫고 나와 더듬거리기 시작한〉 음성들은 〈여전히 깊은 무명obscurity에 반쯤 가려져 있는〉 삶에 대해 얼마나 할 말이 많을 것인가. 『보통 독자』의 한 장이 〈희미해진 이들의 생애The Lives of the Obscure〉에 바쳐진 데서도 보듯 울프는 평소 역사의 뒤안길로 밀려난 이들에 관심이 많았으며, 누구에게나 책으로 쓸 만한 이야기와 책을 쓸 권리가 있다고 믿었다. 계층을 불문하고, 모든 여성들이 집 안의 천사에서 글 쓰는 주체요 삶의 주체로 변모할 수 있는 것이다.

University Press, 2016). 제3장에서 존스는 이 점에 대해 자세히 분석하고 있다.

울프는 여성을 대등하게 대접하지 않는 사회와 제도에 공공연히 맞서는 것을 점점 더 자신의 의무라고 생각하게 되었던 것 같다. 『3기니』 같은 글에서 보듯 울프의 페미니즘은 나이가 들수록 첨예해졌고, 의식적으로 남성 본위 문화에 대한 아웃사이더로서의 위치를 택하게 되었다. 「왜?Why?」(1934)는 배움을 위해 왜 굳이 강의라는 형태가 필요한가 하는 질문을 통해 대학 교육을 은근히 풍자한 글이다. 구태의연한 교육 방식을 비판하는 데서 한 걸음 더 나아가 문학을 공부하는 것이 작가가 되는 데 무슨 도움이 되겠는가 하는 구체적인 질문으로 넘어가고 있으니, 그런 문제의식이 제2권에 실은 「기우는 탑The Leaning Tower」(1940)에서처럼 교육받은 남성 중심의 문학이 갖는 한계를 재조명하고 문학이 나아갈 길을 제시하는 좀 더 폭넓은 시야를 열어 주었음을 알 수 있다. 자신에게 주어진 학문적 명예를 일체 거부한 것도 그런 맥락에서 이해할 수 있는 일이다. 1932년 트리니티 칼리지의 클라크 강연자로 초빙된 것은 아버지 레슬리 스티븐의 뒤를 잇는 큰 명예였으나 거절했고, 1933년 맨체스터 대학의 명예박사 학위, 1939년 리버풀 대학의 명예박사 학위도 모두 거부했다. 대학 교육 없이도 작가가 되었으니 — 아버지의 기대를 기대 이상으로 실현하면서 — 대학의 학위가 무슨 소용이겠는가?

최애리

옮긴이 최애리 서울대 인문대학 및 동 대학원에서 프랑스 문학을 공부했고, 중세 문학 연구로 박사 학위를 받았다. 크레티앵 드 트루아의 『그라알 이야기』, 크리스틴 드 피장의 『여성들의 도시』 등 중세 작품들과 자크 르 고프의 『연옥의 탄생』, 슐람미스 샤하르의 『제4신분, 중세 여성의 역사』 등 중세사 관련 서적, 기타 여러 분야의 책을 번역했다. 버지니아 울프의 작품으로는 『댈러웨이 부인』, 『등대로』, 『밤과 낮』을 번역했다. 서양 여성 인물 탐구 『길 밖에서』, 『길을 찾아』를 집필했고, 그리스도교 신앙시 100선 『합창』을 펴냈다.

버지니아 울프 산문선 1

집 안의 천사 죽이기

발행일 **2022년 6월 10일 초판 1쇄**

지은이 **버지니아 울프**
옮긴이 **최애리**
발행인 **홍예빈 · 홍유진**
발행처 **주식회사 열린책들**

경기도 파주시 문발로 253 파주출판도시
전화 031-955-4000 팩스 031-955-4004
www.openbooks.co.kr